全民微阅读系列

红彤彤的校徽

万芊 著

百花洲文艺出版社
BAIHUAZHOU LITERATURE AND ART PRESS

图书在版编目（CIP）数据

红彤彤的校徽 / 万芊著 . — 南昌 : 百花洲文艺出
版社，2019.10
ISBN 978-7-5500-3390-0

Ⅰ . ①红… Ⅱ . ①万… Ⅲ . ①小小说—小说集—中国
—当代 Ⅳ . ① I247.82

中国版本图书馆 CIP 数据核字（2019）第 203088 号

红彤彤的校徽

HONG TONG TONG DE XIAO HUI

万芊 著

总 策 划　伍　英
策划编辑　飞　鸟
责任编辑　刘　云　兰　瑶
封面设计　辰麦通太设计部
出版发行　百花洲文艺出版社
社　　址　南昌市红谷滩新区世贸路 898 号博能中心 A 座 20 楼
邮政编码　330038
经　　销　全国新华书店
印　　刷　永清县晔盛亚胶印有限公司
开　　本　710mm×1000mm　1/16
印　　张　14
版　　次　2020 年 9 月第 1 版　2020 年 9 月第 1 次印刷
字　　数　227 千字
书　　号　ISBN 978-7-5500-3390-0
定　　价　58.00 元

赣版权登字 05-2019-244

邮购联系 0791-86895108
网址 http://www.bhzwy.com
图书若有印装错误，影响阅读，可向承印厂联系调换。

文化自信从读写开始

杨晓敏

近年来，随着互联网技术的不断推广升级，现代信息技术已充斥各行各业。微博、微信、微小说、微电影，各类"微"产品，以网络阅读、手机阅读、电子器阅读、光盘阅读的形式，进入大众视野，但这种碎片化、快餐式的电子阅读，仅仅可以作为传统阅读的一种有效补充与辅助，却不能完全代替传统阅读。

我国经济建设的腾飞，带动并刺激着文化事业的极大进步，而文化软实力的增长，又为经济跨越式发展，提供着强势的智力资本的支持。正是这种强有力的智力资本支持，慢慢建立起我们的民族文化自信。

学习的基本途径就是阅读。一个人的阅读力量，决定个人学习的力量、思考的力量、实践的力量；所有人的阅读力量，决定一个民族文化的力量、精神的力量、创新的力量。伟大的中华民族复兴之梦，要靠全国人民共同来缔造实现。提高全民素质，提升全民文化自信，繁荣民族文化，从阅读开始。

为了提高全民素质，建设书香社会，政府正采取一系列有效举措，营造阅读环境，倡导全民阅读。譬如开展读书日、读书月活动，一些省市地区通过整合全民阅读资源，打造了一批有广泛影响力的全民阅读"书香"品牌，还有些地区成立"农民书屋"，送书下乡，让书香墨香飘进寻常百姓家。

作为近三十年才成长起来的一种新文体，小小说的质朴与单纯，简洁与明朗，加上理性思维与艺术趣味的有机融合，及其本色和感知得到、触摸得着的亲和力，散发出让青少年产生浓郁兴趣的魅力。小小说是一种新文体的再造，那些优秀的小小说作品，是智慧的浓缩和凝聚，是一种机巧的提炼和展开，小小说是训练作家的最好学校。小小说贴近生活，紧扣时代脉搏。大千世界，瞬息万变，小小说能以艺术的形式，不断迅速地反映生活热点，传导社会信息，是开启社会生活的一扇窗口。小小说可以培养青少年的想象力，让他们展开飞翔的翅膀。近些年来，大量小小说编入高考作文，入选各类优秀阅读丛书，正为越来越多的年轻读者所喜爱，显示出它强大而茁壮的生命力。

北京辰麦通太图书有限公司提供的"全民微阅读系列"图书，至今已编辑出版200多册。它以全力助推全民阅读为宗旨，以务实求精的编选作风，为读者精心遴选了大批风格各异的小小说佳作，引领读者步入美好的阅读丛林。

北京辰麦通太图书有限公司有着具有超前市场运作意识的优秀团队，在图书制作过程中，不但追求内容的丰富多彩，在装帧设计方面，也力求超凡脱俗。在众多中国梦新时代文学丛书系列中，它像一朵充满朝气与活力的奇葩，正逐步形成自己恒久的品牌和名牌效应，为提升全民文化自信、实现中华民族伟大复兴，增砖加瓦。

杨晓敏，河南省获嘉县人，生于1956年11月。河南省作家协会副主席、河南省小小说学会会长。曾在西藏高原服役14年。曾任《小小说选刊》《百花园》主编20余年，编刊千余期，著述七部、编纂图书近400卷。

目 录

第一辑　陈年佳酿

　　某日傍晚，一友约我等去其家中小酌。说其父在腾供销社老仓库时，竟然在封土中翻到几甏陈酒。我们应约而往。开甏，甏口酣醇幽香。倾甏，黏黏糊糊，一甏酒竟然只倒出两大碗酒，厚若膏脂。喝两个时辰，所有人都在不知不觉中酩酊大醉。此乃陈年佳酿也！

追部队

　　我跑这么多路追你们部队，其实不是来拖他们后腿的。我只是想求你们一句话，能不能不要把他仨放在一条船上。

　　1949年4月的一天夜里，驻在丰镇的部队突然开拔了。一夜之间，几千人的队伍一下子走得没了影踪。

　　我爷爷半夜里觉出一些门外的异常，天没亮便赶了个大早，穿街走巷，只有出奇的安静，往日来来去去穿军装的竟然一个也没见到。

　　我爷爷急了，匆匆又赶往三里地外的五谷树村。果然不出我爷爷所料，驻在这里的华中大学二支队也已开拔，不知去向。我爷爷悄悄跟村里的老乡打听，老乡们都摇头，说，部队上的事，我们老百姓不知道。

　　我爷爷一下子预感到，部队一定是朝江边集结了，解放大军马上要强渡长江了。想到这，我爷爷的脑袋一下子炸了，一句窝在心里好久的话，一直没逮住机会讲。这回糟了，部队开拔了，我爹、我二叔、我三叔也随着开拔的部队一起走了。

　　我爷爷幸亏随身带了些盘缠，也顾不上回家说一声，拔腿就朝江边赶。走了不多时，就遇上南进的大部队，一支接着一支，又是大炮又是重机枪，还有一队队战马，黑压压一大片。我爷爷想打听，只是与远路赶来的部队根本没法对上话。

　　我爷爷也是个机灵人，从部队装备上厚厚的尘土、略有差异的军装、各种不同的枪械，大体看得出他们是长途跋涉而来的野战部队，还是新组建的新兵集训队。我爷爷曾见过仨儿的集训支队，穿的都是新发的军装，挎的大多是盒子枪。

　　入夜，有的部队临时驻扎，有的部队继续挺进。

　　我爷爷在部队驻扎的村外转悠，被巡逻的士兵当成奸细逮住了。

　　巡逻的士兵把我爷爷送到部队首长那里。首长问，你老在我们部队跟前转悠干吗？！

　　我爷爷说，我仨儿在你们部队上，我找我儿子。

　　首长一脸严肃，说，现在是非常时刻，我可以相信你的话，但是部队纪律不允许你在我们营地外转悠。你不经我们允许，不能离开这里一步。我爷爷被软禁了，跑了一天半夜，我爷爷又饥又渴。看管我爷爷的士兵，取来吃的喝的。我爷爷谢他，他却一脸严肃，没接我爷爷的话茬。

　　我爷爷没有办法，只能睡觉等天亮。一觉醒来，部队又开拔了。我爷爷又拔腿继续朝江边赶，谁料想，走得急竟把脚脖子给崴了，一瘸一拐的没法走路，只能花钱买了头小毛驴。这样也跑得快了，我爷爷就来来回回专找丰镇上出去脸熟的新兵。我爷爷在镇上是个有脸面的长者，他曾动员了成百的年轻人穿上了军装。他想一定会遇上脸熟的小同乡。

　　我爷爷一路赶到黄桥，果真遇上好多脸熟的新兵，有个是我爹小时候的同学，他说，我爹他们华中大学集训支队的很有可能到了白朴。

　　我爷爷听说后，日夜兼程朝白朴赶。

　　终于在一天傍晚，我爷爷追上了二支队。只是当我爹仨看见我爷爷一副落拓的样子出现在集训支队营地外的时候，有点不知所措。

　　我爹跟我二叔、三叔商量，说，万一爹是来拖后腿的，我们就难堪了，还是躲着不见为好。

　　我爷爷知道我爹他们仨在集训营地，然而我爹他仨就是躲着不出来。其实，按部队纪律也不允许他们出来。

　　我爷爷只能骑着那头灰不溜秋的小毛驴在部队驻地外转悠来转悠去。时间长了，惹起了巡逻士兵的警觉。眼看天要黑了，巡逻士兵见我爷爷还在营地外转悠，一合计，把我爷爷当成奸细给逮住了。

　　巡逻士兵逮住我爷爷，把我爷爷送到支队首长那里。

　　审讯我爷爷的支队首长还是那样问，你老在我们部队跟前转悠干吗？！

　　我爷爷说，我仨儿在你们部队上，我找我儿子。

　　首长一脸严肃，也是那样的话，说，现在是非常时刻，我可以相信你的话，但是部队纪律不允许你在我们营地外转悠。你不经我们允许，不能离开这里一步。

　　我爷爷想，心里憋着的那句话再不说，就真的没机会说了。在首长即将起身时，我爷爷说，我仨儿子是丰镇入伍的马家三兄弟，他们都在二支队三组。我跑这么多路追你们部队，其实不是来拖他们后腿的。我只是想求你们一句话，能不能不要把他仨放在一条船上。

　　首长说了一句"这是部队内部的事"，头也没回，走了。

　　我爷爷又被软禁了，只是他把憋了好久的话终于说了，心里开始释然。

　　我爷爷又被软禁了好几天，腿脖子肿得厉害，也正好养伤。

　　一天夜里，我爷爷突然被震天撼地的大炮轰鸣声惊醒，只觉大地在颤动。揪着砰砰乱跳的心，支撑着出门外一看，只见十几里地外的长江上空，彤红一大片，且一直向远处延伸，就像整条长江在燃烧。

　　门外看守的士兵早没了踪影。

　　那炮火，经久不息。

　　天亮了，我爷爷回屋，蓦然见破桌上留有一个信封，方才没留意。

　　我爷爷展读信笺。

老乡：

　　你的三个儿子，经培训选拔，已被分配到了随军粮秣、体育新闻、地方团委三个不同的岗位，被编入三个不同的野战部队，上了三条不同的战船。

没有落款。

我爷爷藏了信，骑着小毛驴，背对着炮火，慢慢地往丰镇走。一直走到听不见炮声。到了家，我爷爷在床上躺了几个月。之后走路，也一直撑着拐杖，一瘸一拐的。

几个月后，我爷爷陆续收到了我爹、我二叔、我三叔报平安的家书，悬着的心才放了下来。

外婆的压岁钱

　　平时一直为一大家子衣食发愁的外婆，到了大年初一早上，竟少有的慷慨，每人一个大红包。其实，大红包只是一张张红色的白条。虽是白条，全家仍很渴望。这些白条，总让大家惊喜。

　　过年时，弟陪妈回了一次陈墩镇老家。

　　回城后，弟跟我说，这次回老家收获特大，带回了一叠外婆的压岁钱。

　　我说，弟，你别胡说，外婆过世都十多年了，哪来压岁钱？！

　　弟说，真的，哥，不骗你，是外婆的压岁钱，宝贝呢！

　　我问妈。妈说，是的，在你大舅、大姨那里找到的。

　　妈原原本本讲了外婆压岁钱的那些旧事。

　　我妈共生了我们兄妹七人。我爹原先在上海靠教画卖画赚钱养家。我九岁那年，我爹得肺痨过世了。我爹过世后，我妈就靠变卖不多的家当和在镇上南货店帮人做事赚些钱。钱不多，妈常为吃穿发愁。

　　我妈挺能干，我们兄妹的衣服大都是我妈用我爹的旧衣改的，一件长褂常常改了又改、补了又补，大的穿了小的再穿。我爹原先在上海是要出入一些体面场所的，虽说衣服旧些可料子挺好，再加我妈的巧手这么一拾掇，穿在我们兄妹身上，一个个显得清清爽爽，还带些洋气。

　　只是我妈再能干也变不出米面来，我们兄妹都在长身子，家里不多的米面煮成稀粥面糊糊，还是不够填饱肚子。我妈常常带着我们去乡下挖野菜、捞野菱、采野果，掺在稀粥面糊糊里匀着吃，自己干脆饿着肚皮睡觉。后来，我大哥学医终于出师了，开始在乡下给人治疮疖赚些小钱贴补家用，妈稍稍缓了口气，但还

是常常发愁。

我妈喜欢读书，我妈说话，与人不同，她常跟我们说"与人讲话，看人面色，意不相投，不须强说"，后来我们知道，其实是书上的话。受我妈影响，我们兄妹都喜欢读书，在学校里，功课都挺好。我妈过日子，其实挺讲究，家境虽困窘，也从不让男孩子在人前赤膊、女孩子在人前赤脚。一年中每一个节气，都是按书上老规矩过，该帖春联时帖春联，该挂艾草时挂艾草，该吃粽子时吃粽子。就是我妈裹的粽子特别小巧，谁也不舍得吃。

到了春节，我妈开始忙碌，每一天大家都会沉浸在我妈营造的过年气氛中。大年初一早上，我们都能穿到妈新改做的衣服、吃到妈蒸的南瓜糕、拿到妈隔夜包好的红包。只有这一天，我妈底气十足、财大气粗。压岁钱，每人一大包，这些压岁钱统统加起来，也许就是妈半个月的工钱。我妈红包的外皮是特别鲜艳的红纸，里面还包着大一点的红纸。红纸，是妈在供销社里帮人家打扫卫生时收集起来的边角红纸。为这些红纸，妈常义务去打扫卫生。红纸上，写满小字。我妈用我外公传下来的湖笔，写上规规整整的小楷。红纸上，我妈给每人写上压岁钱的金额。这就是我妈的压岁钱，其实是一张张红色的白条。虽说是白条，我们仍很渴望。这些白条，总让我们惊喜，因为妈在红纸上还写着好多非常精彩的评语，还盖上她自己的私章。我们拿到自己的红包，就偷偷地藏起来。没人时读读妈妈的评语，总会得意好长一段时间。只是我妈从来没有给我们兑现过这些白条。过了年，看着重新愁眉紧锁的妈，我们谁也不敢提压岁钱的事。

我妈取出一幅已经精心装裱的我外婆的压岁钱红色白条，那秀美的字体和暖心的话语，真的让我眼前一亮。"这一年，姗妹表现最佳，春季挖马兰头，又多又干净。暑时人家送来西瓜，姗妹把自己的一份让给了弟妹。一年里，姗妹受先生上门口头表扬两次。考试居全年级第一。奖姗妹压岁钱六元。"那就是我妈十六岁那年得到的压岁钱。

看着，我有点疑惑，问我妈，你的这些压岁钱白条怎么会在大舅、大姨那里呢？

我妈说，外婆的这些压岁钱，后来大哥、大姐都兑现了。为帮妈，我大姐虽说读书很好，初中毕业后，还是放弃考高中，去乡下做了乡村小学复式班的老师。

我妈又说，这六元，相当于全家当时一个礼拜的生活费，是后来大哥和大姐一起私下里兑现的。第二年，我考取了省城的师范大学，我就拿着这六元压岁钱一直读到大学毕业。其实，除了大哥大姐，我们下面五兄妹全都以特别出色的成绩考取了不用花钱的师范大学。

我弟说，还有，谁也没有想到，外婆竟然传承了一手家乡早已失传的卫泾状元体，县里搞文史的专家把外婆的这些红纸条当成宝贝，觅宝似的取过去放在博物馆里珍藏。

我妈说，虽说我外公是当时镇上很有名气的私塾先生，而我妈却没读过一天私塾。我们家，其他没有，书不少，妈非常珍惜那些书，一有空就拿几本破旧的《三字经》《弟子规》《小儿语》认字、写字。她认了好多字，写了一手好字。

妈感叹，我们兄妹一辈子最佩服的人就是你们的外婆。

苏州亲眷

　　郝姨到李家帮佣，但不敢对邻居实说，只能对外称亲眷。李家
遭难了，郝姨说，到我们乡下去吧，我是你姐呀，这街坊邻居都知道的。

　　苏州草桥弄李家，男的在新疆画画，女的在小学教书。家里一女三男，李爱、
李马、李克、李斯，名字洋气，人也挺讨人喜欢。大女孩与小男孩间，相差十来
岁。大的乖，小的有点皮。李师母一个人又要带孩子、又要上班，自然忙不过来。
从李爱出生起，李家就开始请保姆。只是那年月里，保姆难请，才做一阵子，就
被居委会来人赶走，说不允许剥削劳动人民，李师母很无奈。

　　一年开春，有人私下里介绍了个新保姆。介绍人说，她男人生病去了，儿子
外出开河时出事故也去了，孤身一人，想出来散散心。有人家忌讳，不敢请她。
李师母说，我不在乎的。新保姆来了，李家对外称亲眷，李师母叫她好姐姐，孩
子们叫她好姨，特亲热。其实，新保姆姓郝。

　　李先生，在新疆画画，工资挺高。人家十九、二十级国家干部，一月拿
五六十块工资，他可拿到一百七十几块。每月，李先生总准时把大半工资寄回苏
州，再由李师母分成若干，日常开销、孩子读书、赡养公婆、保姆工钱。人多开
销大，每月也只略有结余。倒是郝姨，挺省的，每月廿四块工钱全积了起来。

　　郝姨勤快，"买汰烧"，李家里里外外被弄得清清爽爽、服服帖帖。好姨嘴
甜，不多日，便与左邻右舍挺热络。李师母心细，没穿过的好衣裤拿出来给郝姨
穿，礼拜天让孩子们带郝姨逛苏州园林，去饭馆打牙祭从不把郝姨落下。邻里都
说，你们姐妹俩，真亲。郝姨有时有点自卑，说，其实我们乡下人待人还是没有
城里人想得周到。

一年冬里，李先生的工资迟迟不见寄来，每月一封的家信也突然断了。李师母陷入了莫名的焦虑中，天天跑邮局，然每回总叹气而归。郝姨跟李师母说，大妹子，工钱我拿着也没用，先缓缓给吧。李师母说，钱倒没啥，省着用，就是担心人。郝姨宽慰李师母，说，你这么好的人，老天不会作难你的。

又一年冬里，李先生终于有了消息，一张明信片，寥寥几句话：我在苏北农场劳动，身体蛮好，请家里放心，问孩子们好。

又一年冬里，李先生回家。黑黑的瘦瘦的。回家第一句话，说，单位让我们去苏北老家安家落户。突然的晴天霹雳，李师母哭了。苏北老家在哪、去苏北的日子怎么过？！李师母全然不知。李师母懵了。

过几天，郝姨买菜回来，神秘兮兮，拉李师母悄悄说，大妹子，我打探到，苏南有亲眷的，可以去苏南乡下安家落户。李师母说，苏南乡下，我们也没亲眷呀。郝姨说，到我们乡下去，我是你姐呀，这街坊邻居都知道。

李师母点点头，和郝姨去找办事的人。李师母说，苏北老家，我们已经没有人了，我们只有亲眷在苏南乡下。第一次跟人家撒谎，李师母心里惶惶的。郝姨帮腔，说，我是她姐，我们是一个爹两个娘生的。跑了个把月，原先并没有确定的事，终于有了着落。李家全家被安排到淀山湖边上的金泾村安家落户。李先生带薪，只拿部分。李师母辞职，没钱。郝姨说，回村后，我照样照应你们，不拿工钱。李师母挺歉意，说，算我们先欠着，等好转了，一起补给你。

金泾村的金队长带人摇了木帆船来苏州接人。在充溢桐油味的船舱里，郝姨和李家六人蜷缩着，刺骨的寒风割得脸生痛。

到了金泾村，李家的住宿，让队长犯了难。李先生夫妻俩带李斯住队长家，李爱带李马住妇女队长家。郝姨带李克住自己家。一家分三处住，忙坏了郝姨。每日，郝姨总起得很早，把全家一天吃的弄好。大孩子去邻村上学，带饭。郝姨带李师母一起下地干活挣工分。李师母没干过农活，雨天赤脚在田塍上走，很滑。郝姨几乎是挽着李师母，跌跌撞撞的。

郝姨住的是男家上辈留下的破旧瓦房，她男人和儿子在时，住东半幢房子，院子客厅和小叔家各一半。后来兄弟不和，中间砌了一堵墙。再后来，郝姨男人和儿子都去了，墙便被小叔子拆了，房子也大多被占了。郝姨只挤在一小间将要塌下来的小披间里。

郝姨去苏州，其实是不愿跟小叔子论理。现在，带着李先生一家回村，郝姨不能再不说话了。郝姨找队长，队长说，清官实在难断家务事，你去镇上说吧。郝姨就一次次去陈墩镇，找妇联讨说法，一跑跑了半年。

后来，僵局突然有了转机。队长家全是丫头，李先生他们带着小儿子住他们家，日久生情，几个大姐姐把李斯当亲弟弟宠。队长夫妻俩商量着要认李斯做干儿子。李师母说，我们也不懂，就看着办吧。当日，李斯就被队长认了干儿子。队长家一群千金欢天喜地，乐得队长夫妻一晚合不拢嘴。

队长认了李斯做干儿子，李师母和郝姨又是村里都知道的"亲姐妹"，那他队长就跟郝姨也搭上了亲。既然是亲眷了，郝姨家的事，也就成了他队长的事。于是，金队长一次次去郝姨小叔子家说事。那小叔子是要在队长手下吃饭过日子的，自然不敢得罪队长。这半年多拖着办不了的事，就这么顺顺当当了了。

不几天，郝姨家院子和客厅中间的墙又重新垒了起来。小叔子砌墙时，也没啥怨气。

郝姨要回房子，拿出做保姆得的工钱，请匠人把房子整修一遍，要塌的墙重新砌过了，门窗严实了，屋顶也不再漏雨了。郝姨把最敞亮的房间，给了李先生夫妻，窗口可以画画。郝姨自己住靠灶间的过道，说是烧饭上灶方便。

搬进新家，李师母哭了，说，郝姐，你待我们太好了。郝姨说，谁让我是你姐呀？！

画老虎

当老虎的眼睛被画上去以后，看画的村里人流露出一种莫名的惊惶。那老虎实在太逼真了，威风凛凛，傲居路口，好似朝人奔来。有小孩突然间被吓哭了，老人妇女都说，有这老虎拦着，谁还敢走这道。

苏州李先生带着全家到金泾村安家落户后，再也拿不到去新疆画图时的高工资，李师母辞了工作，一家六口，再加保姆郝姨，在乡下的日子过得紧巴巴的。郝姨不再拿李家的工钱，反倒在田里挣工分拿口粮贴补李家。

李先生心存歉意，说自己除了画图，实在没其他本事。郝姨听了也用了心思。一日，郝姨跟李先生说，隔壁银泾村肖金根家新造房子，想在墙上画只老虎。肖家劳力多，口粮多，可以送些口粮过来作谢意。

李先生迟疑着，受画老虎挣口粮的诱惑，最终答应了。当日找了些画具颜料便随郝姨去了银泾村，要画老虎的是一堵正对路口的白墙。搭竹架时，村里人不知道肖家做啥事。搭好竹架，李先生开始划线条，村里人还在猜测。只中午村里人回家吃饭功夫，墙上的画有些大体的形状。村里人都没见过老虎，有的说画狗、有的说画猫，等开始上颜料了，大家还在猜测，甚至打赌。画的形状渐渐清晰，村里人都说，哇，原来是只老虎，一只要奔下来的大老虎。

老虎愈画愈像，眼睛是最后画上去的。当老虎的眼睛被画上去以后，看画的村里人先是一片啧啧称叹，继而又流露出一种莫名的惊惶。那老虎实在太逼真了，威风凛凛，傲居路口，好似朝人奔来。有小孩突然间被吓哭了，老人妇女都说，有这老虎拦着，谁还敢走这道。而偏偏这道是村里唯一的过道，谁也无法绕过。

有人去跟队长说，银泾村的黄队长是个老好人，总是多一事不如少一事，能避则避。况且，人家肖家多的是壮汉，谁也不敢惹。于是，有人偷偷地去镇上找派出所，报告说，有苏州下来的坏分子在村里画老虎压邪搞迷信。

派出所柳所长，带人过来，乍一看，也吃了一大惊。他见过世面，真的老虎，见过。然画得如此威风凛凛动感十足的老虎，他还真的第一回见到。他不由得为李先生高超的画技而折服。然，他是派出所所长，在他的辖区内，出了如此让村民惊慌的事，他得替村民撑腰。当然，他也知道肖家的威势。他不怕，相反，愈是这样的人家，他愈不能服软。

柳所长对队长说，路口不能画老虎。这是迷信。今天我来，是来带人的。你跟肖金根说，我等他两个钟头，他自己用石灰水把老虎涂没了，我不带人。如果两个钟头我再过来，老虎还在的话，我就带人走。

说着，柳所长要带李先生走。李先生前几年是吃过苦头的，不敢犟，很不情愿地跟柳所长走了。

到了派出所，柳所长问李先生：你会画画？！李先生说，小晨光吃过几年画画的萝卜干饭。

刘所长小心取出一张老得发黄霉变的老照片问，这张照片上的人，你能画出来吗？！

李先生仔细看了老照片，说，假如你能让我回家取个放大镜过来，我就可以画了。

柳所长说，所里有，你稍等，我去取。

李先生开始构图，打出一个粗粗的轮廓。柳所长取了放大镜过来坐了一会，便说，我还得去一次银泾村。你在这里，就算帮个忙，待会有人给你送吃的过来。

李先生开始专注画画。这张照片实在太模糊了。

一会儿，有人过来给他泡了一壶茶。很醇的碧螺春，李先生已经好久没有品尝过了。呷一口自己喜欢的好茶，画兴开始浓起来。画人像其实是要基本功的，想当年他学画时，光画像就在先生的画室里孵了两年。这是一张男女合影，二十出头的年纪，像结婚照，男的穿军装。只是时间太久，照片本来就不太清晰，再加霉变，很难看出人物脸部的细节来。他拿着放大镜，翻来覆去端详琢磨，突然有了惊人的发现。有了这个发现，他画得就很顺手了。

柳所长在窗外转悠几次，然没再进来打搅。到了半夜里，李先生对外说，好了。

一会，柳所长进来。一看画像，愣住了。愣了半天，突然眼眶里充盈着眼泪，有点哽咽，说，李先生，您真是我的大恩人。

李先生不解，疑惑中望着柳所长。

柳所长说，我五岁死爹、六岁死娘。爹是军人。我是在孤儿院里长大的。长大后，政府送我到部队锻炼，升了排长，回来当了派出所所长。我小时候的记忆中，爹娘的模样，隐隐约约，有一些。这张照片，是我在老档案中找到的，是我爹娘，但可惜很迷糊，这是我一辈子的遗憾和心结。没想到，您的画，一下子拉近了我幼时的记忆。说实在的，我记忆里的爹娘应该就是这个样子的，模样神态。实在没有想到，在我们这么偏僻的乡下，有您这么厉害的画家。你帮我了了心里的结。我终于可以日日见到我的亲爹亲娘了。李先生，请受我一拜。李先生顿时手足无措。

当晚，柳所长送李先生回金泾村，一路上，两人似深交故友，无话不谈。一直到李先生住的家门口，柳所长还依依不舍，说，过日我再登门拜访。

第二日一早，金泾村的人都挺惊讶，李先生，你什么时候放出来的呀？！李先生说，我没被抓进去呀。众人不信。傍晚时，柳所长带了菜酒过来找李先生。柳所长执意要坐在砖场上，跟李先生对坐着喝酒聊天。众人见状，信了。

几十年后，李先生开虎画展，专门邀请了退休的柳所长。李先生在一幅虎画前，非常感慨，说，老弟呀，想当年，我为人画避邪的老虎险些画出大事，是您帮我避难。您才是避邪的真老虎。柳所长由衷说，其实，我是看过您档案的，那些人恶意乱加给您的罪名都是莫须有的，现在，不是一项都没有了吗？！

砸　窗

然就在即将把石头砸出去的那瞬间，我突然犹豫了。我不是怕大军，我突然可怜起自己的爹来。我不想再看到爹去给人家装玻璃时一言不发、忧心忡忡的样子。

老爹一直在车库里忙碌着。

我问负责陪伴老爹的老肖："我爹整日在车库里忙啥？"

老肖一脸疑惑地说："我也不知道呀，说是在找啥金刚钻划刀。"

当了一辈子中学物理老师的老爹，自有他与人不同的兴致，满车库老掉牙的手工工具、废旧电线、各种金属塑料木材玻璃废角、整箱的自制器材，是他几十年结存的宝贝，堆得人也转不了身。整日孵在车库里，老爹似乎沉浸在过去日子的余晖里，佝偻的身子与那些老旧的东西，有着少有的默契，只是老爹不再是曾经在学生面前神采飞扬、满肚子墨水的物理老师。老爹常常犯迷糊，岁月的记忆对他来说常常被撕碎了却纠缠在一起，无法梳理。尤其是近段时间找金刚钻划刀，让本已平静的老爹重又忧心忡忡、饭菜不香，似乎有天大的使命让他忧虑。

那把金刚钻划刀，应该是我小时候老爹常用的旧物。

我小时候很顽皮，上有外公外婆宠着、大姐二姐护着。我慢慢长大，却小性子愈发桀骜不驯。然我在小伙伴中，却天生处于一种劣势的地位，人家都是兄弟一帮，而我除了两个喜欢臭美的姐姐，没有哥哥弟弟。再加上我生出来时，连着几年没吃饱，个子在小伙伴们当中，我是最弱小的。一边是我天不怕地不怕的顽劣个性，一边是我天生的弱小体质，以致我总少不了受小伙伴的欺负，而又不甘心，总喜欢用自己极端的方式，抵御外来的欺负。

　　常常欺负我的是同院的大军，他人高马大、力大如牛。他稍一发飙，就可以把我推得老远。他跟我们玩，常常不守规矩，别人跟他掰理，他就跟人使蛮劲，只要他轻轻一推，便会被他推得人仰马翻。那回，小伙伴们一起玩铜板。他输了，却要赖皮。我不服，不让他在一起玩。他用他惯用的手法，把我推得一个跟跄。为支撑住身子，我的手掌都蹭出了血。吃了亏，我不甘，去跟他较劲，然我弱小的身子根本不是他的对手。他不需要用手，只用他那壮实的身板就把我逼进墙角，让我无法动弹。

　　愤怒中，我冲出了他的控制，捡了一块砖头，气呼呼地冲到他家窗外，把他家的窗户玻璃给砸了。一块不解恨，我一口气砸了一大片。那砖头砸到窗玻璃上，清脆的"哗啦"声把所有的小伙伴都惊呆了。一地狼藉，如一场恶战。大家没趣地散伙了。大军满不在意，而我却仍然一副不解恨决不收兵的样子。

　　到了傍晚，大人们陆续下班回家。偌大的院子少有的沉寂，几乎所有的小伙伴都惴惴不安地等待着大人们回家后该有的暴风雨。

　　我爹回来了。我爹是很晚才知道我砸了大军家的窗户玻璃。因为大家怕惹出事来，都缄口不语。还是我爹从院子里异样的气氛中，感觉到我的不是。我在外公外婆的视线里默默扒着碗里的饭菜，警惕着来自爹的惩罚。

　　爹在我眼角的余光里忙碌着，出去了又进来，进来了又出去，一言不发，一副忧心忡忡的样子。我不敢去看爹，心里砰砰跳着，爹愈不说话，我愈是紧张。只知道爹找全了所有的工具、所需的玻璃，去大军家装玻璃。爹去了好久，半途回来让娘找纱布橡皮膏。我知道爹装玻璃时把自己的手划破了。我愈发紧张。我几乎把大军家正面的窗户玻璃全砸烂了，以致爹忙乎了好半晚，才把那些玻璃一一装上。爹回来吃晚饭时已经很晚。爹仍然是一言不发。我紧张到了极点。我生怕突然而来的暴风疾雨。然一夜无事。爹忙乎了半宿，怏怏地去睡了。

　　第二天，有小伙伴告诉我说："你爹昨天被挂牌批判了。"我一脸疑惑。小伙伴说："我看见的。在中学门口。"那天，我远远地去偷看受批判的爹。看着那场景，我愣了好半天，我不知道爹犯了什么错误，竟然被批斗。后来，我又听大人在说，学校里不让我爹上课了，然大人的事，我不懂。

　　又过了一段日子，大军又欺负了我。这次，比上次还要让我愤慨。我找了一块非常大的石头，极度愤慨地去砸大军家的窗户玻璃。然就在即将把石头砸出去

的那瞬间，我突然犹豫了。我不是怕大军，我突然可怜起自己的爹来。我不想再看到爹去给人家装玻璃时一言不发、忧心忡忡的样子。

那次以后，我再也不跟院子里的小伙伴们玩耍了。我每天的时间都花在读书和做功课上。以致院子里几乎所有的大人都对我娘说，你儿子好像换了一个人，突然间长大了。因为读了好多书，1977 年我顺利考取了一所不错的医学院，有了现在的好工作。

几十年过去了，老爹比预想的要苍老，脑子常常犯迷糊。我专门请教了医院里几位看老年痴呆的专家，配了一些药，然老爹的状况却时好时坏，他的记忆模板上可能已经没法储存任何信息，眼前的一切常常一下子忘却了。

突然有一天，老爹走失了。老肖告诉我时，他很沮丧。他说："老爹找到金刚钻划刀了，自己人却走丢了。"

后来，我们找了一遍又一遍，终于在即将拆除的老城区找到了老爹。老爹携带着玻璃、钢尺、金刚钻划刀，喃喃地反复跟人说："我儿子又把人家的玻璃给砸了，我得去给人装好，还得给人家赔礼道歉。"

我在老爹身后，眼眶里噙着眼泪。

旷世之恋

插队青年六多能够回城那年，他 30 岁，金婶已经 60 岁，可六多犹豫着，他找公社干部，问怎么可以把金婶一起带回苏城。干部说，除非你们结婚。

那已经是 30 年前的事了。30 年前，程六多是最后一个离开金泾村的苏城插队青年。那年他正好 30 岁。

六多原本是执意不回城的，他心里放不下金婶。金婶那年 60 岁。金婶其实也不是金泾村人，金婶是早年随"坏分子"丈夫回老家劳动改造一起在金泾村落的户，他们夫妻俩原本是沪上一所名牌大学的同学。六多 20 岁到金泾村插队时，金婶的"坏分子"丈夫刚刚生病过世。六多正巧被小队长安排在新寡的金婶家搭伙。六多在家是阿六头，他上面有五个哥哥。六多到金婶家搭伙时穿的一身旧军装似乎好久没有洗过，发出一股陈腐的馊味。吃饭时，金婶强剥下六多的旧军装洗了。一洗洗了十年。六多也一直在金婶家搭伙，金婶有啥好吃的总给六多留着。

金婶没有子女，金婶一直把六多当儿子待。六多没娘，六多一直把金婶当娘。金婶在大城市待过，平时会修饰自己，似乎比实际年龄要年轻好多。金婶独自住，深更半夜总不得安宁，到六多屋里过夜避祸是常有的事。后来，六多干脆住到金婶家。生怕有事，六多过节也不回苏城。为守护金婶，六多多次半夜里举着铁锹跟人拼命，险些闹出人命。

30 年前，六多按照当时的政策能够返城了，可六多犹豫着，他找公社干部，问怎么可以把金婶一起带回苏城。干部说，除非你们结婚。

金婶催着六多赶紧回城，六多却要拉着金婶去公社登记结婚。金婶死活不肯，

六多说你如不同意，我就永远留在金泾村。其实，那时六多的爹也过世了。六多爹唯一留下的一间小屋，被五个哥哥和他的嫂子们争得硝烟四起，回城对六多也没多大诱惑。

为了六多能够回城，金婶同意结婚。就这样，相差30岁的他们一起到了苏城，先是住一间租的小屋，后来街道里给了一套小廉租房。六多回城后被安排在街道厂做热水瓶壳子，金婶找不到工作，只能给人家带孩子赚钱贴补家用。

日子安定下来后，金婶张罗着给六多相亲。六多总是扬着他们的结婚证书告诉别人，他有妻子。有时还带人看他们的家，告诉别人那是他们的婚床。金婶说，离了婚，我还可以做你的娘，帮你们洗衣烧饭带孩子。六多说，我只要你做我的老婆，我要我们一起到老。金婶说，我已经老了，已经不能给你生孩子了，你还年轻。六多说，其实你的心比我年轻。六多常和金婶同出同进，四周人背后常说，六多的老婆老是稍微老些，然气质很好，有这样老婆倒也是六多的福气。金婶又张罗着领养了个女孩，说待她百年以后，他们父女可以相依为命。然六多把领来的女孩送还了福利院。

过了十几年，六多的街道厂经营不善关门了，六多啥都不会只能回家待岗。金婶说年纪大了带小孩有点累，干脆改行教小孩学英语。六多没有想到金婶的英语水平很好。孩子家长都看好金婶，给钱也大方。六多负责接送孩子，尽心当起托教小孩的保安。

一早，六多总是为金婶买好花样早餐。到了傍晚，金婶总拉六多去小区外跳广场舞。四周人背后也常说，六多的老婆年纪不小，然不见老，六多跟她倒也很般配，有这样老婆也是六多的福气。

只是六多过了60岁生日，突然觉得身子不怎么舒服，看了几次医生，医生说他已动不了手术，只能一次次保守化疗。人一下子瘦了。金婶日夜在六多身边忙乎，给他擦头上的虚汗，给他喂吃的。临床家属见了对六多说，你娘待你真好。六多强忍着不舒微笑着说，她是我老婆。临床家属自觉失言，由衷地说，你有这么好的老婆真福气。到了晚上，金婶就睡在六多的病床上，一人一头捂着脚。

六多在医院里住了整整三个月，金婶也在医院里陪了九十来天。病房里都知道这对恩爱夫妻相差三十岁。金婶人缘好，累了总有人帮她。

连着几次病危，六多最终没能挺过来。一天凌晨，六多安详地走了。六多走，是金婶告诉护士的。护士说，医院里夜深人静的，你千万不能哭。金婶说，六多先走，是他的福气，人总是要走的。金婶在护士的帮助下，给六多擦拭了身子，最后一次替他刮了胡子、梳理了头发，穿上事先备好的寿衣。金婶的动作缓慢、稳当，一点也不凌乱。金婶毕竟是个过来人，40年前，她也是这样送前夫走的。给六多穿好寿衣，金婶在六多瘦削的额上深深地吻一下。金婶没哭，只是缓慢地在病床边的椅子上坐了下来。金婶太累了。

待护士办完例行手续重新回到病房时，发现椅子上的金婶有些异样，有经验的护士不放心，轻轻推推金婶，发现金婶也走了。一个九十岁的老人，实在折腾不起。

在整理他们病房时，有护士发现金婶椅子边的包裹里竟是她自己的寿衣。里面有一张事先写好的纸条。上面写着：亲爱的护士，请给我穿上我的寿衣，让我体面地离开。

当护士们给金婶穿好寿衣时，所有在场的人惊呆了：金婶为他们夫妻俩准备的竟然是情侣衣。

护士们见了，哽咽起来。

金算盘

又一日，区大姐听人说，镇上老庙里闹出了个大血案，有两人身中数刀，血洒老庙，已暴尸一日，惨不忍睹。

区家是陈墩镇的殷实大户，老祖宗先在苏州城里帮豪富人家理财，后告老还乡回镇后，开南货店、布庄起家，只几代人功夫，便积得诸多财富。

区家有一把算盘，老祖宗传下，据说是纯金打造。只是区家祖上有训，算盘传女不传男。长女区娟在家执掌财务大权，入赘女婿扶持镇上的店面，双胞胎兄弟在外经商奔忙，区家商号在外开了几处。

到了抗战开始，苏沪相继沦陷，区家商号被炸、被抢，双胞胎兄弟大牛小牛只能关门歇业，终日无所事事。

往日商号生意兴隆之际，大牛和小牛，手头上都很活络，又加终日苏沪间奔走，染上不少顽疾。大牛嗜鸦片，终日间云里雾里吞吐钱财，以致常常拆东墙补西墙。小牛嗜赌博，手气还算不错，输输赢赢，终究没有什么大的亏空。后来，他们手下的商号被炸、被抢，一了便百了，两人只身拖着两大家子回到了陈墩镇。

大姐接纳了兄弟两大家子，供吃供穿。然只几日，两兄弟便觉出大姐的不是来，一日三餐，无肉无鱼，只是些咸菜萝卜螺蛳蚌肉。早上是粥，晚上还是粥，吃得两大家子怨声连天。穿的呢，大姐只拿些压箱底的老布，请了个乡下的老裁缝赶做新衣。做出来的衣服，式样怪异，大人小孩谁也不愿意穿。

大牛熬不住了，跟大姐预支了说好的月供，自己跑县城吸鸦片烟去了。小牛多日寂寞手也痒了，打听多人，也预支了月供，跟人去邻镇杀了一下赌瘾。然邻镇赌窝水也很深，只半天，便把一个月的月供全输了。没了月供，两家子便鸡犬不宁，大人闹，小孩哭，大姐干瞪着眼，无计可施。

一日，大牛小牛商量好了，决计跟大姐分家。区家的舅舅被兄弟俩拖了过来。

大姐没法子，亮出家底，一处老宅，一处南货店，一处布庄，三十亩田地，任由舅舅做主。

舅舅是个和事佬，谁也不想得罪，让三姐弟先说。大牛小牛口风一致，说大姐隐瞒了区家最值钱的宝贝：一把算盘。话又说得很不中听，说大姐原本就是该出嫁的女子，在家执掌财权这么多年，少不了瞒着藏些体己钱。这么一说，两兄弟便把大姐逼到了死胡同。

大姐始终没有说话，任由大牛小牛说去。

最终，老宅一分为三，大牛小牛得第二进和第三进的楼房，大姐得一些的偏房。南货店归大牛，布庄归小牛，三十亩田地每户十亩。家就这般分了，大牛小牛仍不知足，最让大牛小牛耿耿于怀的是祖传的算盘最终还是归大姐一人所得。大姐拿出祖训，大牛小牛不愿看，舅舅看了说，祖训上写得清清楚楚明明白白，我们还是不要违了祖训坏了家规吧。

大牛小牛得了该得的家财，也就挣脱了束缚，该抽抽，该赌赌，只几年工夫，把各自家财挥霍一尽。大姐也是苦苦规劝，两兄弟却不领大姐的情。

大牛小牛最终又一次到了山穷水尽的时候，再次把舅舅拖了过来，提出要平分大姐名下的十亩田地，一些偏房。

大姐被逼无奈，落着泪，带着仅有的三亩三分田地的地契，离开了老宅，在自己的地边盖起了三间土垒墙茅草屋，一家人耕种田地养活自己。

然老宅上的偏房和三亩三分的田地，对沟壑难填的大牛小牛来说，仅仅维持了半年多。把祖上最后的家财挥霍一尽后，大牛小牛的女人都带着孩子和不多的细软回了娘家，两兄弟便只能带着铺盖蜷缩在镇头的老庙里。

半夜饥肠辘辘醒来，大牛小牛仍愤愤不满，说，凭啥要把那么值钱的算盘传给原本该出嫁的大姐？！

两人盘算着，那算盘原本就该有他们的份，应该把算盘拿出来分了，然要违祖训，很难，舅舅也不会帮他们。要拿，只有硬来。两人一拍即合。为防备大姐知道是他们俩所为，他们精心策划一番。最终由小牛出面，请出平常的赌友，说妥了得手之后的好处，便让两赌友在第二日深夜里蒙面如劫匪一般，操着利器直

奔大姐的茅草屋。大牛小牛在外接应。两赌友推柴扉入屋，二话没说，先把屋内的大人小孩全都结结实实地捆了，逼大姐交出金算盘。

利刃之下，大姐区娟落着泪交出祖上传下来的宝贝。

大牛小牛接应时，取走宝贝，回到老庙里打开盒子一看，傻了，这哪里是金算盘，分明是一把又旧又锈的铁算盘。然盒内确有《家训》，上书"吾乃贫苦人家出身，幸遇恩师厚爱，悉心点化，练得一手好算盘。入其私塾门下五年，分文不收，且以长女所托。后得恩师推荐，为苏城东家理财数载。兢兢业业，深得东家器重。积累了一些原始资本和经营之门道，遂回镇创业。此铁算盘，乃恩师和岳丈之宝物。物之无价，在于内蕴为人、致富、持家之道。此宝物，传我辈后长女，以感恩恩师岳丈。"

大牛小牛无语。

又一日，区大姐听人说，镇上老庙里闹出了个大血案，有两人身中数刀，血洒老庙，已暴尸一日，惨不忍睹。区大姐惴惴不安之极，赶去一看，正是大牛小牛两兄弟，躺在血泊之中。而那家传的算盘已被砸，算盘珠子滚落一地，有好多已与淤血凝在一起。

此案一直到新中国成立后方得以破案，此为两人邀得的亡命赌友所为。

陈 案

突然有一天，县衙门口铜像边来了个小智力障碍者，傻傻的，有人没人都指着县太爷的铜像说，县太爷是强奸犯，陆魁是大英雄，反反复复就那么几句话。

陆魁，陈墩镇人，早年曾当过几年兵，会几套拳脚，退役后，在桐城县（现桐城市）衙当差。

县太爷姓董，早年曾留洋，是个知书达理的斯文人。

一日，县太爷很随意地跟陆魁说，听说你是陈墩镇人，那镇民风淳朴，女子都挺勤快的，你有合适的，帮我家里物色一人，料理料理家务，最好年纪轻一点、人干净一点、手脚麻利一点。

陆魁有个亲妹妹，芳龄十八，爱干净、手脚也挺麻利。县太爷一说，陆魁便想到了自己的亲妹妹。家里穷，爹娘也常常跟陆魁唠叨，说，你在县衙门当差，自己有吃有穿，不要忘了帮衬帮衬自己的亲妹妹。

陆魁跟爹娘说了，爹娘说在你身边，有你照应着，爹娘放心。陆魁跟县太爷说了，县太爷说，你先把你妹妹带来试用三天。

陆魁妹子叫陆小兰，大手大脚，满头乌发，白皙的脸蛋水灵灵的。试了三天，陆小兰把县太爷家里收拾得干干净净。县太爷就让陆小兰留下了。

陆小兰留在县太爷家里当小保姆，虽说跟哥在一个县衙里，其实也很少与陆魁照面。毕竟陆魁是衙差，在外打杂的事多，而陆小兰一直在后院，很少到前面衙门走动。难得陆魁碰见妹妹，总是问一声，在里面好不？妹妹话也不多，只说好的。

如此一年有余，突然有一天，爹娘捎口信让陆魁回一趟家。陆魁也不知爹娘有啥事，择个空当，回了趟家。

陆魁一回家，娘便哭诉起来，说家里天塌下来了。陆魁懵了。娘一边哭一边说，说是县太爷那禽兽把你妹妹个黄花大丫头给糟蹋了。不只糟蹋了，县太爷的老婆还把你妹妹打了一顿，骂她是狐狸精勾引县太爷，把你妹妹赶了出来。现在你妹妹怀有身孕，你叫一个黄花闺女以后带着个孩子还有啥脸面活下去？！

陆魁去推妹妹的房门。门从里面拴严实了，推不开。只听得里面嘤嘤的抽泣声。

陆魁跪在爹娘面前，不停地扇着自己的脸。陆魁是个烈性汉子，咽不下这口气。当日，陆魁紧赶慢赶赶回县衙，骗过当班的哥们，操了两把快刀，翻墙进了后大院，躲过后院值更的，靠近后窗，用刀尖悄悄拨开后窗，闪身翻入县太爷的寝室。县太爷和老婆已经睡了，微弱的月光下，两人双双躺在红木雕花大床上。

陆魁轻手轻脚靠近大床，挑开被子，两把寒光闪闪的快刀顶住两人喉咙。

陆魁一把刀用了一下劲，问县太爷，你糟蹋了我妹妹，知罪不？！刀尖之下，县太爷吓瘫了，嘴里含糊着，知、知。

陆魁另一把刀用了一下劲，问县太爷老婆，你诬陷了我妹妹，知罪不？！刀尖之下，县太爷老婆吓傻了，人颤抖得厉害，嘴里也含糊着，知、知。

陆魁飞刀几十下，红木雕花大床之上，血肉横飞，陆魁顿时便被飞溅的浊血染成血人。陆魁复了仇大大咧咧地拉开房门，撑着两把快刀，坐在房前的石阶上。陆魁万念俱灰，他不想再回陈墩镇，不想以后每天看着爹娘妹妹伤心的泪水，更不想看见全镇人嘲笑的眼光。

昔日陆魁的哥们把陆魁围住。陆魁神情呆滞，一直默默地坐着，直到太阳露出血红色。后来，陆魁怎么进的大牢、怎么判的刑、怎么被砍的头，他全都木然以对。他往日要好的哥们，在给他送牢饭时，总送上一壶烈酒。陆魁自犯了大事以后，每天都醉醺醺的。

陆魁被砍头的日子，几乎全桐城的人赶去看了。那阵势比正月里闹元宵还热闹。毕竟罪犯杀的是本县的县太爷夫妻。一个衙差杀了县太爷，自然是大家感到好奇的事。有人说杀人犯是个英俊小伙，有三头六臂，这更让大家好奇。只可惜，所有的知情人都闭口不说，好像被洗过脑一样。大家打听着，似乎有好多版本，但都吊不起大家的胃口。官府的判决说，陆魁好逸恶劳，赌博成性，眼馋县太爷家里好多从异域带回的珍奇又值钱的宝贝，入室偷窃，被县太爷发觉斥责，最后宝贝没偷着，竟把县太爷夫妻俩给杀害了。

陆魁被砍头的第二天，桐城县（现桐城市）报出了一个号外。文章不长，把董县太爷的生平事迹大大宣扬了一番，至于那杀人案，只有很简单的几句话，也说罪犯入室偷窃不成谋财害命。所有人读了，都说，没劲。

过了一段时间，县衙门口立起了一个铜像，人很斯文，老远一看就知道是被害的县太爷。

十几年过去，突然有一天，县衙门口铜像边来了个小智力障碍者，傻傻的，有人没人都指着县太爷的铜像说，县太爷是强奸犯，陆魁是大英雄，反反复复就那么几句话。衙门里当差的眼开眼闭，只当没看见。小智力障碍者每天来，吃喝拉撒在县太爷的铜像边，弄得县衙前众人都捂着鼻子绕着走。

后来，有知情人说，那小智力障碍者就是县太爷强奸人家黄花闺女后生出来的儿子。没人说的时候，众人没在意，现在有人这么说了，大家都说，那小智力障碍者跟那铜像真像。这事一传开，看的人突然多了。有些人听说后，甚至专门赶十里八里的路过来，看热闹。

第二辑　古镇今事

　　陈漖镇，典型的江南水乡千年古镇。对我来说，古镇是个似梦非梦的去处。身处古镇，非梦；走出古镇，入梦。古镇，又是一个大戏台，一些熟悉不熟悉的人物，在现实和梦境中，一个个争相粉墨登台。

老眼镜

中介人告诉旺老爹说，这回是上海的一家媒体，要拍好几天，酬谢费自然不会少的。只是旺老爹回老屋取老眼镜时，彻底懵了：他藏得好好的性命宝贝似的老眼镜竟然没了。

旺老爹，陈墩镇人，九十挂零，身板硬朗，每日有事没事总爱坐在镇上旺家大院门前的高石墩上沉思。那范儿，还是那先前老镇阔佬的范儿，一点不造势，一点不装样。

他坐那，似把旺家大院重新定格。旺家大院曾是当时老镇上最气派的大宅。现如今，作为古镇旅游景点的旺家大院，仍是老镇上最热闹的去处。

旺老爹全神贯注地坐着，时不时有人端着相机拍他，更有人凑到他身边，跟他合影。旺老爹木然以对。别人若给些小钱，他也拿着。

有知情者说，这还不是旺老爹最出色的范儿。旺老爹有一副老眼镜，玳瑁圆框、水晶镜片、纯金镶件。由于年代的久远，镜框、镜片、镶件上早已包裹着一层包浆。若旺老爹真的戴着老眼镜、穿着长袍，那活脱脱一个民国时代的乡镇阔佬，清癯、精神。其实，旺老爹还能唱几句。那腔，更带有古时江南乡绅的儒雅。

自然，有人专门准备了长袍，让旺老爹戴着老眼镜，唱上几句，来人拍摄些照片视频带回去派各种用场。当然，出镜是有出镜费的，给多给少，旺老从不计较。别人眼馋不了，谁也没有那个范儿，谁也没有那副年代久远的老眼镜。

在此之前，曾有人专门请了中介人找上门来，恳请旺老爹转让老眼镜，出的价在六位数上，然旺老爹没接嘴。旺老爹对钱很木然，他在意的是老眼镜。据说，

这是他太爷爷在家业最鼎盛的时候置买的宝物，要不是他爷爷私底下给了他，这宝物早就没了。

每日太阳落山时分，旺家大院门口游客渐渐散去的时候，旺老爹这才回到蜗居的小屋。屋是老屋，颓败的小院，坍塌的垣墙，旺老爹却收拾得干干净净。自从老妻去世、女儿出嫁后，院子和老屋便一日日地颓败着，正如旺老爹的衰老。

儿子的屋，更不像样，门窗烂了，屋顶几乎要塌落下来。没有成婚的儿子出外晃荡已经好多年了。儿子也曾回来过，在四壁空空的老屋里局促地与老爹对坐了一会后，便一声不响地走了。早年，旺老爹凭私塾认得的一些字，一直在镇上南货店给人家站柜台，后来公私合营了，成了头一批供销社老职工，辛辛苦苦拉扯着家、拉扯住儿女成人。儿子也是快近六十岁的人了，从小叛逆，早年读书时，功课差，一直逃学。到了 18 岁时，被分进镇石灰窑厂做工人。窑厂工资低而人又特别辛苦，尤其知道祖上的奢华，儿子心比天高、更觉憋屈，没做多久便不辞而别。儿子在外做什么，旺老爹不知道，只是有次公安局来人，旺老爹才知道自己的儿子犯事吃了官司。

一天，又有人专门准备了长袍，让旺老爹戴着老眼镜唱几句，中介人告诉旺老爹说，这回是上海的一家媒体，要拍好几天，酬谢费自然不会少的。只是旺老爹回老屋取老眼镜时，彻底懵了：他藏得好好的性命宝贝似的老眼镜竟然没了。

报了警，民警来了。第二天，民警告诉旺老爹：老眼镜是他儿子偷的。他儿子的指纹和足迹在公安局里有存档。旺老爹一听，大病一场。

为此，镇上人唏嘘不止。老人们都知道，早先的旺家大院，是个旺家，九进深宅。旺家先辈，耕读起家，后来发迹成方圆几百里出了名的官商大户，田地千顷，更有人官至二品。县志中收录旺家名人不下二三十位，镇上光旺家捐造的石桥就有四五座。只是到了新中国成立前夕，旺家人个个嗜鸦片如命，不几年，不只把偌大一片老宅抽掉了，更把上千顷田地也抽掉了，旺家成了赤贫人家，最终一个个暴病而死。旺家第六代，成了旺家的耻辱。掐指算算，旺老爹的儿子，是他们旺家的第八代。于是，镇上人就私下里叫他"王八蛋"。有人知道，"王八蛋"偷了他爹的玟瑙水晶镶金老眼镜，偷偷卖了八万块钱，原想靠这点本钱把先前输掉的钱赢回来，不料想只一个晚上便把这钱全输掉了。

大病后，旺老爹仍拖着虚弱的身子在旺家大院门口坐着，有时，应游人之邀，还唱上几句，只是鼻子上戴着的只是另一副破旧的眼镜，可能当时也值不了多少钱。太阳落山时，旺老爹仍回到那收拾得干干净净的小屋，坦坦然。

有人便私下里说，旺老爹不是一个为老眼镜而活着的人。

独木桥

　　那蒙头巾大姐足下一个闪失，便一个趔趄，惨兮兮惊叫一声，栽到桥下水里，先是没了个透，后重又浮出水面，若浮若沉，她挣扎着惊呼"救命——"

　　阿义他们的桥梁工程队在陈墩镇上拆了旧桥还没建起新桥的时候，先在豁了口的河道上搭根原木，供施工人员干活时搭个脚行个便，按说陌路行人得绕远从附近其他几座桥上过去，可谁也贪个方便，一个个宁可猴模猴样地在独木桥上晃过来摇过去地出洋相，也不愿多跑几步路。

　　阿义人虽老实，可他那班小哥们却都不是省油的灯。每回遇上哪个俊俏的小姐要想打独木桥上过去，他们便顿时会疯成猴样，一个个拿声拿调地逗趣："小姐姐，要不要搀一下唷？"脸皮嫩的小姐顿时两颊绯红，快快地匆匆落荒远遁，他们也就没了下文。只有遇上泼辣的见过世面的会骂人的大姐，他们才棋逢对手，大姐骂一句，他们"唷"一声，唏嘘一片，又招来一声臭骂，如此这般，送那位这位大姐走过独木桥。他们觉得在这儿建桥挺有趣。

　　这种行当，阿义是从不介入的，只是在一边憨笑。阿义只是一个烧饭的，施工队的事好多不该有他的份。

　　一回，正遇队休，阿义当班在工地上值夜。第二日一早，薄雾弥漫，地上聚有一层薄薄的冻霜，踏在脚下叽叽发出细微的声响，那独木桥上也有。阿义端着只热气腾腾的大碗，正蹲在工棚旁喝着热粥。一起当班的阿元上镇买菜去了，工地上空荡荡只阿义一人。

　　薄雾中，独木桥那头正过来一位蒙着头巾的大姐，挎着只大竹篮，定是心虚胆怯，步履维艰摇摇晃晃。

阿义托着大碗，迟疑再三，口吃得厉害："大……大姐，不……不要……"

大姐晃了晃，没吱声，又向前挪步。

阿义猜上去定是她蒙着头巾没听分明，于是为增加语气，用竹筷敲了几下托着的大碗，又大声地喊道："大……大姐……"

"大你个屁！"那大姐驻住脚，摆开蹬马架势，骂声连珠袭来："臭流氓，尿泡水照照，猪八戒一样的人，也想揩便宜吃豆腐捏瘪柿子，瞎了你的贼眼乌珠，撞在老娘手里，没你的便宜揩！"

阿义"我……我……"的吱了半天，也没吱出个下文，自认晦气，闷头只顾喝粥。

那蒙头巾的大姐出了大气，威风凛凛，脚底似乎也轻了，竟一连挪了好几步，好生得意。孰料，乐极往往生悲，独木桥上有霜毕竟又滑又险，那蒙头巾大姐足下一个闪失，便一个趔趄，惨兮兮惊叫一声，栽到桥下水里，先是没了个透，后重又浮出水面，也许是冬日里棉的衣服穿得多，外面湿了里面还干着，那些衣服托着个湿发遮掩的脑袋，若浮若沉。她挣扎着惊呼"救命——"。

阿义撂下手里的碗，顺水流跟着脑袋沿堤岸跑，手足无措。

"大哥……救……救……我……"水中的声音断断续续。

阿义几番冲向浅滩却迟疑不决，最后返身往工地跑。

"大……哥……"水里的声音凄凄惨惨带着绝望。

阿义终于扛着竹篙重又折回，那大姐扑腾着终于自己靠到河滩边，趴在滩涂上人整个瘫了。

终于有人赶来，把湿漉漉的大姐抬上岸，七手八脚抬上岸边，"啪啪车"急送卫生院。

阿义手持竹篙，呆呆的，木偶一般。

众人快快的，恶言恶语。还有方才隔河冷眼里瞧着前后一幕幕的，这回更把他骂得禽兽一般。

阿义"我……我……"，想申辩，然吱了老半天，也没吱出个一句像样的话来。

到了下午，有一群男人操着家伙来工地找人，阿元知道是找阿义茬的，推着让阿义躲起来。寻事的人没找着人，顺手把阿元揍了一顿。阿元的腿被揍折了，

只能在工棚里躺着，饭也不能做了。

　　施工队里的工友们个个义愤填膺，但队长把他们狠狠地骂了一通。骂，谁叫你们平时没事惹人家呢？！

　　又一个冬日回暖雾气浓浓的清晨，有个背着小猪赶集的老汉，偏不听工地上人的阻拦，偏要过那独木桥。水乡的人，大多是会水的，老汉过独木桥，想上去也不会有啥大事。只是老汉才过了半边独木桥，背上的小猪一个折腾，叫着跳河里去了。老汉没防备，一惊也掉下了河。顿时，一个人三只小猪，一个劲地在河里扑腾。

　　工地上人一个个袖手旁观，有的干脆走远点，没一个人想下水救人的。也该那老汉倒霉，可能是独木桥太高，掉下河的时候受了伤，在水里半浮着，似在呻吟。

　　就在这时，阿义胡乱叫着，跌跌撞撞从工棚里奔出来，叫着，跌倒了爬起来，再奔。奔到河边，径直朝老汉那边的河里跳了下去。只是，阿义一跳下去就如秤砣一样沉了下去，没能冒起来。几乎在他跳下河去的同时，河边一直袖手旁观的工友们一个个跳入深水里，河顿时如沸了的大锅。救阿义的、救老汉的、追小猪的，把个冬日里的河搅得一片水花。

　　阿义被工友们救了起来，老汉也被工友们救了起来，两人都被抬上"啪啪车"，送到了卫生院。小猪也都被追了回来，圈在工棚里直叫唤。

　　待队长带着钱赶到卫生院的时候，阿义和老汉都已经被抢救过来了。队长冲着阿义说，阿义，你犯不着玩命的。

　　"我……我……"，阿义吱了半晌才吱出下文，"事是我……我……惹的，我没……唉！"阿义挺痛苦。

　　其实，整个工地上的人都知道，老实人阿义是个旱鸭子，正因为阿义是个旱鸭子，所以队长一直叫他在工地上给大伙烧饭。

求　助

　　阿星下岗，生活拮据。女儿小鞠争气，考取农大。只是学费和生活费，让阿星费尽心思。有一天，阿星写了一些求助信。

　　南京回来，阿星让自己慢慢地平静下来。回到家，他便开始用生疏的笔写信。他写的是求助信，写了好几封。他觉得该写的或者可以写的，都写了。

　　阿星原先是陈墩镇农用机械厂的技工，在厂里很受人敬重，实在是工厂经营不善生产每况愈下，最终负债累累发不了工资关门了。

　　阿星下了岗。阿星婶是早年阿星在乡下插队时找的陈墩镇乡下的姑娘，也没多少文化，到镇上后没正式工作，靠打临时工补贴家用。阿星婶身子也不怎么好，前段时间一场大病用空了家里几乎全部的积蓄。阿星下岗，没能找到新的工作，靠微薄的政府补贴，过着日子。庆幸的是女儿小鞠很争气，去年高考时，以全校最好的成绩考取了南京农大。只是每年都要的学费和生活费，让阿星费尽心思。

　　阿星的信，确实是求助信。阿星脸皮薄，以前家里日子再拮据也不吭声。这次，他觉得非写求助信不可了，信是准备发给他在镇上和附近的一些亲朋好友。写好了信，他小心地点了又点，最后迟疑了半天，还是把它们塞进了邮箱。

　　几天过去了，亲朋好友们反应漠然。没有一个人上门，没有一个电话打来。他始终放在手边的小灵通，一直没有响过。

　　阿星这才装作有事没事的样子上街溜达。

　　有回在嘉顿饭店门口撞见阿龙，他们是很近的亲戚。阿龙做点生意，收成蛮不错的。打过招呼，阿星欲言还休，最后还是迟疑着小心探问：

　　"阿龙兄弟，我给你写了封信，收到了吗？"

阿龙挺豪气地说："这年代，还写啥信。有事打我手机就成，二十四小时候着，星哥，最近没啥难处吧？婶子还好？有啥事，对兄弟吩咐一声就成，记着，星哥。"

看着阿龙上了车，阿星确信阿龙压根儿就没收到信。唉，这邮局也真是的。

第二天，阿星照例上街溜达，遇上了阿源，是原先很亲近的哥们。一见阿星，阿源就唠叨不停，说他家老有陌生人惊扰，一会儿牛奶箱被撬，前几天，连信报箱也被人撬了，满是遗憾。

看着阿源远去，阿星确信阿源的信报箱确实被人撬了。唉，好好的干吗去撬那玩意，真不是时候。

……

又几天过去了，亲朋好友们仍反应漠然。照样没有一个人上门，没有一个电话打来。他放在手边的小灵通，仍然一直没有响过。阿星一个人默默地想，这求人的事，真的很难。

一个礼拜后一个风雨交加的晚上，阿星正准备上床歇息，有人敲门，开门一看，是大师兄奎哥。

奎哥一进门就嚷嚷："兄弟啊，我跟车出去帮人家检修车子，跑了趟长途才回来。见你那信，我这就赶来了。兄弟，我知道你的脾气，没特别的难处，轻易是从不求人的。老哥我手上的钱不多，这八千多块，原本是为儿子读书留着的，前些天儿子来信了，这小子有能耐了，说是打工赚了些钱，让我少寄些。这不，你先急用吧，不够的话，老哥再想想其他法子……"

奎哥也下岗了，只是奎哥有修车的技艺，饿不着。奎哥的儿子也争气，在北京读研。

阿星一激动要握奎哥的手，奎哥急急让过。这一反常的动作，让阿星觉出了异样。

阿星问："奎哥，手臂怎么啦？"

奎哥说："不碍事，这回不巧，路上车子出了点事，但过去了，不碍事。"

拿着钱，阿星眼眶湿润了。

半月后，从南京过来的律师，找到奎哥家，把一张大额支票递给了奎哥，奎哥一见那上面那么多的"零"，人惊得浑身发怵。

"这……这……如何是好？……"

律师说："这是我的委托人让我转交给你的，他中了迄今为止全省最高的一个福利彩票大奖，在我们那里留了一大笔钱，说是分给亲朋好友的，只是他想给真心帮助过他的人，他试了，决定给你，……"

不知虚实，奎哥拉着律师一起赶到阿星家。敲开门，门里出来一个陌生人。一问，说是新房主。

新房主说，他才买下这房，他是来陈墩镇打工的，没想到捡了个大便宜。那老房主去哪，他不知道。只是房里的东西，都留着。

葱 白

谁是大姐？！少女不乐意了，转身离开了老围墙。晚上，葱白翻来覆去入不了眠。尤其是想起唤"大姐"时人家生气的样子，让葱白觉得自己欠了人家好多。

葱白头一回到陈墩镇写生是三十多年前。那时，葱白才美院毕业。给自己起名葱白，是因为葱白嗜葱。尤其嗜好那种青青的小葱，细细的，香香的，一掐满指留香。

葱白在陈墩镇写生的时候，租住在裘家弄底的老裘家。老裘家老屋多，破败不堪，租金自然很便宜。

葱白喜欢早起，每日穿过九步三弯且窄窄的裘家弄，去弄口的裘家面馆吃红油阳春面。裘家面店是镇上最老的面馆，据说经营了三代有六七十年的历史。裘家红油面，碗烫、汤烫、面条细滑而筋斗。红油阳春面价钱也不贵，葱白每天早上赶早吃上一碗。葱白好葱，每回穿过裘家弄的时候，总是伸手在人家种在老围墙上的葱盆里，摘几根葱。那葱还挂着晶莹的露水，干净、精神，摘了直接掐断了撒在红油面上，为红油面增色添香。尝一口，满嘴都是红油汤的鲜美和葱白的清香。

然，偷摘人家种的葱，毕竟是不光彩的事。葱白这不光彩的事，被一位早起的少女逮住了。少女出现在老围墙的缺口里。少女口鼻上戴着口罩，两只忽闪忽闪的大眼睛，隔着一堵老墙，传递着一种幸灾乐祸的快乐。

大姐，不好意思，我没打招呼就摘了您的葱，实在对不起。葱白歉意着说。

哼，谁是大姐？！少女不乐意了，转身离开了老围墙。

葱白摘也不是，不摘也不是，最终自觉心虚，没摘。没有小青葱加料的红油阳春面，葱白总觉得少了许多。整整一天，葱白总觉得嘴里少了好些滋味。

晚上，葱白翻来覆去入不了眠。尤其是想起唤"大姐"时人家生气的样子，让葱白觉得自己欠了人家好多。皎月星光夜，葱白再也没法入睡，干脆起身作画，先是画了一丛娇翠的青葱，还加了一只轻盈展翅的小蜻蜓。画面干净，小有情趣。第二日一早，葱白在断墙处候了一阵，并未候到昨日的少女，迟疑着，用自己洗净的手帕裹了画，放在断墙上，随手又摘了一丛青葱。

第三日一早，葱白又把新画的一丛青葱和一只小蝈蝈，放在断墙上，可就在他又一次伸手摘葱时，墙内传出一声吆喝，吓了葱白一大跳。又是那少女，又戴着口罩。

你是画家？！少女问。

学画画的。葱白说。

你画的葱真好，我喜欢。少女说。

您喜欢就好。少女咯咯笑了，你真逗。摘吧，偷葱画家！

葱白摘了葱，跟少女做了个怪脸，去吃面了。

接连几天早晨，葱白都这样和少女照面。葱白每晚给少女画一幅小品，都有葱，然姿态各不相同。而每幅小品上又加上了一只小虫或小鸟，每日不一样。

少女挺喜欢和葱白说话。葱白知道少女叫裘秋，16岁，从小患有先天性哮喘，有时病得很厉害，只读了二三年小学，一直在家养病。为了给她看病，家里花了好多钱。裘秋眼睛有神，鼻子、嘴巴都长得挺标致，只是肤色白白的有点弱不禁风。葱白要带她去桥边写生，她一听乐了，桥头整整坐了半天，摆着样做模特。不知怎的，裘秋在桥头犯病了，吓坏了葱白，送医院抢救了好长一段时间。

葱白在陈墩镇住了两个多月，画遍了镇上每一座老石桥和有特色的老屋，也每天给裘秋画一张葱虫小品。离开后，葱白多方打听，找到了一种进口的喷液，时不时为裘秋寄来几瓶，嘱咐她，时时带在身边，定时喷用。然药很贵，裘秋只是在救命时用，平时不舍得。

之后的三十多年里，葱白来陈墩镇无数次，每次都记得带上几瓶喷液。裘秋一直没有结婚，和年迈的母亲住在裘家弄老屋里。只是，裘家弄底的老屋彻底塌了，葱白不再租住在裘家弄。裘家面馆的第四代传人不愿守着个小面馆过一世，裘家

面馆也关了，葱白也没法在那吃面了，自然也就不用在裘秋家的葱盆里摘葱了。

三十多年后的一天，葱白突然接到鹿城博物馆的邀请，说是陈墩镇有位女子，把她毕生收藏的他早年的一批葱虫小品无偿地捐献给了博物馆。博物馆邀请他参加纪念展览。

在博物馆，葱白见到了自己早年的精心之作，尺幅虽小，然倾注着他对于一位异乡少女的特殊的感情。说实在的，这么一位天使一般标致的少女，如果她很健康，他一定会拜倒在她的石榴裙下，生发出一段异乡的恋情。然他一次次克制着自己，使她离自己渐行渐远，最终天地两隔。

如果，裘秋把这些画卖了，给自己治病，她也许不会这么早就离开这个世界。毕竟哮喘还不是什么大病。葱白朋友的话，让葱白想得很多。确实，葱白自己估算了一下，这批小品，如在十几年前走市场卖了，那些钱足以让裘秋能接受最好的医疗。然她在生前就立有遗嘱，身后一件不少地捐给博物馆。葱白读到裘秋的遗嘱，其中的一句话，让他为之心酸。裘秋写道：我知道，随着他的名声越来越大，这批画，已经越来越值钱了，但我绝对不会把这些画变成金钱，绝对不会的，因为他在我的生命里非常重要，他是我这辈子刻骨铭心的初恋。因为有他，我能够支撑着活到现在。

葱白眼睛湿润了，他铺开雪白的宣纸，画了一大片葱，像海一样，中间是一位红衣少女。画毕，葱白在一旁题词：她在葱中笑。向裘秋致敬。葱白。乙未中秋。

半夜急救

夏院长清楚，在当事人没有任何签字的情况下进行手术，要冒巨大风险。但若不马上手术，断腿人很可能因心脏被刺而下不了手术台。

半夜十二点多，夏院长匆匆来到一楼急救室，只见两张急救床上，躺着两个车祸病人，都是三十多岁，男的，浑身是血。一个在呻吟，半边脸已经肿得变了形，血流不止。另一个，一条腿断了，人昏迷，神志不清。

夏院长吩咐先动手抢救断腿病人。人手不够，夏院长让护士把内科值班医生、护士都叫了过来。

输氧、输血、清创、消炎、用药、缝合、检查……

急救室里，一切有条不紊。

断腿病人做了检查后被推到了楼上手术室，继续抢救，开始做接肢手术。按理是说这么危重的病人最好转送市医院，那边医疗技术和设备都要比他们这乡镇医院要好，但夏院长担心路上出事，这病人已经耽搁了好长时间，只有马上手术。

手术进行间，夏院长问值班外科医生："这两个车祸人怎么过来的？谁送过来的？送的人呢？"

值班外科医生说："是脸受伤的人自己开着摩托车驮着断腿人过来的。过来时，倒在医院大门内，浑身是血，吓坏了保安。"

"又是摩托车？"夏院长心头一凉，又问："他们有没有说在哪出的车祸？"

值班外科医生一脸困惑，这两人，一个昏迷，一个死不开口，连最起码的缴费、签字手续，都无法弄。

"他们不像是在附近出的车祸，你们说呢？"夏院长仔细看了伤口说。

值班外科医生手上忙着，嘴里说："是的，从创面看，他们受伤已经有一段时间了，只是我没想通，他们怎么不去市里的几个医院，偏要赶到我们这偏僻的乡镇医院呢？这两人伤得蹊跷！"

夏院长吩咐一旁的内科护士，说："你去，抓紧做几桩事。先把那个脸上受伤的人送特护病房，安排特护，不能脱人。再给我家里打个电话，让我女儿马上来这里。说我这里有事让她过来帮忙。"

夏院长的女儿是市一院的专科医生，读的是博士，专攻心血管。只是，熟悉夏院长的几个医生都知道，夏院长女儿夏阳半年前出了事受了伤，一直在家养伤。那回，夏阳从医院里值夜班回家时，被骑摩托车的飞车贼抢了包，抢包的人很恶劣，突然从黑暗里窜出，打了她一铁棍，把她打翻在地。打的是腿，很狠，一条腿当即被打折。夺包时，夏阳看清了抢包的两人，三十几岁的男人，报警时她愤恨地说，这两人，烧成灰她也认得。

不多时，夏阳来了，拄着拐杖。看了看躺在手术台上的病人，夏阳与父亲的眼神对视交换一下，两人似乎啥都明白了。夏阳没说话，默默看父亲做手术。夏院长虽说已59岁了，然眼神和手的灵活，仍不输有经验的年轻医生。一会儿，有医生进来，拿着检查报告，告诉夏院长一个惊人的坏消息。检查发现在这断腿人胸口离心脏非常近的地方有一枚金属针，针尖已影响到了心脏，需要同时手术。

夏阳再也坐不住了，跟父亲说："这个手术，我来吧。"夏院长清楚，在当事人没有能履行任何签字的情况下进行手术，要冒巨大风险。但若不马上手术，断腿人很可能因心脏被刺而下不了手术台。夏阳做了一番准备，便为断腿人做起了胸口取针手术。腿伤正在恢复的夏阳，站着手术，很累，做一会手术，小坐一会歇歇。一边的夏院长正做着断肢再植手术。两台手术同时进行，父女俩只消眼神传递，便能默契配合。

一直到第二天上午九点多，手术才做完。从昏迷中抢救过来的断腿病人被送入了特护病房。

好几个小时站下来，夏阳累坏了。手术结束，夏阳问："爸，你怎么知道是他抢了我的包？"

夏院长说："我只是有一点预感，我让你过来就是要让你看看到底是不是他们。其实，我不是让你来做手术的，却被你赶上了。"

夏阳说："没办法，一进手术室，手就痒，遗传的。"

夏院长后来听说，那断腿人使了苦肉计。那插入胸口的针叫"拍针"，是事先花钱叫无良的人插进去的，一旦作案败露，他们便拍胸自残，嫁祸他人。

夏院长想想有点后怕，幸亏叫来女儿，幸亏及时手术，幸亏手术成功。

第三天，断腿人脱离了生命危险，人在特护病房，走廊里有民警轮流看守。一直到康复，这两人才先后从医院转到市看守所。

临走时，断腿人说要见一眼救他的人。夏院长没同意。断腿人有点失望，上警车前，朝医院大门，恭恭敬敬地鞠了一个躬。

铁算盘

我们辛辛苦苦在田里学耕作，他却凭那把铁算盘，从生产队记工分员升到小队会计升到大队会计。

我曾经根据老辈人的叙述，写过陈墩镇区家祖上靠一把铁算盘发家成殷实大户，后也因这把铁算盘使双胞胎兄弟俩双双血洒老庙，最终沦为贫困家庭的故事。

区波，是陈墩镇区家之后，与我同龄。区波读小学时，学校教珠算，我们都带木质的算盘，小而轻，不小心一撞，常支离破碎，珠子滚落一地，而区波的算盘是铁的，重而结实。区波会打算盘是家传的，他外婆传给他妈，他妈又才传给了他。他的珠算成绩总是全班第一。其实，我们的珠算课老师的算盘远没有区波打得好。学了一两个学期，珠算课没了，而区波却每天早晨晚上都要打两三个钟头的算盘，小小的手指常常在铁算盘上上下翻飞，那些铁珠子总被他打得噼啪作响。单手打、双手打，出神入化，让人眼花缭乱。

到了高中毕业，我们一起去金泾村插队。我们辛辛苦苦在田里学耕作，他却凭那把铁算盘，从生产队记工分员升到小队会计升到大队会计。到了1979年，他又凭这把算盘，破格被镇上的农业银行录取。那时的银行，常搞珠算比赛，区波从镇上、到县里、到地区、到省里、到全国，一路上比下去，总是非冠军则亚军，捧回了好多奖杯，号称"铁算盘"。

然好景不长，从计算器、计算机装备银行开始，区波的铁算盘再也没有用武之地。他曾用他的铁算盘与计算器对决，结果以惨败而告终。靠算盘破格入门的区波，渐渐地被冷落。若是人家再提他的那把铁算盘，似乎带些戏谑。他的工作岗位也越换越差，人变得也越来越萎靡。终于有一天，区波向银行主任提交了辞呈。

提了辞呈，区波清闲起来，没事逛逛证券所，然区波没有炒股，纵然他四周的股民都在大把大把赚钱的时候，区波还在畏缩。为了生计，他进了一些炒股的资料、面包饮料、电话卡在证券大厅卖。而他自己没出面，只是与几个没资金有闲工夫的下岗大妈签约，四六分成，亏了算他的。到了后来，市里好几个证交所大厅里卖证券资料、面包饮料、电话卡的大妈全是他的人。有人说，炒股的人有赚有亏，赚多的有，亏多的更多，而我听说区波尽赚不亏，辞职后养活自己绰绰有余。

积了一些钱，一些朋友拉他入伙办企业，区波说，我钱不多，也不懂业务，我弄一些地，你们在我的地上办企业吧。就这样，区波连租带买置了一些人家废弃的洼地杂边地，平整好了，给朋友办企业。朋友的企业有办成的也有办砸的。办砸了，地退出来，区波给另外的朋友办企业用。虽说区波赚得不多，然确是尽赚不亏。让所有的人远远没有想到的是用地越来越紧张，地价一直在升值。我知道，那些原本人家废弃的洼地杂边地让区波大赚了一笔。

赚了钱的区波，又有朋友拉他入伙，开发房地产。然区波却买了一些金属脚手架、机械设备出租，还租了好些工程车，专收人家开发项目时拆旧建筑留下的渣土，又卖了大量的填土给房地产商和交通工程商。这段时间，房地产商有大赚的，也有大亏的，然而我听说区波却尽赚没亏。更有朋友圈中，互相担保搞得挺好的企业倒闭的，而区波却是铁公鸡，再好的朋友也不担保。

赚了钱的区波，仍很低调。我们那些同学搞35周年聚会。聚会设在金泾村新开发的农庄里，好些有钱没钱的同学，都开着好车和不差的车过来。而区波却是乘出租车过来的，他和儿子合用一辆，儿子开车办事去了，他便没车开了。也就那回，他愿拿些钱出来，给陈墩镇中学设立一个珠算基金，在母校开设即将消亡的珠算兴趣课，奖励在珠算课授课和学习中卓有成就的师生。然现任校长婉言拒绝了。校长说，现在的学生课程这么紧，考试压力这么大，即使我们办了这样的兴趣学习班，家长也不一定领情。把孩子送到这样的班里，其实是耗费时间去做无用的努力。

那晚，区波喝醉了。

喝醉的区波，跟我反反复复说着算盘的事。区波很激愤，反反复复反问我，你说一把铁算盘，难道就是一把铁算盘吗？！

　　第二年，区波在陈墩镇建了一个私人算盘博物馆，馆内藏了他多年精心收藏的上千把各式各样的算盘。博物馆的门额上挂着"铁算盘博物馆"的匾。我听知道内情的同学说，这个博物馆，区波投了不少的钱。更没想到，区波又拿出整二千万在市里设立了一个"铁算盘基金"，扶持奖励愿与他合作的他心目中的"铁算盘"人才。这时，同学们都惊讶了，原来区波这些年赚的钱原比我们想象的要多。而熟悉财经的同学说，区波的"人才"计划，将为他带来更多的财富。

　　我也非常清楚，在区波的心里，其实有一把我们谁也没看懂的"铁算盘"。

红彤彤的校徽

李呷听了，眼睛里掠过一阵淡淡的欣喜，说，你怎么知道的，我就是校工。游人瞧了一眼李呷跟前画架上大气的写生画作，一脸疑惑。

银泾村李呷初中毕业那年，父亲退休。一个难得的机会，李呷可以顶替父亲进入陈墩镇中学做校工。其实，在此之前，李呷曾休学几年，故比同级同学年龄要大好几岁。李呷两个哥哥为此争得头破血流，而李呷说啥也不愿意，说"我还要读书"。李呷爹气得跺脚咬牙追骂："你傻呀！读书读傻了呀？！"

李呷原本是陈墩镇中学的学生。陈墩镇中学可是远近闻名的乡镇中学。1977年以来，历年高考录取率，除了省立县中以外，全县稳居第二的一直是陈墩镇中学。李呷也一直想读上去最终高考题名，然他爹做了他的主。

李呷爹带着李呷到学校报到的那一天，学校人事办竟然给他发了一枚红校徽，这让李呷惊诧不已。那校徽还是陈墩镇中学首届优秀毕业生、著名留洋博士李开河的手迹。之前，李呷一直佩戴的是白色校徽。其实，全校教职员工每人都有一枚这样的红校徽。这曾让李呷非常仰慕和敬畏。

李呷喜欢校徽，上班的第一天，他非常虔诚地把先前胸前的白校徽换成了红校徽。刚开始在同龄同学异样的眼光中，佩戴红校徽时，李呷还有些不太自然。只是当李呷佩戴着红校徽在年幼的新生前走动时，学弟学妹们天真的问好让他特别享受。

李呷当校工进了大食堂，跟爹的徒弟学做面点。食堂大，师生多，做面点讲究的是手脚麻利。每天天不亮，李呷就得赶到食堂，点火烧水做了面点上大笼。

每天几百号师生等着，稍一拖拉，就会误了早餐，那可是不得了的事。李畎跟师傅，师傅凶巴巴的，稍一迟钝，师傅就开骂。师傅骂了还说"你爹当初就是这样骂我的"。

　　做了校工，李畎才知道陈墩镇中学之所以高考录取的学生多，拼的是时间和毅力。绝大多数学生一日三餐就靠大食堂。一大碗饭两个大包子，取了就走。饭吃了，大包子藏着，饿了掏出来啃啃。因此，偌大的食堂，面点一直是供不应求。还有赶早和加夜班的老师，更是轮着想吃些面食换换口味。于是，李畎除了每天跟着师傅蒸大笼大笼的大包子，还得包饺子、裹馄饨、氽糍饭糕、氽油条、蒸糕、下面条。陈墩镇中学师生忙，校长不忙。校长常常自个跑大食堂，指点着做这做那，给一线的老师换口味。每天下来，李畎总是累得几乎要趴下。然稍稍打个盹，李畎便又去高中美术班画素描。高中美术班是陈墩镇中学的高考特色班，师资力量强，好多学生慕名而来，每年高考时考取的艺校生占了不小的比例。李畎喜欢画画，他不愿顶替父亲做校工，其实就是想学画画。佩着红校徽进素描室，学生们自然都把最好的位置让给他。进了素描室，李畎早把自己是谁给忘了。有时常常画到夜深人静，实在累得两眼皮直打架，稍稍打了一个盹，又得进大食堂，给师生们蒸大包子了。除此三年下来，李畎画艺日精，平日里的一些绘画作品足以和那些冲刺高考的学生们媲美。以至于带美术班的几个老师调侃李畎说，"在陈墩镇中学所有画画的人中间，李畎面点是做得最好的；在陈墩镇中学所有做面点的人中间，李畎的画是画得最好的。"

　　三年后的一天，李畎突然找校长说，要辞职。校长说："你要辞职，得你爹同意！"不料想，李畎没跟爹说一句话，竟自个儿走了人，气得他爹咬着牙直跺脚，说"这可是我前辈子修来的金饭碗呀！"

　　李畎走人后径直去了省城非常有名的美院大食堂应聘点心师。不料想，李畎以他以一当十的做面点绝活一试即中。美院的食堂更大，用餐的师生更多，李畎做面点得心应手。为了撩老师们挑剔的胃，李畎总是翻着花样做些地道的家乡面点，吃得大家直呼李畎有能耐。点心师李畎每天端正地佩戴着美院红彤彤的校徽，出入校内人多的场所，一些新来的学生总是恭敬地向他问好。李畎非常享受红校徽给他带来的尊重。每天下班或换班休假，李畎便佩着红校徽去一些画室蹭课。看着佩戴红校徽的李畎，学生们总是把最好的位置让给他。导师们开始时有些疑感，打听了，知道是学院食堂的大面点师，自然也就眼开眼闭。当然，李呷也有自己跟导师热乎的手法，带些精致的小面点，撩导师们脆弱的胃觉。以至于后来导师们都在调侃李呷，说，"在美院所有画画的人中间，李呷面点是做得最好的；在美院所有做面点的人中间，李呷的画是画得最好的。"

几十年过去了，开发了古镇旅游的陈墩镇上，常常见佩戴着美院红彤彤校徽的李呷和一批批写生的美院学生忙碌着。那胸前的校徽，虽陈旧，光泽也很暗淡，然佩在李呷的胸前仍不失其应有的尊严。知情人都说，镇上和李呷同龄人都已退休在家无所事事，而李呷的画画事业如日中天，连续多届在全国美展上获大奖。

后来，有个游人端详了半晌李呷胸前的红校徽，喃喃地说，现在还有人佩戴校徽，真是难得。在我们那儿，除非校工，没人会戴。李呷听了，眼睛里掠过一阵淡淡的欣喜，说，你怎么知道的，我就是校工。游人瞧了一眼李呷跟前画架上大气的写生画作，一脸疑惑。

出大事了

南面大湖里，浮着一具男尸。捞起来一看，竟然是那老传"出大事"的郭虎仁。有人说，定是被人谋害了。

一个慵懒的冬日里，在外闯荡了几十年的郭虎仁，突然悄无声息地回到了陈墩镇。当郭虎仁坐在自己原先老屋的屋檐下无所事事地晒着太阳的时候，镇上人觉得有点异样，先前能说会道、能写会唱的郭虎仁似乎成了病猫。

郭虎仁整天摆弄着手机，开始跟镇上人的交往也离不开手机。他总是端着手机，神秘兮兮地跟人说，玩微信不？对方只要一说，玩的。他便不容置疑地加了对方。那过程有点似谍战片中间谍发展下线一般。

整整一个多月，郭虎仁忙碌着，多少人的手机里被他加了微信朋友，谁也弄不清楚，只是镇上人似乎觉得，自从郭虎仁回到老镇后，老镇上的人一下子变得消息异常灵通起来，似乎天南地北世界上再隐秘的事，没有他不知道的，他发帖总是那句话开头"出大事了"。几万里之外，飞机掉下来了、轮船撞起来了、火车出轨了，他总是在电视台国际时事节目之前就发帖了。几百里之外，牛奶有毒了、大白菜沾甲醛了、小孩被抢了、老人被虐待了，他总是传得有鼻子有眼。有好多时候，他帖子的时间地点是模糊的，看得人往往深信不疑就是身边事。郭虎仁发帖很勤，随时随地都有他的帖子在微信圈里跳出来，一次又一次"出大事了"，让人心痒痒地想看，看了手就痒痒地转了出去。老镇人先是满足了好奇心，继而发觉自己竟整天沉浸在"出大事"的焦虑中，尤其是家有儿郎的家长，恨不得把孩儿拴在裤腰带上，生怕一不留心被人抢走了。

一日，镇上小学校里果真"出大事了"。原定午后有一部分学生要打防疫针，结果不知啥地方出了差错，有好多小学生竟然躲到了镇外的桃园里，有个孩子跑的时候跌进了河里，险些真的出人命大事。校长、班主任把学生赶鸭子似的追了回来，大家还一个个惊魂未定，说是打了防疫针人要变痴的。有人说是郭虎仁微信上说的。郭虎仁则说，我发帖是有事实依据的，新闻媒体上都曝光了，但我没说打了防疫针要变痴的，定是人家瞎传的。

后来，郭虎仁每天晒副镇长刘凯的照片。即将到龄退岗的刘副镇长，是个为人低调的人，没啥嗜好，就是喜欢抽个烟。郭虎仁把不知从哪里收集来的刘副镇长抽烟时的一举一动一笑一颦，发在微信圈里。不仅发，还加些暗示，做些阅读引导，如，刘副镇长抽的啥烟。开始几天，看微信的人，都只以为是郭虎仁没事干，瞎玩玩的。后来，大家越来越觉出帖子的味道，暗藏玄机。先是有镇上不得已下岗的职工鸣不平，你一个副镇长，每天抽软中华，哪来那么多钱？！过几天，郭虎仁微信传出，刘凯在银行当信贷员的女婿"出大事了"。他经手的贷款，坏账了，因贷款人身不抵债，跳楼自杀了。没几天，刘副镇长公示提拔的大儿子也"出大事了"，十年前一次赌博案底，被郭虎仁搜了出来。又过了几天，刘副镇长的小儿子也"出大事了"，他的饭店被内部员工告密，曾用过来历不明的地沟油。此微信一出，全镇一片恐慌，因那食油供应商同时为镇上所有饭店供油。一时节，全镇饭店生意冷清，老板们有苦难言。

没多久，刘副镇长真的"出大事了"，辞职，消失了。

知情人这才知道，郭虎仁这次回来是为追回他家的老宅。听郭虎仁自己说，那老宅原是他爷爷辈上传下来的，因为他父亲犯了事吃了官司母亲改嫁，有几间房子被他远房叔叔独自占了。他远房叔叔的大儿子说是他父亲收了他们的钱，把房子卖给他们的，并且拿出当年的字据。而这字据上签字作证的，就是他远房叔叔大儿子的亲家副镇长刘凯。郭虎仁不理会这些，他就咬准一点，他们是仗着镇上有官欺负他。

郭虎仁远房叔叔的大儿子专门找了镇上德高望重的几位老人邀郭虎仁"吃讲茶"讲和，愿无偿退还那些争议老宅。郭虎仁不愿"吃讲茶"，说，老宅上的房子是小事情，我是把一些大事情跟你们搞搞清。这是他们的软肋。这些话一传出，郭虎仁远房叔叔所有的亲戚朋友都惊恐起来，不知道又有什么大事情被他微信捅出来。这时，镇上人都说，这郭虎仁还是当年那能说会道能写会唱的郭虎仁，

千万不要把打瞌睡的老虎当成病猫。

接下来的日子里，郭虎仁像幽灵一样在老镇上游荡，全镇都在惶恐中焦虑不安，有人把他拉黑了，有人仍然在起劲地转发着，幸灾乐祸着。

终于有几天，镇上似乎很平静，一直没有"出大事"，一些好事者似乎有些失望，有些莫名惶恐的人重新开始恢复往日平静的小生活。

突然，有一天，镇上真的"出大事了"。南面大湖里，浮着一具男尸。捞起来一看，竟然是那老传"出大事"的郭虎仁。有人说，定是被人谋害了。公安局反复请不同的专家做了几次司法鉴定，结论一致：无任何外来伤害，深度醉酒，溺亡。

废 院

我们家虽然苦，兄弟姐妹六人都是爸拉扯大的，没有一个离开。

清明前，大哥约我们兄弟姐妹在清明节那天一起回锦溪，说老宅的事要跟大家商议。大哥说，老爸走后，那老宅，已经渐渐成了废院，有好些人看中这废院，等着接手。我们兄弟姐妹六人，其实只有大哥留在锦溪，陪着老爸，一直到老爸终老。给父亲办丧事的那几天，我们一起回过锦溪，丧事是在老宅上办的，只是大哥请人在老宅上搭了几个雨棚，丧事办完了，大家也匆匆地回到了各自谋生的异乡，至于老宅、老院、老屋，大家都没有好好地看一眼。这里有我们过多心酸的记忆，我们谁也不想捅破那张尘封的旧纸。

清明节前一夜，我们陆续回到了锦溪，大哥把我们安排在锦溪宾馆。虽然我们有老宅，然已经好久没有住人了，大哥在电话里跟我们说，若是再不了断，那老屋说不成啥时就塌了，那院子也就成了真正的废院。

住下后，大哥召集我们先开个家庭会，大哥说的意思，其实电话里已经跟大家都说过了。二哥对大哥说，我的意见，这院子归你吧，这么多年，你伺候老爸也不容易。二哥早年到山东当兵，在当地转业后被安排在税务局工作，在当地成家立业，一大家子，自然不会再回锦溪住了。姐也说，我也是二哥这意思。姐是早年插队苏北农场时离开家的，后来随姐夫在南京安了家。姐夫是77年的大学生，毕业后，事业上发展得很好，也不用回锦溪住了。大弟，在上海有自己的公司，整天忙忙碌碌，这回不是大哥发了狠话，他还说要让弟媳代表呢。他自然不在乎这些，说，听二哥和姐的。小妹随着儿子在加拿大定居，自然也说放弃。我呢，说实在的，那么些年一直在外地瞎忙，知道大哥伺候老爸很辛苦也很尽心，我自

然满口答应二哥和姐的意见。小弟一直没吱声，大家催了，才说，我有另外的想法。

二哥心里有点不爽，但忍耐着，嘴上问，你准备怎么弄？

小弟说，我想请你们耐着心听我把心里的话讲完。

姐说，反正都是自己兄弟姐妹，你想说啥，今天尽管说。

小弟说，我最小，我是兄弟姐妹中最不懂事的一个，是家里事业最不成功的一个，也是整天惹老爸生气的一个。妈死的时候，我和小妹才几个月，我什么都不懂，什么事都不记得了。等我记事的时候，我只知道我家最不像家。同学中，我的衣服是最旧的，我的鞋子是最破的。爸从来不管我穿啥衣、穿啥鞋。我常常觉得很饿，饿得慌时，就去找爸，说，爸，我很饿。爸就领我去找吃的，在家为了卖老东西，阿婆一次次跟他闹，骂他败家。阿婆骂，他还是卖。小东西卖完了，就拆了老屋一根根梁木、一捆捆椽子、一沓沓砖瓦卖。爸确实也够败家的，卖了东西有钱了，就像阔佬，给我买好吃的，弄得我小嘴老是馋馋的。

在店里赊吃的，有时人家不愿意赊，爸就跟人家说，过几日待手头上松了以后，就还上。爸也有手头上宽松的日子，宽松了就把赊欠人家的账还上。爸绝对不亏待我，只要手头上有钱了，就让我满镇上挑我喜欢的东西买了给我吃。海棠糕是我最喜欢吃的，爸一买买两个，看着我吃，吃得我满手都是黏糊糊的糖渍，然后他抓着我的手，把我手上的糖渍舔掉。人家都说我爸败家，开初我不知道啥叫败家。后来看着家里的东西越来越少、住的老屋越来越小了，才知道爸有多败家。他把家里稍微值一点钱的老木盆、老木桶、靠背凳子、八仙桌，一样样作了价卖掉。小弟说着，屋里先是寂静、继而有人抽泣、最后哭声一片。姐哭着说，小弟，别说了，都是我不好，学校里搞文艺活动选上我，但爱臭美的我没有花裙子，我跟爸闹，不吃饭，闹得爸没法子，把西屋的梁拆了卖了。

二哥也眼睛红红地说，那八仙桌是爸送我当兵时卖的，多了三块钱，临出发前，爸把钱塞在我新军装里，说出门在外防个急。

妹抽泣得不行，哽咽着说，我看人家都有橡皮铅笔，非常眼红，我偷了爸一块钱，买了橡皮铅笔，害得全家没米饿了半天。后来，爸把院子里的老井圈给了人家，换了一堆山芋。

小弟说，我想把老屋按早先的原样给修起来，把爸卖掉的老木盆、老木桶、靠背凳子、八仙桌，一样样觅回来。

大弟是个爽快人，说，好，你弄，我支持你，钱，全我来！

众人都说好，都愿意出钱。我也说好。

第二日，我们去老宅，那确实已成了一个废院。爸最后的几年，不愿意随我们哪个去异乡生活，自己在老院子里种些蔬菜、养些鸡鸭，自己享用，九十几岁了，还自己一个人住。要不是下了一场雪，摔了一跤，在床上躺了三年多，爸确实还可以活下去。爸去世后，院子里的草长得有一人高。只剩下一间的老屋里，是两张小床，大哥陪他走过了最后的三年多。

在老屋里，大哥迟疑着，说，其实，你们都不知道，妈过世后，有人给爸说成一个媒，那女的也愿意上我们家作我们的后妈，条件是让爸把双胞胎小弟、小妹送人，爸不舍得小弟、小妹，处了一段时间，就为这跟人家断了。所以，我们家虽然苦，兄弟姐妹六人都是爸拉扯大的，没有一个离开。说实在的，我也想修老屋，但上了年岁没这能力了，我会全力支持小弟。老屋修好了，我也会常常过来照应。你们在外也可有个念想，这是我们兄弟姐妹的根。

传口信

王二妮有点委屈，说："妈呀，我正想说你呢，丁阿婆过生日，你非要传口信给我干吗，家里说不行吗，弄得全镇都惊动了。"

锦溪七居委大多是做小生意的人家。做小生意的人家，大都孩子多，家里琐事多，而能够照应家里的时间却不多。

一日，王二妮娘摇着啪啪船要到乡下去做小生意，临出门时，突然发现王二妮上早班时，钥匙没带。王二妮爹出了远门，两个兄弟一个在县里读书，一个跟在船上，没有带钥匙的王二妮下班回来就没法进家门，而王二妮她娘一出门去了乡下，不知要到啥时辰才能够回家。

王二妮娘摇船摇到十眼桥，瞧见配钥匙的扬中老钱往老镇上去。王二妮娘便大声喊过去："老钱，你帮我捎个口信，叫王二妮回家时，到隔壁丁阿婆家取钥匙。"

老钱眼不花耳不聋，听得真切，爽朗地回应着，挑着钥匙摊往镇上去。老钱一边在镇南横街的长廊里摆下钥匙摊，一边留意熟悉王二妮的人。

此时，正好供销社的裘会计上班经过钥匙摊，在老钱钥匙摊边的海棠糕摊上买早点。

老钱让裘会计帮王二妮娘传口信。裘会计答应着。裘会计是苏州老插青，结婚后留在锦溪镇上当会计，一口糯糯的苏州口音，听上去心里暖暖的。

裘会计买了早点，急匆匆径直去供销社，正好是月底，她手头上的事，特别忙。半道上，裘会计遇见杀猪的小周，正好让小周传口信。小周本来每天这个时辰是要去肉店的，然不巧，小周要去乘轮船，没法到肉店里去传口信。

小周说："裘阿姨，没事的，我来传过去。"

　　小周去乘轮船时，遇见老虎灶上的大杜。大杜，盐城人，身高马大，声音洪亮，就是有点口吃。大杜正好去买肉，半路上遇见自己的老婆，老婆跟大杜悄悄说，不用去了，待会儿有人帮着带过来。大杜急了，说王二妮的口信还没传到呢。大杜老婆说，我让珍宝去取肉，她取肉前会先过来取肉票。珍宝和王二妮是最要好的小姐妹，珍宝是福建人，随着当兵转业的老公来了锦溪。

　　王二妮娘的口信，传了大半天，终于传到了王二妮那里。

　　王二妮是镇上供销社肉店收款员。上半天，正是肉店卖肉最忙的时候，排队卖肉的人围了几大圈。几位切肉的大师傅，一个个忙着照应着一只只伸上来的竹篮。接了肉票和钱，用沾满油腻的铁夹子夹了，飞传到账台上方。

　　王二妮坐在账台后，一一取下铁夹子上的钱和肉票，把找的零钱，快速传回。

　　珍宝过来取肉、传口信，正是王二妮最忙的时候。珍宝的传话，在卖肉和买肉人的吆喝、啰唣声中断断续续传过去。

　　珍宝喊："王二妮，你娘传口信，隔壁丁阿婆过生日，叫你去！"

　　王二妮一边忙着手里的事情，一边应着，"知道了！"

　　卖完肉，洗刷好肉店里的一切，王二妮突然想起娘传来的口信。王二妮有点奇怪，隔壁丁阿婆过生日，怎么要传口信给她。传口信给她要她干吗，又没说。

　　过生日，定是要买点肉，但店里的肉全买完了，只有主任事先留的二斤好肉，还没取走。王二妮自作主张，拿了二斤好肉，买了二斤水面就回了家。

　　回家先去丁阿婆家。丁阿婆七十几岁，儿子在新疆当军官，很少回家；女儿出嫁到扬州，来回得两天，平时也很少回家。丁阿婆一人在家吃喝不愁，手勤腿也勤，帮邻里收个衣服、看个小孩是常事。王二妮家呢，就跟丁阿婆贴隔壁，家里的琐事都让丁阿婆照应着。王二妮自然得谢丁阿婆一番。

　　煮了大块的红烧肉作浇头，下了红油面条，给丁阿婆过起了生日。

　　丁阿婆很奇怪，问："二妮，你怎么知道我生日的？！"

　　王二妮说："我妈传口信过来的。"

　　正吃寿面，三三两两有镇上人家过来给丁阿婆送长寿面、定身糕、红糖、枣子、花生，更有阔气的送来了热水瓶、铜脚炉、搪瓷脸盆、棉花胎、钢精锅子、搪瓷痰盂，花花绿绿一大堆。

　　丁阿婆不安了，说："这，这怎么是好。我没过生日呀！"

　　其实，来送生日礼物的大多是丁阿婆原先的邻居，有的人家人口多了，从原来住的地方搬了出去，一听说丁阿婆过生日，一传二，二传四，传得几乎全镇都知道了。这些邻居以前都受过丁阿婆的悉心照应，更有好些孩子就是丁阿婆一手带大的。一家家来祝寿，也是一番小心意。

　　祝寿的人渐渐散去了，丁阿婆坐立不安。找王二妮娘，说："我这一大堆东西，吃又吃不了，用也用不了，你干脆随手帮我卖了。"

　　王二妮娘看看也确实吃不了用不了，也就帮她卖了，一分不少交到丁阿婆手上。谁料想，那年过年，丁阿婆由回家过年的女儿陪着，一家家给孩子送压岁钱，加了不少自己的体己钱。雪天路滑，丁阿婆不慎滑了一下，摔伤了骨头，住进了医院。

　　王二妮娘知道丁阿婆住了医院，便开始埋怨女儿来，说："二妮呀，你怎么嘴这么快，丁阿婆过生日，说得全镇都晓得？！"

　　王二妮有点委屈，说："妈呀，我正想说你呢，丁阿婆过生日，你非要传口信给我干吗，家里说不行吗，弄得全镇都惊动了。"

　　王二妮娘想了想说："没有呀，那天我传口信是叫你回家时，到隔壁丁阿婆家取钥匙。"

　　王二妮娘俩这才知道传口信传岔了，害得丁阿婆好一阵折腾，心里歉疚，终日陪在阿婆病床边。这些日子，也时常有老邻居过来送新鲜的鱼肉汤和肉骨头汤，把丁阿婆养得好好的。

摸蚌人

妇人用破竹篙把小舟撑向湖中，那小舟先是慢慢地沉下去，半浮半沉。继而突然从水中浮起来，像长了眼睛一般，向湖中漂去。

锦溪镇南是一片宽阔的水面。那水面有一个挺雅致的名称叫五保湖。

很多年以前，湖里来了一位摸蚌人。他划着一条柳叶一般的小舟，在湖面上飘飘荡荡。人家划舟是用手，而他划舟则用脚。他那舟挺小。白天，若天气好水温尚可，他则下水摸蚌；若天气不好水温太低，他就用铁爪捞。晚上，他便和衣裹着御寒的被子钻在草席覆盖的小舟里，即便刮风下雨甚至下雪，都是如此。

摸了蚌，摸蚌人就拎到菱荡湾边的石埠头上出卖。他用一把已经磨成一弯月的镰刀，带着水把新摸起来的河蚌破开，蚌肉归蚌肉、蚌壳归蚌壳地堆放在一起。蚌肉不贵，算得上价廉物美的河鲜。下工的人，顺路买上一些，花不了几钿，带回家剁碎了，放点雪里蕻咸菜炒炒，过酒下饭都可。

蚌肉有嫩的时候，也有老的时候。嫩的时候，人家买了炒菜吃；老的时候，他偶然也能零卖掉一些，然主要得候收蚌人来收。有供养蚌珠的，也有供养蟹的。年成都不一样。有时，摸了不少，然没人来收。

蚌换了钱，摸蚌人便到附近的邮局把一些钱汇出去。地址永远是那一个，收款人也永远是那一个。因为摸蚌人习惯于沉默，所以也没人能够从摸蚌人嘴中问出收款人的身份。他默默地享受着汇款的乐趣。这似乎是他人生的使命。

有一年冬天，下了一场大雪，摸蚌人在自己的小舟里被冻僵了。有个单位管事的负责人，平时常吃他摸的蚌肉，心疼他，叫人把他架上岸，让他住进了单位里的传达室。传达室虽说也挺简陋的，然毕竟比小舟上强多了，冬天能挡风御寒，

夏天多多少少能少些蚊虫的叮咬。更让摸蚌人万万没有想到的是，负责人每月还给他几块钱的工资。因为，让他住进传达室，名义上是请他看个大门。摸蚌人倒也是个尽职的人，白天进湖摸蚌，晚上就在传达室里寸步不离。如此一待待了好多年，摸蚌人与传达室融为了一体。他白天摸的蚌，傍晚时就在传达室门口卖。传达室窗后是一个很宽的夹弄，平时没人去，摸蚌人就用旧砖垒了，铺上塑料薄膜，养着没卖掉的蚌。有人过来收，他便让收蚌人自己挑。

摸蚌人的小日子开始滋润起来，晚上也会炒一点顺便摸到的螺丝、小鱼，拷一点便宜的料酒，喝得脸通红。摸蚌人自己不碰蚌的，他说他一吃蚌肉，肚子就疼。他说，也许他杀了那么多的蚌，蚌仙对他惩罚。即便如此，摸蚌人也很坦然。

不知过了多少年，那让摸蚌人看传达室的负责人早退休了，那单位后来也解散了。传达室四周的房子，拆了建、建了拆，唯有那摸蚌人住的传达室一直如此。单位没有了，也无所谓传达了，工资补贴没有人发了，然这房子的房租也没人跟他要。水，摸蚌人常年用的是湖里的水；烧，摸蚌人拣的是柴火；电，一度停了几个月多，镇上领导知道后，专门给他通了电。

谁也没有想到的是，摸蚌人六十多岁时，找了一个在附近服装厂打工的妇人。那妇人看上去好像比他要年轻十来岁。他们是正儿八经领结婚证的。领证后，那妇人便住在摸蚌人的小屋里，小日子更滋味了。

七十来岁时，摸蚌人生了一场大病，在医院里住了好长一段时间。摸蚌人户籍不在这，自然享受不了医保，所有的医疗费都得自己掏。摸蚌人没钱，靠医院减免、政府慰问加社会募捐，摸蚌人终于在医院里挺了过来。让摸蚌人万万没有想到的是他住了这么多年的小屋，在规划中需要拆除。开发商将补给他一笔安置费。钱虽说并不多，然可以说比摸蚌人摸了一辈子蚌卖的钱还要多。不知怎么的，摸蚌人有钱的消息传到了老家，有几个男女从老家风尘仆仆地赶来，为了这还没有完全着落的钱争吵不休。最终，争吵的矛头对准了摸蚌人新找的女人。骂她老妖精，把摸蚌人的钱都骗掉了。摸蚌人好几年不往家里汇钱了，这让他们非常气愤。摸蚌人的病原本有些好转，老家来人天天争吵，让摸蚌人心灰意冷，撞了几回墙，拔了几回点滴，那病情竟然一下子恶化，神志不清，不能自理，而老家来人竟然撒手不管。没多少天，摸蚌人咽了气。

与此同时，开发商给的安置补偿费也基本确定下了。十二万。就是谁签字，又闹得一团糟。开发商认国家发的结婚证书，而那几个男女却跳了起来，狂喊，我是他的亲儿子，我是他的亲女儿。

老家来的男男女女，拿出很旧的户口本，那上面果真如此。

开发商也被闹懵了，拖了几天，最后实在拖不下去了，还是把那钱打在了那妇人的账上。摸蚌人的儿女们，这才不再争吵，商议起怎么一致对外，打赢这场争夺钱财的斗争。

最终，这十二万钱，按照法律规定分割了。分割时，那妇人比他们少拿到了一笔现钱。儿女的理由，老爹的小舟也是一份财产，他们带不走，自然抵给妇人。

妇人人单势弱，拿了一些钱，去看那小舟。年久失修，小舟已经千疮百孔，舱内长满了杂草。妇人用破竹篙把小舟撑向湖中，那小舟先是慢慢地沉下去，半浮半沉。继而突然从水中浮起来，像长了眼睛一般，向湖中漂去。看的人都说，那小舟好像有人在划动。有人感到那小舟似乎在寻找到自己最后的归宿。

第三辑　闲人笔记

　　我乃闲人，闲人自有闲人的乐趣。闲人喜欢结交三教九流，闲人喜欢道听途说，闲人尤其喜欢听一些别人的情事，乃至风流韵事。当然，闲不住的时候，自己也客串一下。

抢套裙的女人

静怡迟疑着解腰带，神情为难，说："只有三角裤了，叫我怎么见人呢？！"

业务洽谈会上，静怡出尽了风头，那口流利标准的英语，使来谈生意的老外也很佩服，没想到区区小城竟也藏龙卧虎，尤其是那身做工考究得体大方的浅蓝色套裙，更使在场的主宾都为之赞叹不已。

只是一送走外宾，静怡就匆匆地道别，说是走晚了，一个人路上挺怕的。回家得穿过好几条小巷子，小巷很深，弯又特别多。

这晚其实天色还早，只是小巷里的人家早闭户看起了电视，这家那家的灯光从一个个大大小小的窗户里射出来，映在老墙上，斑驳摇曳。过了一段巷子，是一座小石板桥，陡陡的，静怡喘喘地推车上了坡顶，蓦然撞见一个手扶自行车的单身女子，正靠在一旁栏杆石上。只见她上身套着件袒胸露背的小马夹，下身穿条不修边幅的牛仔裤，那模样挺野，也挺浪的，乍一见，能使你陡生鸡皮疙瘩。静怡厌恶地狠狠瞥了她一眼，把车径直推入另一段小巷。这小巷俗称九步三弯，两边是老墙，路灯稀稀落落，挺阴森的，尤其是弯儿太多，骑不得车子。

沿着巷子没走几步，便听见后面有车子的叮当声，静怡猛回头，一惊，正是那浪女！

静怡紧走几步，不料那浪女推着车子，紧追过来，竟把她逼在一个死角里，手里还白晃晃亮着小刀子。

"你……你要干吗？……"静怡蜷缩着躲开小刀子，心想定是刚才那狠狠地一瞥惹恼了她。

浪女用车子顶着她，恶狠狠地低声说：

"知趣点！"

"我……我要喊人啦！……"静怡惊恐地反抗道。

浪女鼻中"哼"了一声，道："那又怎么样？两个女人打架，兴许是为哪个臭男人吃醋吧，谁会有闲心来管这等闲事呢？！……放明白一点，把我要的都给我留下来……"

静怡这才明白是遇上半路抢劫了，只是行劫者是个歹女。

"我……我没钱，项链也是假的，你要就送给你……"静怡说话的声音有些抖抖索索。

"谁稀罕你的臭项链，把你的套装给我留下！……快呀！"说着，歹女竟要动手。

无奈之中，静怡脱了上衣，歹女抢过去，继续命令着："脱套裙，快！"

静怡迟疑着解腰带，神情为难，说："只有三角裤了，叫我怎么见人呢？！"

歹女拉拉扯扯容不得她回辩，扯下自己的小背心、牛仔裤丢给她，拉过静怡的套裙就往自个身上套。

还在静怡懵懂之中，那歹女早穿好她的套裙，推上自行车返身出了巷。

静怡呆立着，突然一摸自己身上光光的只一小片乳罩和一丁点三角裤衩，又是一阵惊慌，忙乱中把歹女丢下的牛仔裤、小马夹套上身，尽可能地避开路灯，做贼似的逃回家。

严严实实地锁上房门，静怡愤愤地剥下那身令人作呕的衣裤，可就在她拎起那条脏兮兮的牛仔裤决意把它丢进门后垃圾袋里的那一瞬间，牛仔裤的裤袋里滑出一叠大面额钞票。

静怡一惊，拣起钞票一掂量，少说也有七、八张，翻开纸币一看，里面还有一小片纸条，展开来，上面有几行清秀的小字：

"丽华：

只要你与昔日告别，我将仍然爱你，以至永远！你的志强"

还有两张电影票：大光明影院，今晚，八时整，鸳鸯座。

静怡抬眼看墙上的挂钟：七点四十五分！

迟疑片刻，静怡换上另一身套裙，把歹女的钱物装在小挎包里，重又骑车出了门，这回，很奇怪，她竟一点儿也不害怕。

彼 岸

阿品跟阿雨是工友，他们曾一次次游去孤岛。阿雨也曾独自见到孤岛上的她，吃她准备的瓜果，却不知道原来阿品已经与她有了私情。

阿雨他们的工程船在江边参与一个大型的码头施工项目。

每日收工，阿雨总是和工友阿品坐在工程船舷上，望着远处的孤岛久久地发愣。

孤岛不大，像一叶小舟漂浮在江面上。天特别晴的时候，能够依稀望见孤岛上有窝棚、有袅袅的炊烟，孤岛边似乎还有小船来往。

周日歇工，有家的工友都回家了，阿雨和阿品待在工程船上显得特别无聊。

阿品跟阿雨说，我们游去孤岛玩玩，敢不？！

阿雨跟阿品同岁，只是小几个月，平时，两人凡事一直较着劲。阿雨听得阿品这么一说，自然不甘示弱，谁不敢是孬种！

于是，两人约定谁先到，谁就像古人一样在孤岛上点起一缕狼烟。

两人下水，争先恐后朝对面的孤岛游去。

然，毕竟是大江，江面上水急浪大。一会儿，阿雨就与阿品分开了。游了不知多少时间，就在阿雨离孤岛还很远的时候，孤岛上竟然燃起了那约定的狼烟，阿品已经登岛。阿雨心里很不甘心，拼命朝孤岛游去。然就在阿雨离岛不远处，阿品却养足了劲又打回了。

第一回比游水，阿雨输得很没面子。第二回，再约，阿雨仍是输。第三回、第四回，阿雨次次不是阿品的对手。阿雨心里憋屈，每回，自己紧赶慢赶的时候，

阿品总已到岛上人家去歇脚了。孤岛上只有几户种菜的菜农，平时很少有人上岛，一来二往，阿雨成了他们的朋友，每回岛上的人总是事先准备着吃的喝的以阿品朋友的身份来款待阿雨。虽说，阿雨每回都输，但阿雨自己也感到一个暑天下来，自己游水时明显比以前有劲了、快了，也渐渐地与阿品拉近了距离。他想，若是照这般游下去，他总有一天会超过阿品，赢他的。

谁料想，就在暑天即将过去的时候，一场雷暴雨袭击了他们的施工工地。阿雨、阿品被工班长召集了冲上工程船甲板，跟工友们一起去固定被暴风吹得翻飞的施工物件。就在这次抢险时，阿品被飞起的重物砸中，昏迷不醒，送医院抢救了好久才缓过气来，然一条腿和几根肋骨在这次抢险中被砸断了，住了好长一段时间的医院，最后拐着腿永远地离开了工地。

离开时，阿品把阿雨拉到一边，悄悄地说，明年你若是再游孤岛的时候，你帮我去找一位姓叶的姑娘，就跟她说，阿品辜负了她，在她面前吹大牛了。

阿雨记着阿品的话，第二年春水一返暖，便独自下水游到了孤岛，找到了阿品说的那位姓叶的姑娘。阿雨也曾见到过她，吃过她准备的瓜果，只不知道原来阿品已经与她有了私情。

阿雨跟叶姑娘说了阿品的事，叶姑娘嘟着嘴说阿雨是跟阿品串通好了来骗她的。他水性那么好，他曾跟她发誓要当海军，更与她许诺，他当上海军后就把她当成他自己的人。他一定是当上海军后，反悔了。阿雨翻来覆去解释，叶姑娘就是不信。

又过了几日，有人到工程船上来找领导。阿雨一看，是孤岛上的菜农和他们的女儿。

一会，领导来找阿雨。领导介绍了阿品的真实情况。阿雨也不隐瞒，照实说了。菜农说，叶姑娘是他们的闺女，性子倔，认准阿品是个有能耐的好人，非要跟他好。其实，原本他们就讲好的，互相承诺。年轻人一诺千金，这是他们的原话。

领导感动了，又把离队的阿品召了回来，让他在岸上做后勤。

第二年冬天，工程队破例为阿品和叶姑娘他们举行了一个热闹而简朴的婚礼。

又一年，阿雨当上了海军。临走时，阿雨最后在江中游了一回。阿品看阿雨游水时，说，阿雨的游水本领已经远远超过我以前了。阿雨说，其实我不是非要赢你不可的，只是一直不甘心比你差。没有你，我不可能游得这么好。

遥远的木风琴

我们学校的门窗竟然被人撬开了，所有的抽屉都没有失窃，唯有那架木风琴被砸得稀巴烂。

我应约来到水秀路上心园咖啡馆的那晚，是个平安夜，那真是个温馨的夜晚，没有风，确乎是个暖冬，咖啡馆里播着萨克斯管乐《回家》。

阿瑛告诉我说，她选这个日子，是她还记得，十八年前我离开小山村的那天晚上正是平安夜，那晚，她只觉得一夜惘然、无奈与无助。

我站在室内芭蕉叶旁，透过木格子装饰窗，凝视着眼前高低错落着的根根茎茎的草饰。稻草和麦秸的编结，原始而又时尚。在柔柔的灯光下，芦絮定格了，情调是暧昧的。

"怎么样？"阿瑛似乎有点得意地问我。"不错。"我说。

"不错就是不怎么好。"阿瑛说："我让你看更好的。"

那天，阿瑛穿着套裙，我说不上颜色，像是绛红色的，只觉得有点贵气。我发现阿瑛变了，变漂亮变成熟了，身材匀称了，腰肢也是柔柔的。已没有了山村人那土里巴几的影子。

我没有说话，只紧紧跟着阿瑛在虚拟的山涧篱笆墙与小木屋间穿行。

"闭上你的眼睛，让我给你一个惊喜！"阿瑛说。说的时候，阿瑛站在一块鹅蛋形的草坪上，那当然也是虚拟的，手扶着一架蓝色大布蒙着的大物件。

我睁开眼，像我十八年前刚见到那架老式的木制旧风琴一般，摸了一摸，木质显然老旧了。琴键，也磨损了不少，但坚硬如老人的健牙。一踩咯吱吱响。风仍是鼓鼓的，依次一按，只是中音和高音区中有几个哑音。

比原先那架要好多了，给我两天时间，我会修得像原先那架一样动人。我想。这只是一个摆设，恰如无法飘动的芦絮。

阿瑛为我俩安排了一间小小的包厢，粗布的门帘垂着。阿瑛吩咐服务女生为我们上些什么，再播放些什么。"没事不要来打搅。"阿瑛让服务女生吩咐下去。

饮料端上来，呷了一口，我说："这是大麦茶。"阿瑛说："你不是说我家的大麦茶最好喝吗？"我说过吗？我忘了。

音乐似乎换了，不再是《回家》，而是"在那遥远的小山村，……"

你在怀旧，阿瑛。我想，但我没说。

十八年前，我苏城师范毕业，去了那远离城市的小山村，这是我的渴望。我并不高尚，我只是一个志愿者。我在那里遇上了阿瑛，她才高中毕业，到小学当老师，是代课的。小山村里的日子，缓慢而又慵懒。太阳高高的，我们才上课，夕阳还在老高，我们已经下课了。送走学生，便迎来漫漫长夜，幸亏有这架老掉牙的木风琴，这是几年前老校长临退休时留下的。已经漏气，已经哑音，我花了整个一个星期，又让它发出了魔幻般奇妙的声音，呼嚓呼嚓地踩着，正跟小山村的慵懒合拍。

阿瑛家离学校不远，每天送走学生后，又折回来，看我弹琴，后来竟能跟着我的琴声，唱一支又一支即时流行的歌。阿瑛的歌喉是清甜的，"在那遥远的小山村，小呀小山村，……"是阿瑛最爱唱的。他们的小山村，产桃产梨，记得阿瑛曾告诉我，一到春上桃花梨花开的时候，满山遍野的是粉红的紫色的云彩，要多美就有多美。只是，桃梨再好，不好当饭。从山里运出去，那么多山路，自然卖不得多少钱，山里人一直穷着。

一天天，总是我弹琴她唱歌。我们的琴声与歌声，惹得村民驻足，一茬又一茬的。

小山村民风纯朴，家家敞门露户，而突然有一天早上，我们学校的门窗竟然被人撬开了，所有的抽屉都没有失窃，唯有那架木风琴被砸得稀巴烂。我好恨自己，就住在校院里，睡得竟像那死猪一般。阿瑛后来告诉我，这不能怪我，因为她定亲了。我疑惑，她定亲与这木风琴被砸是完完全全不搭架的两码事。几天后，我被镇中心召回。

"那架木风琴真好。"我和阿瑛同时说。只是我不知她指的是这架还是那架。

　　"你知道。"阿瑛说："我是特别特别喜欢当老师的，我多么想伴着那架老旧的木风琴在山村里的小学校里教书一直到白头。但风琴被砸了，全是为我。我的心被人割了一道道口子，我被深深地伤害了，我不再留恋那个山村。我一个人走了出来，义无反顾。唉，我走出了山村，却永远走不出山村的影子。这些年我拼命唱歌赚钱。我一直在想，等我赚够了钱，我一定在我们村盖一所新学校，置上一架最好的钢琴，请上一位最好的音乐老师，让我们的小山村里整天有琴声有歌声。"

　　说着，阿瑛哭了。

　　半晌，我说："要不我明天把那架木风琴修修吧。"其实，我也知道，那已是毫无意义的事了。

公众影响

> 谁知，她这么一躲，竟躲出了大事。偌大的山庄，竟然走得一
> 个人也不留。

有一对甜美笑窝的归缨是桐城电视台的新闻主播。其实，归缨当新闻主播才一年，还只是个 B 角。有时台里有外拍任务，归缨也被安排到现场。

桐城跟响山是对口合作的友好地区。每年，桐城都要到响山搞一些有影响的活动。活动时，电视台总安排最强的阵容，随队前往。这次，归缨也在其中。

几天紧张的活动采访，告一段落。东道主在一处僻静的山庄安排晚宴，答谢桐城参加活动的领导企业家记者一行。归缨是主播，很自然地被东道主邀请坐上主桌嘉宾位。归缨不会喝酒，只拿了杯当地产的矿泉水笑眯眯地一一应酬着。活动搞得圆满，晚宴气氛自然也很融洽，酒来酒去，现场高潮迭起。晚宴结束，东道主和宾客们，在微醉中握手道别。

分手道别时，归缨像明星一样，被东道主们热捧着，好不容易抽身去了次洗手间。归缨是个喜欢安静的姑娘，去洗手间，其实是想暂时躲避一下东道主的过度热情。谁知，她这么一躲，竟躲出了大事。当她返身来到大厅时，所有的车辆都已经离开，包括她坐的那辆考斯特。偌大的山庄，竟然走得一个人也不留，大厅的大门也被一条巨大的链条锁反锁着。这可是在前后没人家的大山里。归缨急了，忙打带班李副主任的电话。电话竟然关机。平时，归缨也没记其他同事的号码，这下惨了。她手机里有些家人和闺密的号码，然她不敢贸然打，她不想让家人着急，更不希望把自己眼下的窘境告诉别人，让人家有所猜想，以致弄得满城风雨。

山庄外的大山，静得怕人，黑乎乎的，竟没一点灯火。大厅里苍白的灯光下，只有归缨孤身一人。归缨开始胡思乱想。她并不担心自己会没地方睡觉、没地方吃饭，她是个随遇而安的人。她只担心，这灯红酒绿的晚宴后她突然消失在公众的视线里，在没有任何人为她作证的情况下，她会怎样被人家猜测。在谁都知道潜规则的背景下，纵然她有一万张嘴，她也将无法在别人面前解释：此时此刻，她究竟上了哪辆暧昧的小车。注意影响，这是父亲的告诫。想到这，归缨不禁打了个寒战。其实，这么多领导、企业家的小车，她足以随便上任何一辆，她可以很私密地享受这种特权。也许，这正是大车把她"遗忘"的理由。想到这里，归缨想哭，然无济于事。

归缨环顾一下四周，大厅一边是一幅响山主景的山水屏风。过道里书报架上，叠放着好些响山的旅游景点、温泉、山庄、农家乐的图文资料，还有几本当地的乡土刊物《响山》。里面有文字不错的散文、诗歌、民间故事传说。

归缨稍做准备，以屏风为背景用手机给自己拍了一段视频。

"各位观众，大家晚上好！我是桐城电视台的归缨。现在是晚上九点三十八分，我在宁静舒心的响山天源山庄为您直播。响山，位于……"

视频贴在 QQ 空间，一会儿，朋友圈里有人点赞，说归缨的手机视频一点也不比电视画面差，很自然，给人亲和的感觉。归缨的声音很甜美。

归缨又拍了一些图片，不多时，把图片发上了微信。归缨的图片，有文字解说，还有自己甜美的笑脸，很萌。朋友圈外的点赞，也来了：妹呀，响山太美了，妹更美！

归缨又拍了一段响山主景介绍视频，图片，配解说。介绍到细微处，还配诗。归缨有的是时间，足以很从容，很随意，很率性。发上 QQ 空间，叫好声也来了：明天就去响山，归妹妹，请在响山等我们。

随意的归缨，什么都拍，拍自己喝剩下的半瓶响山当地产的矿泉水，还有那喝水时万分陶醉的神态，更萌，甚至把矿泉水的矿物质含量表也拍上去了。

归缨不停地拍、不停地发布、不停地读着观众的点赞，玩得很开心，忘却了身处的困窘和尴尬。

第二天早上，当李副主任一脸愧疚出现时，她仍在拍呀、发呀，人很亢奋。她不知，这一个晚上，她视频和图片的点击和转发，达到了惊人的数字。一夜间，她成了明星。响山，也在一夜间，响遍了大江南北。

该结束了。归缨拍最后一段视频，说，各位观众，我是归缨，谢谢大家的陪伴，再见！

放下手机，归缨哭了。

钻 戒

余兰迟疑了，没回答，唔唔地哭了。我不知道，我真的没骗人呀！
余兰哽咽着，无助极了。

每日这时辰，余兰总推着老爷子在小区里转悠。当老爷子冲着广场上喷水的鱼尾石狮乐时，随着一声尖叫，一辆大轿车，蛮横地在余兰的身边突然停下。余兰没防备，吓了一跳。余兰认得这车，是1818的宝马。

车才停，右车门即被推开，两条女人的腿，参差伸出，一个三十来岁光鲜的女子，露出半个身子，拉扯着肩头的羊绒披肩，见脚下的窨井盖，埋怨说，你每回停车都不看好地方。就在此时，女子"唷"了一声，像是啥东西落了。余兰似乎也看到有光亮在眼前一晃。

开车男人下车，低头寻找。问，是这里不？！

余兰推着老爷子靠过去。

车门下是一个硕大的窨井盖，缝隙挺宽。

余兰好奇，问，掉啥了？

男人迟疑片刻，说，没啥。

女子嘀咕，我看它弹了一下。

男人说，算了吧，捞出来也是脏兮兮的。

我挺喜欢的。女子说。

下次去香港帮你再买一只。男人说。

女子依依不舍，沮丧着返身上车。

男人买了早点回来，对一旁的余兰说，你有本事捞出来，就算你的。

余兰问，到底是啥呀？

男人肯定说，一只钻戒。

余兰不敢相信自己的耳朵，站在窨井盖边上，半天没缓过神来，那不等于天上突然掉个大馅饼么。

余兰心怦怦跳着，只是推着老爷子，她不可能打开那硕大的窨井盖，把那么一只小小的戒指捞上来。余兰只能给晓林打电话。余兰后悔出门时没带上手机。

推着老爷子，余兰去小区缝纫铺用公用电话。开缝纫铺的刘姐，是老乡，平时有事没事，余兰总会过去站站，说说话。刘姐男人是送水的。

缝纫铺里，只有刘姐一人在里屋忙着。余兰没带钱，忸怩叫声刘姐，说，打个电话，钱先欠着。

电话里，杂声挺大，晓林的声音好像很遥远。

有桩要紧的事，你马上过来一趟。余兰不敢大声。

啥事呀？……你大声点，我一点也听不出。晓林在喊。

你马上过来。余兰把声音放大一点，又尽量把每句话的间隔拉长。说，有人……把钻戒掉窨井里了，……是小区里开 1818 宝马的老板，……人家嫌脏，……不要了，……真的，……我没骗人，……，你马上过来呀。晓林还在说，我听不明白呀。

余兰只能搁了电话，推老爷子回家，一摸口袋，惊出一身冷汗，钥匙竟也没带。

余兰没钥匙，进不了门，电话也没法再打，又不敢怠慢老爷子。她只想，不管咋的，先让晓林把那钻戒捞上来。人家给不给她，她没仔细想。要是人家后悔了，她也无所谓，毕竟是个非常金贵的物件。

一直到十点多，东家请的薛阿姨提着菜过来为老爷子做午饭。余兰这才像碰上了大救星。

薛阿姨也没问余兰为啥在门口转悠，快人快嘴地告诉余兰说，小区里好像出事了，救护车、警车都来了。

出啥事了呀？余兰心不在焉，问。

啥人中毒了。薛阿姨说，讲是跌窨井里了。

啥人呀？余兰又问，似觉不祥。

像是缝纫铺的男人，缝纫铺的女人在哭。

余兰顿觉眼前一黑，心不由得怦怦直跳，忙喊，薛阿姨，你帮我护护老爷子，我去去就回。说着，人已经飞出院子。

余兰奔到鱼尾石狮广场，这里乱哄哄一片，窨井盖被打开好几个，一个男人已被抬上救护车，正在抢救。余兰挤过去一看，正是刘姐的男人，只是脸已变了模样，黑得怕人，嘴里还不住吐着白沫。一旁的刘姐哭得昏天黑地。

余兰晓得自己闯了大祸。想定是自己刚才打电话时，被人听见了。刘姐的男人定是找钻戒跌在窨井，出了大事。

余兰一下子慌了神，脑门胀得要裂了。

刘姐哭喊着爬上救护车。救护车闪着灯，叫着，出了小区。

余兰一直提心吊胆。傍晚，缝纫铺刘姐带人寻上门来。刘姐哭，刘姐带的人吼。

他们说，余兰骗了他们。1818 宝马老板，他们问过了，人家说没掉过钻戒。余兰骗了他们。今天 4 月 1 日，是愚人节，是骗人节。小骗骗可以，你余兰不能狠毒朝死里骗人呀！

余兰泪流满面。余兰真的不知道，4 月 1 日是愚人节。

东家没法，只得报警。警察把刘姐家来人和余兰一起带走了。

警察跟余兰说，我问你答，你说话要负法律责任的。

余兰哆哆嗦嗦地。

警察问，你说你有没到刘姐公用电话上打过电话？

余兰说，我打过的，但我没骗人。

警察说，你有没有告诉别人有人把钻戒掉在窨井里？

余兰说，我跟我男朋友说的，我确实没有骗人呀！

警察说，你有没有亲眼看见人家把钻戒掉在窨井盖缝里了？

余兰迟疑了，没回答，唔唔地哭了。我不知道，我真的没骗人呀！余兰哽咽着，无助极了。

派出所出来，余兰无处可去。她打开手机，接通了晓林的电话。

电话里，晓林急急的，问，你在哪呀？

余兰哽咽着。

在鱼尾巴石狮子边，余兰被急得团团转的晓林搂住了。

余兰满脸是泪。

晓林劝，别哭，你候着，我把那只钻戒找出来，看谁还会说你骗人！

余兰突然说，我不让你下去，窨井里有毒的。

晓林说，你放宽心，我是吃这行饭的，每日都在钻窨井，哪天有过事？你看，我把干活的工具都带来了。防毒面具还是新的。

窨井挺深，晓林慢慢下到了窨井底。腰间保险绳的一头，余兰牵着。

余兰不哭了，有晓林挺着，她心里顿时觉得有了支撑。

一会，余兰突然觉得手里的保险绳突然一沉，绑得紧紧地，感觉不好。她冲着窨井直喊，窨井里竟然没有一点动静。

余兰慌了，大喊救命，脑子里一片空白。

救护车、警车再次出动。

抢救最终还是失败了。问题出在那件防毒面具上，医生说，这只是个假把戏，害人！

当护士把一枚制作精美的钻戒交给余兰时，余兰顿时昏了过去。

筑乡路

金林根不让筑路，咬定一句话，就是计划中的新筑路面要比他家的水泥场地高十厘米，那一下雨他家的场地上自然要水没金山了，这自然不干。

金泾村是个十人见了九摇头的村。这村地处僻远，水网交叉，道路不畅，村里人出来不便，村外人进去更不便。

金泾村在先前农耕稻作时代，因土地肥沃、水源充足，村民们男耕女织，足不出户，尚能丰衣足食，向被人称作"世外桃园"。然进入现代农业时代，这金泾村便显得落后了，全村没有一个像样的村办厂，村里集体的收入少得可怜，家家户户仅靠一年两季稻麦或油菜轮种，仅能维持暖饱。

前几年，市农林局曾派农业技术指导员下乡扶持，引进一批优质瓜果，种是种了，结的瓜果也是绝顶的出色，但就是这道路不畅，好瓜果藏在深阁里，村里人运不出去，城里人尝不到新鲜。

后来市里把金泾村列入市级经济薄弱村，委派交通局、建设局等几个建设口的大单位，带着资金驻村扶持。

担任这次驻村扶持工作的是个年轻的大学生，姓蒯名源。别看这大学生年轻，可了不得，一是名校东南大学交通工程毕业，又是上海交通大学在职硕士研究生；二是这姓更了不得，金泾村都知道香山匠人蒯祥，造的是北京金銮殿，官至一品工部侍郎。说起蒯姓，金泾村人总问你是蒯祥的后代么？蒯源呢，只是笑笑，笑而不答，金泾村人便说，不答便是真的，于是满村的人都在传说香山蒯祥的重重孙子，带了几百万钞票帮金泾村人筑路来哉。

筑路非小事，村里自然把这事列入村重点实事来落实，不多的几名村干部头上，全都落到任务，担起肩胛，有的帮蒯源他们丈量路基，确定道路走向，有的召集村民把一项项筑路的涉及的事项摊开来，让村民晓得，还有的专门就一些涉及村民利益的，跟村民交涉、协商，适当地给予一点补偿。

路基一丈量下来，蒯源便掂出了在金泾村筑路的分量，大学里学的一套，在这村里可一点也行不通。这村里原本是宅基挨着宅基、围墙顶着围墙，拆又拆不掉，挪又挪不开，只能见缝插针，蜿蜒蛇行。有的路基，按地势，上桥是坡度，下桥却来个九十度直弯，这般路，纵然筑造了也是险象环生。蒯源只能在路基上一段段再三丈量再三琢磨，能挖直的弯尽最大可能挖直，能放低高度的尽最大可能放低，这样就涉及了村民利益受损后的赔偿问题。有几户人家，因赔偿达不成协议，成了筑路的钉子户。村干部便把所有的钉子户聚成堆，分成块，村干部们每人落实一块。

蒯源是委派进村工作的指导员，自然也分到了一块，其中最难缠的是金家。那户姓金的人家，男人叫林根，在金泾南村与北村的交界处，道路按走势该从他们的门外沿河走的，但是金林根就是不同意。其实，金林根这人也是个能人，早在二十年前，高中毕业返乡后就学了泥水匠，先是帮人造房子，后是做包工头，筑路造房子拆房子样样做，是村里公认的第一富户。自己的房子造得像别墅，宅基地全部用水泥铺地，沿河的河沿也筑了石驳岸，日子过得要有多滋润就有多滋润。

金林根不让筑路，咬定一句话，就是计划中的新筑路面要比他家的水泥场地高十厘米，那一下雨他家的场地上自然要水没金山了，这自然不干。

金林根发了话，自己带了些人外出包工赚钞票去了，而家里所有的事则让老婆林根嫂顶着，人说这林根嫂也不是个省油的灯，人凶，是村里人都晓得的。自从计划着筑路，施工队的人在她家门口丈量路基，她便开始骂街，量一次，骂一次，骂得人家火起，恨不得把她揍一顿。事实上，金林根家的门前路通不了，南村与北村之间就成了断头路，这路筑了也只是个摆设。

蒯源上门，叫了声金嫂，金嫂爱理不理，说，有话快说，有屁快放。蒯源说，路是要筑的，你要有什么要求可向村里提出来。金嫂说要求我们是有一个，你们筑路总不能淹了我们家场地吧，路面总要比我家的水泥场地低十厘米吧？！

第二天，蒯源又上门，正巧遇上林根回家，夫妻俩是事先商量好的，咬准了那句话。

蒯源说，好，低就低，保证淹不了你们家。如果不信，我们可立字据。

其实，蒯源晓得金林根作难筑路，是有原因的，一是一听说村里筑路，金林根便跑村里提出自己多少多少钱包了，但蒯源顶着不同意，这道路工程是要公开招投标的。金林根投了，但标书也不会做，开了一个天价，自然落了空。包工落空后，金林根就开始浑身不舒服。看见人家沿河滩要筑驳岸，而他们家的石驳岸已经筑好，自然提出要给予补偿，但蒯源实地一踏勘一丈量，坚决不同意补偿，理由一条，这段石驳岸，质量不合标准，需要拆掉重建。

金林根见几次三番闹不过，便以路面高十厘米他家水泥场地要淹水为由坚决阻止筑路，村里没办法，召集村民代表跟金林根协商。协商最后的结果，金林根同意筑路，前提是筑的路不能淹了场院。协议的附加条件是如水淹场地，村里将一次性赔偿金林根八万元，用以抬高水泥场地、新筑围墙。

一个月后，道路终于筑到了金林根的家门，那路面，确确实实按金家协议上提出的要求，低于场地十厘米，只是在那段低于路面十厘米的路面上，筑了一条高二十厘米的微型桥梁，精致、美观，上可行车下可泄水，而整个桥梁采用的是预制工艺，只是待金家晚上闭门睡觉当口便一下子全部装配完工，第二日天亮上工时，只需稍微补补接缝，粉粉桥面。

见状，金家夫妻俩这才哑口无言。

移 车

郝泉反而慢声细气了，大主播呀，你这样大声骂人，万一骂坏嗓音，明天上不了节目，全市人民会怀念您、牵挂您、想念您的。

郝泉做片子才做了一半，大院保安打他手机，说他的车把别人的车给挡了，让他移车。

郝泉是个喜欢打哈哈的人，问把男的车挡了，还是把女的车挡了。保安说，你把人家一号女主播章莹的车给挡了，人家有急事。郝泉是个很少正经的人，说实在对不起，我拉肚子了，让一号稍等。

在台里，像他郝泉搞技术的不一定人人认得，而资深的一号新闻女主播，谁都认识。不仅台里人认识，全市男女老少都认得。一号女主播章莹，人称冷面美女主持。天生丽质，出生播音世家，传媒大学播音专业硕士科班生，声音抑扬顿挫，就是从来没有笑脸，尤其是播音时，面容冷得让人发怵。有市领导几次告诉台领导让一号改变播音风格，说播喜庆的新闻，你总该露一点笑容吧。台里领导也做了工作，一号似乎并不把台领导的意见当回事。台领导专门赶往一号的母校，想找熟悉的导师做一号的工作。导师说，假如她不这样冷面，省台早招她去了。她的冷是骨子里的，导师引导了多年也没起任何效果。一号的冷，不仅在播音时冷面，更在平时与人交往中。她不愿意跟人合用一个工作室，她更不愿意跟人同出同进。中午用餐，她永远是一个人独享一张餐桌。就说停车，台里大院本来停车位就非常紧张，她不管，专门向台长申请了专用车位，停她那辆红色的奥迪。更有她个人大事，都三十五六岁了，还单身，高不成低不就。这些事，台里都知道。

当郝泉磨磨蹭蹭下楼到停车位时，保安一脸痛苦地诉说，一号主播恼了，她

开台长的车走了。

郝泉说，我说呢，一号自有一号的办法。一副幸灾乐祸的样子。

又过了一段时间，郝泉晚上加班赶片子第二天上班晚了，开着车子在大院里兜了一大圈，见整个大院里车子停得满满腾腾没一个可停车的空当，连车位前的半边过道也停满了车。郝泉没法，只能把自己的车再次停在一号的车位前，挡住她的出路。

半天，相安无事。到了下午，郝泉的手机突然响了，郝泉才"喂"了一声，手机里便一阵狂风暴雨。郝泉马上把手机调成免提，一号的声音顿时响彻制片工作室。

郝泉，你个王八蛋。这是一号愤怒的声音。这声音大家都熟，只是新闻主播的声音换成了骂人的声音，大家觉得非常惊讶。

郝泉不紧不慢地回应，大主播，友情提示，骂人有损您一号女主播的高贵形象。

一号愈加愤怒，郝泉，我就骂你个王八蛋，你是有意的。你的行为带有挑衅性质，对你这样的无赖，我绝不宽容。

郝泉反而慢声细气了，大主播呀，你这样大声骂人，万一骂坏嗓音，明天上不了节目，全市人民会怀念您、牵挂您、想念您的。

一号气得声调都变了，你什么意思，你在诅咒我。我绝不饶恕你。我跟你到台长处评理去。你不向我赔礼道歉，我决不罢休！

郝泉则一步不让，说，亲爱的大主播，不要搞错，是您先开口骂我，该您先向我道歉！

你别做梦！说着，对方没声了。

工作室一下子静得出奇。突然，不知谁怪模怪样学说了一声，郝泉，你个王八蛋。顿时，哄堂大笑。

一会儿，台办公室主任给郝泉打来电话，说台长让他去一下。郝泉知道一号把他给告了，便一副吊儿郎当的样子走进台长室。

台长正在忙碌，边忙边漫不经心地问，郝泉，怎么老去惹章莹，对她有意思啦？！

郝泉忙罢手，说，台长，你饶我吧。您不能这样想。

你老是惹她，影响她播音，我可真的饶不了你。台长说。

郝泉却无所谓地说，她那冷得让人发寒的主播样子，谁稀罕？！

她不播，你播？

台里那么多小女孩，谁都比她甜。冷她十天半月，看她还自我感觉好不好？！

我就知道，你是要惹她。台长说。

我这是帮她！郝泉不以为然。郝泉虽年轻，将满三十，却是台里从其他台挖过来的技术骨干，台长也是爱才的。说，你主动去章莹那里道个歉。我不怪你。

郝泉下楼，保安说一号已经开着台长的车赌气走了。

第二天一早，郝泉早早地来到电视台，请来一帮要好的狐朋狗友，用一大堆鲜花把一号的奥迪装饰得犹如婚车。中间一行字很是醒目。一号来大院一见那中间的"王八蛋向您道歉"，竟然扑哧一下笑了。所有人见了，都说，头一回见一号笑，笑得也蛮可爱的。一号其实会笑的。

自此，郝泉还常常把一号的车给堵住，似乎是无意的。然只要一号一打手机，郝泉马上自我解嘲地说，王八蛋马上到！

有领导突然发现，一号新闻女主播播音时，脸不再那么冷了，有时会自然而然地流露出一丝由衷的笑容，那笑容很美。

年底，台里搞户外扩展活动，男女两两联手。没男的敢和一号联手，众人推郝泉。郝泉一副死猪不怕烫的孬样。两人竟然合作很成功。一起领奖时，郝泉悄悄跟一号说，晚上有空吗？为您过生日。一号一愣，竟然有同事记得她的生日，她一反常态竟同意了。

那晚，郝泉叫了好多同事，在郊外一个叫清水湾的农庄里搞了一个生日派对。大家对一号都很友善。

一号第一回喝了不少酒，带着酒意由衷地跟郝泉说，自从我爸妈开始闹离婚后，我没有一天心里开心过。但我今天很开心。

一年后，郝泉在众人的簇拥下向章莹求婚。章莹答应了。年底他们结了婚。那年，郝泉三十岁、章莹三十七岁。台长证婚。

婚礼上，郝泉的一句话让全场笑喷了。郝泉大声说，我郝泉，朋友圈里都说我是个挺二的家伙，说话实在，我郝泉这辈子对章莹绝不三心二意，若是违背了，我就是个王八蛋！

不要跟那人说话

钱可回到田头，那人还在，一见钱可，又叽叽咕咕地说着什么。

钱可看来看去，总觉得那人除了话多，并不像有什么神经病。

考取公务员到新单位没多久，钱可便因用车上出了点差错受了处分。局领导觉得钱可刚毕业没社会经验，便决定安排他到基层农科所锻炼。钱可学的专业其实与农科所工作一点也不搭架，安排工作时，所长为难了。钱可也不为难所长，说，我去一线好了。当然，所里人不清楚，只知道局里有人犯了错被踢了下来。

一线，其实就是试验田。试验田管理有试验田的操作规程，钱可每天接了电脑上农技师的指令，该干吗就干吗，只是干了后得把过程记好，反馈给农技师。钱可负责一个水稻新品的田间管理，每天按规程，做些测量、施肥、观察、取样、记录、制标本等工作。田间管理，当然得露天作业，钱可不习惯戴配发的遮阳帽，几天下来脸就被晒得黑黑的。

农科所人本来不多，每天上班后，又都分散在各个岗位上，偌大的田间，两两三三，来来去去，有时也碰不上几个人。

钱可常常一个人忙碌着，有时一个人干着干着，也就忘了吃饭时间，赶回小食堂，大家几乎都吃好饭散了，食堂里的炊事员已在收拾碗筷。他一个人匆匆吃了一些，又无所事事地逛荡着回到田间。每天下班也如此，钱可总是误了钟点，等他回到临时办公室，其他人大多已匆匆走了。如此几天，钱可几乎没有跟任何人有过交流，他几乎成了农科所的独行客。

一天，他正例行进行稻体测量时，突然被田塍上趴着的一个人吓了一跳。仔细瞧，只见那人二十来岁的模样，穿着运动衫裤，撅着屁股正在用自己做的小网兜在田里泥水里抠挖什么。

看了一会，没看出啥名堂，钱可问，你在干吗？

那人侧过半个身子，跟钱可笑笑，很灿烂，说，你猜？！

猜不出。钱可说。

那人拉过一个小竹篓，开心地晃着。

钱可一看，乐了，篓里竟然有裹着白沫的黄鳝、扭动的泥鳅、伸着大螯的小龙虾。

你抓的？！钱可问。

本事大不？！那人很得意。

你怎么到试验田里来抓这些东西呢？！钱可无话找话说。

这你就不知道了。那人卖着关子说，你们的试验田是不打农药的，抓的东西好吃，无公害绿色食品。

你小心一点，不要伤了稻棵。钱可提醒他。

不会的，我又不是头一天来抓了。这里的黄鳝特别粗、泥鳅特别肥、小龙虾特别鲜。那人说。

怎么没见其他人来抓呢？！钱可问。

农科所不让人家来抓的。那人自鸣得意地说。

那怎么允许你来抓的。钱可不解地问。

我来抓，从来没人拦过我。所长也不拦我。那人更得意。

钱可边测着稻棵，边移动着位置。那人手里拎着小网兜，也移动着身子，叽叽咕咕的，似乎有说不完的话要跟钱可说。

你的小网兜也能够抓黄鳝？！钱可问。

那人突然想起什么在田塍上，朝远处奔去，拣了什么，一会又跑回来，显宝地亮出一根好像用自行车钢丝做的黄鳝钩子。

你自己做的？！钱可问。

那人得意地说，我有好几套工具呢，啥时候我也给你做一套。

钱可说，我可不要，下了班我要赶回家，哪有闲工夫抓黄鳝呢？！

走走说说，不觉半天过去，到了吃午饭时间，钱可赶回小食堂匆匆吃了一点

又返回田间。那人还在，正咯咯作响地啃着方便面。

你中午就吃这个？！钱可问。

这是我妈给我买的。挺好吃的。那人说。

一下午，那人几乎寸步不离地跟着钱可，只顾跟钱可说话，什么话都说，好像有说不完的话。说起那些野外的什么，几乎无所不知，对钱可来说，倒是挺新鲜的。不知不觉，下班时间就到了。那人又随着钱可下班，很热情地打着招呼分手走人。钱可这才有些歉意，那人似乎只光顾了和自己说话，后来几乎没有抓到什么。

第二天，出乎钱可预料的是，那人竟然已经早早地守在田头，似乎在等着钱可。接着昨天的话题，那人又叽叽咕咕地说着一些话，有些说过有些没有说过。就这样，一天又很快地过去了。

如此一连几天，终于有一天，所长把钱可约到办公室，很善意地跟他说，你来基层锻炼的这么些日子，工作很认真，我会如实给你写锻炼报告的。只是有一句话还是想提醒你，不要跟那人说话。钱可有些不解，反问所长，为啥不要跟那人说话？

所长说，那人是神经病。农科所规定不准外来人抓小生物的。以前他来抓黄鳝，有管理员拦他，他发疯了，要跟管理员拼命，所以只能由着他。

钱可回到田头，那人还在，一见钱可，又叽叽咕咕地说着什么。钱可看来看去，总觉得那人除了话多，并不像有什么神经病。

一晃一个月过去了，钱可在基层单位锻炼的时间也到了。钱可总觉得很遗憾的是待了整整一个月，农科所里所有的人除了所长他一个也不认识，因为没有一个人主动跟他讲过一句闲话。

离开的那天，钱可突然遇见那人。那人似乎是个敏感的人，跟钱可说，我知道，你要走了，我送你一样礼物。那人手里拿着一根新作的黄鳝钩，加了个手柄，制作确实很精致。

钱可迟疑再三，还是取了，说了声谢谢。离开了农科所，钱可把它放在办公室，留作基层锻炼的纪念。

半年后，农科所出了点事，钱可随局长过来处理。所长汇报说，附近村里有个神经病常来所里捣蛋，一个新来的保安不了解情况，把他拦在农科所外面，他便发了疯，把新来的保安给打伤了。保安家属要求高额的赔偿，几轮下来都达不成协议。

私下里，钱可关切地问所长，那人呢？！

所长说，听说被他妈送进精神病医院了。

摸砖人

　　穿着管军旧工作服的管牛，美慕着管军的好日子，每日实实在在地给人家摸砖，期盼着自己的日子也能够一天天好起来。

　　管牛十八岁那年，家乡闹水灾，巨大的泥石流冲毁了他们村大片的山坡地。管牛爹跟管牛说，你去江南吧，找你堂哥，他在砖瓦厂吃公饷，日子过得挺舒坦。管牛来到了江南，找到了堂哥管军。

　　管军知道管牛从小水性就好，说你去大码头摸砖吧。管牛说，只要有钱就行。摸砖是厂里的临时工，一天一块工钱，归厂总务科管。总务科科长是管军的干爹。管军带上管牛，捎一包荷叶包的猪头肉，还捎上两瓶高粱酒。喝酒时，管军说了管牛的事，干爹答应了。

　　砖瓦厂是个大厂，砖码头是个大码头。每日，码头上都有几十条大船在这里装砖。船多砖多，自然有一些闪失，好好的砖在装船时，会掉进码头的水里。一块二块自然不碍事，然每日这么多船，这么多砖，积起来就碍事了。那砖边角尖锐，船底搁伤了，可不是好玩的。

　　摸砖，其实是有讲究的。那些年，砖头紧缺，国营大厂的砖头质量好，价钱便宜。有关系的人，找上厂长，批上一张条子，就可请摸砖人摸上一天。工钱是厂总务科先收了再发的。摸砖人跟着工人上下班。批到条子的东家，为让摸砖人多摸些好砖，也常买一包大前门香烟、二两半装的老酒，送他们。有时水里冷，他们摸一会，便会喝口老酒，抽支烟晒会太阳。

　　摸砖人也有偷懒的，天冷了，怕冷，不愿下水，用个铁耙子在水边扒些碎砖，应付东家。而管牛却是实在人，他觉得人家花了一天的钱，就得给人家摸一天的砖，即使天再冷他也照下水。这样，人家给管牛的烟酒多了，同伴们就不乐意了。管牛人厚道，反而与他们分享烟酒，日子长了，同伴们都认他，凡事都听他的。

堂哥管军是厂里正式工人，工资蛮高，还有福利，一年四季的工作服帽子皮鞋都是厂里发的，一天四餐大食堂开着，买了饭菜票，打了饭菜可全家享用。厂里大澡堂凭票免费洗澡。大锅炉一天二十四小时供热水，同样凭票灌热水。大热天，还供酸梅汤。住的，是厂里砌的工人宿舍，一排排红砖瓦房。管军把剩下来的洗澡票、热水票、酸梅汤票都给了管牛。穿着管军旧工作服的管牛，羡慕着管军的好日子，每日实实在在地给人家摸砖，期盼着自己的日子也能够一天天好起来。

二十几年转眼过去了，管牛每天干着自己的老本行，然码头上的船越来越少了，批条子请他们摸砖的人家也越来越少了，摸砖人也越来越少了。厂里只是生怕码头被搁浅，还让他们做些日常的水下清理工作，这活儿累人，没人干。管牛不怕累，仍干着。只是，堂哥管军的日子大不如以前了，常在家歇着，工资少了，福利也少了。管军说，他们厂把厂四周所有属于他们的土地都挖没了。现在，只能去别处买土。然成本太高，厂里已经不堪重负。后来，能够买到的泥土也越来越少了。他们一个大厂，几十年挖下来，除了生活、生产区，四周都是一些深得不能再深的池塘。池塘太深，养鱼也难。

突然有一年夏天，一连一个多月的暴雨，让砖瓦厂到处受淹。厂区、生活区、池塘，内外受困。筑了高堤，还顶不住。市里、县里派了好多人员机械来增援，最终还是没顶住，内内外外好几处高堤溃了。几十年挖出来的大窟窿，一下子成了一片汪洋，与外湖外河连在一起。生活区，成了一个小小的孤岛。几条埂基被水浸泡了多日也一下子化为乌有，已无法再重新支撑起那片土地。唯一保住的是厂生活区与外界的一条小埂基。

大水退了，原先的砖瓦厂已不再存在。厂里所有的人都下岗了，管军自然也是。能走的全走了，然管军没处去，除了烧砖，他啥都不会，他只能一天天耗着，下岗那点钱少得实在可怜。

管牛还摸砖，摸了砖，没人再给他钱。管牛，这辈子除了摸砖，啥都不会。不摸砖，管牛将无所事事，他仍摸砖。

摸着，摸着，管牛突然摸出了门道。那砖瓦厂原先通大湖的水道，有二十来里。沿河，原本是几十家砖瓦厂，有国营的，有大集体的，有私人承包的，更有

好多是明清时的老砖窑。几十年几百年的开挖，最终都是没有泥土而倒闭了。谁料想，那二十多里长的长窑河里，全是长年累月掉下去的各式砖瓦，把河道都堵塞了。管牛把那些砖瓦挖出来，洗净了，码在一起，竟然有建筑装修的老板自己赶来收购。尤其是一些古砖瓦，人家过来是论块论片买的，说是古宅修复，难觅。

管牛一个人摸，来不及，把原先的同伴能请的都请回来，买了几条旧船，生意不错，赚了不少钱。更没料到，镇水利站头头也来找管牛，说长窑河的疏浚项目让他做，还给钱。这样，管牛又添了一些旧的疏浚设备。人手不够了，管牛想到了堂哥管军。想当年，自己没路可走时堂哥帮了自己。管牛让管军看砖场，工资是别人的两倍。

没想到，长窑河是条宝河。水利上给的疏浚费，是一笔钱。卖疏浚土，是一笔钱。卖旧砖瓦，是一笔钱。尤其是摸到的那些有年份定制的老城砖，被人家收购了，给的钱更不少。

管牛赚了钱，自然不忘帮自己的人。那天，管牛把堂哥管军请到自己新装修的别墅去喝酒。管军愣傻了，没想到，管牛这么有钱，一人喝了一瓶五粮液，独自醉了。

随份子

墨紫的大胡子长头发长了又剃光了，剃光了又长长了，但似乎没再有人留意他的变化。

墨紫从省师院美专毕业后，被分到陈墩镇中学当美术老师。学校开学第一天，镇上分管文教的董助理在凌校长的陪同下督察学校。经过教师大办公室，突然见里面多出一个大胡子长头发的人，董助理心里有些不舒服，问凌校长："怎么能让社会上的人随便坐在老师办公室里？"

凌校长先是一愣，反应过来后说："那是新来的美术老师。"

董助理脸一沉，说："太不像话了。留这么怪气的大胡子长头发，怎么能进教室？！"说着，气呼呼走了，把凌校长等人晾在走廊里。

董助理走后，凌校长觉得左右不是，想想不妥，还是召集校领导开个会，专题讨论墨紫大胡子的事，最后商定由教导主任出面做做墨紫的工作。

谁料，董助理是个非常较劲的人，第二天去分管的医院转了一圈后又折回中学，专来看学校怎么处置大胡子。走到办公室一看，董助理气得火冒三丈，直闯校长室，也不顾校长的脸面，大骂一通，最后摔下一句"把全校所有的美术课都给我停了"，说着扭头就走。

董助理走后，凌校长似乎还在云里雾里，心想肯定又是墨紫那里出了事，让教导主任过去一看，真的出了大事。那墨紫，不但把一脸的大胡子剃了，还把一头浓密的长乌发也全给剃了，活脱脱像只脱了毛的大公鸡。

没办法，大胡子长头发惹怒了顶头上司，学校本来不多的美术课只能全部停了下来。墨紫工作的第一个学期就无事可干了。无事可干的墨紫整天待在办公室里也挺无聊的，他就主动跟教导主任说从教师大办公室搬出去，自己整理了一间没用的杂作间，上班时就在那杂作间画画消磨时光。

墨紫的大胡子长头发长了又剃光了，剃光了又长长了，但似乎没再有人留意他的变化。只是学校的名册上有他的大名，发工资、发福利都逃不了他的份。有时，这名册也被移做一些特殊的用处，比如学校教职员工家里办喜事，每人手上都会收到一份帖子。发帖子，大家一般按照学校的名册，老少无欺。这是陈墩镇中学多少年来养成的规矩。陈墩镇人好热闹，办喜事叫上一大堆亲朋好友同事邻居，就图个热闹。邀请大家喝喜酒是约定俗成的，随份子当然也是应该的，大多是五元六元，也有三元意思意思的。墨紫在副课组，每回有人发帖子，总是由副课组组长送到杂作间里。墨紫总是那句话，要钱没有，送幅画吧。墨紫人不正经，说话还当真，人家办喜事那日总是送上一画。有正经画的，也有胡乱画的。不管正经画的还是胡乱画的，人家其实也都不是太当那么一回事，只要喜事办得热闹即可。

学校里有个姓汪的化学老师，上课不咋地，老师学生都不看重他。他的儿子找了董助理的千金，董汪成了亲家，他在学校的地位也就升上去了。两家儿女结婚，邀请了学校里所有的教职员工。其实，汪老师跟墨紫并不熟，董助理压根也不清楚大胡子就叫墨紫。邀请的帖子是帮忙人按照学校名册做的，有趣的是被董助理打入冷宫的墨紫，竟然同时收到董汪两家同时发出的两份喜帖。墨紫其实也是个大度的人，说，两份就两份吧，多画一幅画而已。

董汪两家办喜事那日，墨紫托人送了两幅喜画，自己人却没去。

过了几天，董汪两家都到凌校长家里告状。董家收到的画上画的是几只萎靡不振的螃蟹，汪家收到的画上画的是几条毫无生气的烂鱼。两家恼了，说这墨紫分明是蓄意报复。因为有人这样释读俩画，一幅是暗射董助理横行霸道，另一幅是攻击汪老师"烂鱼"充数。董助理当场把那蟹画撕了。凌校长把墨紫叫去办公室谈心，墨紫大呼冤枉，回杂作间找出两本名人画册。一比对，确实是模仿作品，人家名人的原作本来就是那样的。董汪两家哑口无语。

谁料想，董汪两家之间后来多了好多摩擦，先是儿女之间闹矛盾，继而亲家之间也闹得不可开交。汪老师指责亲家董助理，你就是法西斯，你就是横行霸道。董助理也不再客气揭汪老师的老底，你就是"烂鱼"充数，你怎么混的学历骗得了别人可骗不了我，还教人家初中化学，简直是误人子弟。实在闹得不可开交时，两家儿女终于离了婚。有人跟墨紫开玩笑，说都是你的画惹的祸。墨紫只能苦笑一下。

几年后，墨紫无奈中考取了母校的研究生，怏怏地离开了陈墩镇。十年中一路苦读到博士，后在母校教书。他的画作经常参加全国美展和国外展览，屡屡获大奖。知情人都说，墨紫的画将日日见涨。消息传到陈墩镇，陈墩镇好些人翻箱倒柜找墨紫当年的喜画。然当年墨紫只是一介落魄的下岗老师，谁也不会想到他有今日，那些画早被当作废纸丢了。只是汪老师倒是个有心人，墨紫当年的那幅《"烂鱼"充数》，他一直藏着，孙子结婚前，他把它找了出来，委托一家拍卖公司卖了个好价钱，用这钱为孙子体体面面地办了个婚礼。汪老师得意中，还传出话去刺了那个老冤家董助理一下，说他那幅《横行霸道》若是不撕掉，也许还不止这个价，气得那个董助理真的七窍生烟。

第四辑　小人大事

　　在大人的身边总围着一群小人。其实，大人与小人，是两个不同视觉世界。有些事，对于大人是小事，而对于小人却是天大的大事。大人也许只有俯下身子，才能洞察到小人的这些大事。

最后的爱

过了半晌，小雪坚定地说，我不愿意。下雪天，把我丢在石阶上，你们就是要把我冻死。

丁小雪，从小腿畸形。早些年，她爹为给她治腿，带着她跑了好几家大医院，后来在上海做了几次矫正手术，花了好多钱。原本还要做，只是小雪爹没钱，只能一年年拖着。

小雪爹没钱，他只是个捡破烂的老头，有一手还残疾。

没钱的小雪爹，非常疼爱小雪。有好吃的总给她留着。冬天冷，小雪的残腿总是冰凉冰凉的、没知觉。小雪爹又怕她的腿冻着，又怕她的腿烫着，总用自己厚实的大棉衣裹着，捂在自己的胸口。小雪读小学，都是她爹背着去的。她爹手使不上劲，就让小雪吊着他的脖子，用布条勒着她的屁股。小雪慢慢长大了，她爹渐渐背不动她了。后来，有好心人送了小雪一辆崭新的轮椅。那轮椅真好，她爹能推，她也能自助行。小雪开始读中学，就用这辆轮椅上下学。镇上人常见，她爹开心地推着，小雪一路笑着。

只是，谁也没有料到，有天傍晚，小雪爹背着破烂回家路上，被一辆在非机动车道上逆行的工程车给刮了一下，倒在路边昏迷不醒。小雪爹后来被人发现，送到镇上医院，在医院躺了十来天，最后还是去了。小雪陪在爹的身边哭干了眼泪。肇事逃逸司机被抓后说，当时天黑，他隐约看见路边有一堆东西，没想到有人，就开车挤了过去。其实，那堆东西就是艰难回家的小雪爹背着的一大堆的破烂。司机被逮，施工公司没法逃了，有人估算要赔七八十万。小雪一下子成为全镇人议论的中心。

有人出来认小雪了，有的说是小雪的堂伯、堂叔，还有的说是小雪的亲妈，

专门从其他地方赶来的。小雪一下子蒙了，她和爹在镇上苦苦地过日子的时候，一个亲眷都没有，听说她有好多钱了，亲眷都认上门了。大人们告诉小雪，她现在还不满18周岁，她一定得有个法定监护人。小雪整天哭着，喃喃地说，我不要，我一个也不要！自称小雪亲妈的女人，把小雪告上法庭，申诉要求确定母女关系，进行亲子鉴定。

法庭上，小雪埋着头。当自称小雪的亲妈说完，法官问小雪。小雪只管哭。镇上司法助理跟小雪说，今天是让你说话的时候，你尽管说，你不说，过了这机会，你要后悔一辈子的。过了半晌，小雪坚定地说，我不愿意。下雪天，把我丢在石阶上，你们就是要把我冻死。当时你们为啥不认我这个亲女儿？！自称小雪亲妈的女人哭着说，是你爹把你带出去说是看病的，我真的不知道哇。后来，你爹吃了官司。我就不知道他把你丢哪了，我一直在找你。小雪说，瞎说，我就在镇上，在所有的人的眼皮底下跟着我爹过着被人看不起的日子。说着，小雪哽咽了。自称小雪亲妈的女人说，我一直在外面打工。我一直在找你。我是你的亲妈呀！小雪又埋头不语了。

轮到镇上司法助理说话。助理说，小雪爹，在我们这里存了两份重要的文书，一份是领养小雪的领养证书，一份是领养时口述请人记录，同时得到公证的遗嘱。我读一下他的遗嘱。"遗嘱。立遗嘱人，某某某，身份证号码某某某。陈墩镇人。某年某月某日，雪中捡得腿残孤女一人，经政府同意领养。起名某小雪。本人名下有祖传旧屋三间，院落一个。本人百年后，旧屋院落传养女某小雪所有。本人以捡破烂为生，小有积蓄。所有存单由小学李校长保管。银行密码，小雪领养日。积蓄全部留作小雪治腿用。某小雪没有成人前，如本人生老病死遭遇不测，请远房本家镇敬老院黄院长，做某小雪的法定监护人。立遗嘱人，某某某。签名。公证人，某某某，某某某。公证日期，某年某月某日。"

遗嘱读完，全场沉默。半晌，自称小雪亲妈的女人大喊，这不是真的，捡破烂老头不识字，写不出这样遗嘱的。司法助理说，这是小雪爹口述，请我们司法所的大学生代笔的，有他亲笔签名，我就在现场。自称小雪亲妈的女人开始撒赖，大闹法庭，结果被法官请出了法庭。

又过了一段时间，小雪终于得到了传说中的巨额赔偿金，也动了几次大手术，康复中的小雪现在就住在镇上的敬老院。

船过三号闸

小女孩爹娘从倪娟身边接过孩子，泣不成声。然出乎所有人意料，小女孩哭着闹着不愿意跟爹娘走，竟跑过来紧紧抱住倪娟的腿。

三号闸，运河入长江最大最繁忙的河闸，几条主航道在此交汇后又直通长江。整日里，船来船往，汽笛轰鸣，大吨位船舶的巨大马力给船闸附近的土地带来了震颤，让人感受到大地动脉的搏动。

倪娟是船闸的安管员，她早已习惯了这里的忙碌和震颤。只是白天和夜晚的倒班，让她多少牵挂着家里十二岁的女儿。

这又是她的深晚班，闭闸放水的间隙，她回到了瞭望工作室。隔着玻璃，她发现内室休息床上的异样，一个小小的人，蜷缩在床上，酣睡着。她轻手轻脚地走近，看到了一个女孩，小小的个儿，头发蓬乱，脸蛋是那种久晒过的暗红。分明是一名大船上的小女孩。

倪娟没有惊醒小女孩，退出内室，用对讲机向值班长报告。

第二天早上。小女孩早早地醒来，趴在窗口看大船，全然不顾身后的倪娟，一副老江湖的模样。

倪娟让小女孩吃着食堂里取来的馒头、茶叶蛋。小女孩如在家一般。

你叫啥？几岁啦？你爸叫啥？哪省的？倪娟一一问着。小女孩只顾吃，不接嘴。倪娟急了，眼看自己就要下班，这从天而降的陌生小女孩让她左右不是。

值班长用对讲机跟她说，你先带回家，问清情况，我们再想法联系她的家人。

倪娟只能服从，开车带小女孩回家。一路上，倪娟试图从小女孩嘴里了解一些有用的信息，然小女孩只是好奇地东看看西摸摸，全然不搭理倪娟的问话。

　　回到家，女儿一脸惊讶。然毕竟是五年级的学生，女儿听了妈妈悄悄跟她说的话，还是接纳了这位小小的不速之客，帮助妈妈给小女孩洗澡、找换洗衣裤，把小女孩打扮得漂漂亮亮。

　　这天，正好是周末，妈妈在内房间补睡觉，女儿答应妈妈带新朋友玩。小女孩比女儿整整矮一个头，女儿俨然成了大姐姐。

　　睡梦中，传来熟悉的钢琴声，这是倪娟女儿每日的功课。从小的培养，她女儿已经拿到了十级证书。奇怪的是今天的钢琴声中，夹杂着随意地哼唱，声音很好听。倪娟起身，轻轻靠近客厅。女儿在练琴，小女孩一边在玩洋娃娃一边在哼唱。倪娟醉了，不由自主取了手机，录了一段又一段视频。

　　倪娟见小女孩跟女儿玩得挺好，便让女儿有意无意中问她一些问题。然小女孩对这很漠然，女儿花了好些心思还是不知道小女孩到底是谁。倪娟甚至在想，小女孩会不会是智障者。

　　晚上，女儿去钢琴老师家上课，倪娟带了小女孩一起去。倪娟想对小女孩的了解有所突破，便跟老师说，小女孩唱歌很好听。老师便问小女孩会唱啥。老师一一用钢琴试着。小女孩突然很随意地跟了上来，"酒干倘卖无，酒干倘卖无"。那清亮圆润的童音，一下子把倪娟惊呆了。幸亏，倪娟的手机一直在录像。

　　钢琴老师却不动声色，探问倪娟，你是让她俩参加这次的"最美童声"大赛？！倪娟反问，行不？！老师点点头，行，就唱《酒干倘卖无》。

　　老师问，这小女孩叫啥？

　　倪娟摇摇头，说，我不知道，真的不知道，她就像小天使一样突然出现在我们的生活里。

　　老师问，你几岁？

　　小女孩出乎意料地答，八岁。

　　老师说，那就叫"运河幺二〇八组合"。

　　接下来的日程，倪娟排得满满的，上班、找人、陪参赛。上班时，倪娟专门把自己的微信二维码、手机号和寻人启事印在传单上，随船发放。下班时，倪娟反反复复想出各种法子，诱导小女孩说出自己的来历，然一直没有满意的结果。休息时，倪娟一次次陪两人去钢琴老师处排练。欣喜的是初赛一举成功，"运河幺二〇八组合"成功晋级十强。

倪娟把所有的手机视频，制成个人微信，发入朋友圈。随着微信的转发传播，主动来加朋友圈的微信号越来越多，每日成倍递增。尤其那"运河幺二〇八组合"《酒干倘卖无》初赛实录视频，成了超热门微信。微信跟帖、电话、手机短信、微信视频通话、留言，如潮水般涌来，让倪娟应接不暇。值班长专门给倪娟调整了工作时间，让她集中精力争取尽早与小女孩的家长取得联系。

遇见小女孩的第五天，倪娟在如潮的电话里，接到了一个陌生的电话。对方局促、结巴的哭声，让倪娟的心一下子揪了起来。

倪娟很镇定，说，我是发微信的倪娟，请说。

对方哭诉，断断续续地说，孩子是我们的，姓邢，也叫小娟。八岁了。她唱《酒干倘卖无》，是跟船上的卡拉ok学的。我们现在武汉。我们夫妻俩带着孩子跟船帮老板打工。丢了孩子，我老婆快要疯了。谢谢恩人，谢谢恩人！

又五天，小女孩爹娘跟着打工的大船回来了。小女孩爹娘从倪娟身边搂过孩子，泣不成声。然出乎所有人意料，小女孩哭着闹着不愿意跟爹娘走，竟跑过来紧紧抱住倪娟的腿。

倪娟看着心疼，说，孩子都八岁了，你们就不想让她好好读读书？孩子这么好的嗓音天赋，真的太可惜了。

小女孩爹一脸无奈，言语间躲闪着，说，一个小丫头，放老家也实在让人放心不下呀。

倪娟觉得小女孩抱自己的腿抱得更紧了，突然一种莫名的冲动让她眼睛湿了。倪娟想了想，说，这样吧，你们让孩子再在我这里玩几天，等你们这趟船回来时，再跟你们回去，行不？！

小女孩的爹娘无奈地点点头，迟疑着上船去了。

小女孩再度随下班的倪娟回家。一路上，小女孩反反复复唱着《世上只有妈妈好》，那优美的歌声，让倪娟一次又一次陶醉。

臭　蛋

那巨响，惊天动地震得大地也在剧烈地颤动，随着那声巨响，厕所的一大半墙体"哗"一下全塌了。

小雨，常被小伙伴唤作"臭蛋"。

他个儿小，说话结巴，在学校里功课又差，有时竟差到得"大鸭蛋"，常挨老师的斥责和小伙伴们的嗤笑。

小雨因小伙伴们老唤他"臭蛋"而不满。

小伙伴们常常唤他"臭蛋"，几乎忘了他的名字。

为此，小雨常常觉得心里郁闷。心里郁闷的小雨又常常为自己的愚钝不争而暗自伤心。

那些日子里，小雨跟着小伙伴们在家属大院里挖防空洞。有一天，挖着挖着，小雨挖着一个锈蚀斑驳的铁疙瘩。

小雨神秘兮兮地说："这……这是……炸弹。"

小伙伴们都学他："这……这是……臭蛋。"

小雨不服气，说："这……这炸弹……能……能炸。"

小伙伴们嗤笑他："炸……炸个鸡……鸡……。"

不服气的小雨定要把那个铁疙瘩弄炸。在大院厕所边的一个角落里，他决计摔响那个铁疙瘩。伙伴都笑话他，说："臭蛋一个，干脆丢茅坑里算了。"

小雨遭人嗤笑，愈发想把铁疙瘩弄炸。

他躲在空地的水泥洗衣台后边，用劲朝厕所角落的墙上摔。可铁疙瘩摔出去老半天就是没任何声响。众小伙伴都笑了，都说："这臭蛋，真臭！"

小雨还是不服气，他相信，这铁疙瘩就是一颗炸弹，一颗能像《地雷战》里的地雷一样爆炸的炸弹。

第二天，小雨又跟小伙伴们说："我……我……一定炸……炸响。"

小伙伴们开始跟他打赌。小雨便跟他们赌。赌什么？小雨无所谓，其实上他只是赌一股子气。小雨非要让小伙伴们知道：那绝对不是臭弹！

于是又摔，又没响。

小伙伴们又笑了。

第三天，小雨说："我……我……一定炸……炸响。"

有个小伙伴激他："你个臭蛋，臭人臭手，真炸弹也会被你弄臭的。

于是，小雨又摔了。

这回，这铁疙瘩径自撞在厕所边的一块大青石上，竟然在每个人都毫无防备的情况下轰然炸响，那巨响，惊天动地震得大地也在剧烈地颤动，随着那声巨响，厕所的一大半墙体"哗"一下全塌了。小伙伴们一片惊叫，有人竟尿湿了裤裆。

几乎就在同时，英雄一般的小雨，猛然间惊喜地跳起来，然炸起来的砖石片无情地击中他乱舞的手臂。

小雨倒在了血泊之中。

小伙伴们一个个吓呆了，一片惨叫。

当截了一条手臂的小雨在医院里醒过来时，小雨的妈妈泪流满面地跟他说："小雨啊，你看你有多傻啊！"

小雨却瞪着大眼说："谁……谁还敢……叫……叫我……臭蛋？！"

最后的箫声

李滨小心地把玉箫放回原处，说，我也有这样一支玉箫，是我
考取音乐学院时，我爹送给我的礼物，据说那些钱能买一辆轿车。

李滨翻围墙跌进一处别墅花园的时候，几乎一下子摔晕了过去，腿部的伤口
又一次裂开，淌着血，伴着激烈的疼痛。李滨强忍着，蜷缩在院子里丛生的杂草中。
半晌，李滨从斜乜的眼光中，看见一个体态高大却佝偻的老妇人推开门，朝院中
张望，手中的电筒光划动着，从他的头顶上划来划去。灯光把老妇人定格在门框
里，像一张疲软的弓。李滨屏声息气。老妇人回房，缓慢地从一间房走到另一间房，
电灯随着老妇人的走动依次打开和关灭。李滨暗自庆幸，偌大的别墅里，除了老
妇人，没有其他人。他躺在荒废的花坛边养精蓄锐。一直到后半夜，李滨才起身，
从一处离妇人关灯较远的窗户进入房屋。感应小夜灯微弱的灯光，突然闪亮，把
李滨吓了一跳，李滨定睛瞧，发现那是一间年轻人的房间，邓丽君图片、老式吉
他、四喇叭录放机，似乎定格在某个遥远的岁月。他轻而易举地在床头找到了一
瓶打开过的白酒。李滨知道白酒能够为自己的伤口消毒，遏制伤口的化脓腐烂。
然白酒浇到伤口的时候，他忍不住痛苦地叫了一声，咬着牙呻吟着在地上抽搐。

叫声惊动了老妇人，房间里的电灯一下子被打开，刺得李滨睁不开眼。近距
离看，老妇人更老，两眼无神，满头稀疏凌乱的白发。你是谁？老妇人冷冷地问。
我受伤了，你能帮帮我吗？李滨说，神情很痛苦，腿上的血淌在地毯上。

老妇人迟疑半晌，退出房间。李滨想逃离房间，然疼痛让他放弃瞬间的想法。
过了一会，老妇人折回房间，手里拿着纱布药水。老妇人小心翼翼地为李滨清洗
伤口、消毒、敷药、包扎。还疼不？老妇人问。李滨说，好点了，你能给我弄点

吃的吗？我已经饿了好些天了。老妇人又退出房间，再次折回时，已经取了一些吃的，有饼干、香肠、酸奶和皮蛋。李滨左右手拿着，不停地朝嘴里塞，狼吞虎咽。一会，吃饱了，打着嗝。

李滨半躺在地毯上，喊了声"奶奶"。

老妇人木木地说，你不要叫我奶奶，我还没有那么老。

那我叫你"阿姨"，李滨问，阿姨，这是你儿子的房间？

嗯。老妇人点点头。

他好像好久没有回来了？！李滨说出自己心里的猜疑。

他出远门了。

李滨随手拿了支箫，想说啥，老妇人突然一阵紧张，说，别动，你放着。李滨细一看，手里竟是一支成色非常好的玉箫。李滨小心地把玉箫放回原处，说，我也有这样一支玉箫，是我考取音乐学院时，我爹送给我的礼物，据说那些钱能买一辆轿车。

是的，那是他爹送的。阿姨说，目光中似乎闪着一缕异样的光芒。

我爹也很有钱，李滨说。我爹原来是个医生，中专毕业后做了乡村医生。他不想做乡村医生，开了家医药公司，赚了很多钱，把家搬到了城里。他小时候，有一个梦，想读大学，他非常喜欢音乐。我爹说，小时候，他爹没钱，钓黄鳝卖钱供他上学。我爹赚了钱，他说不会让我像他小时候一样憋屈。我三岁时，我爹送我到沪上最好的音乐教授那里上课。我十五岁的时候，我爹花钱给我开了一个像模像样的音乐会。

他爹是开大轮船的，阿姨说。他也跟你爹一样，愿意在儿子身上花钱，为了儿子能够出人头地，他一点也不吝惜钱财。

我不喜欢爹用钱为我铺的路，李滨说，但是，我还是考取了他最喜欢的那所音乐学院。

我儿子也很出色，阿姨说，在他那个年龄该得的奖几乎全部得到了。其实，我儿子也不喜欢他爹让他这样，很叛逆。

我让我爹失望了，李滨说，我闯了祸，天大的祸。我知道我做的事让我爹很"悲催"，我成了全家的"杯具"。

我儿子也闯了大祸，阿姨说，闯了大祸，他还不醒悟，满世界的逃亡。他爹

没办法，只能满世界的去找他，结果在一处断崖边出了车祸，永远地去了。一句话也没有给我留下。

不好意思，我问下，阿姨，你儿子现在怎样了？李滨问。

怎样了，我不知道，阿姨说。我也懒得知道，我原本一直想儿子，结果住了二十多年精神病院。现在我不想了，医生说了，没病了，可以回家了。

李滨说，阿姨，你让我一个人在房间里打几个电话，行不？！

阿姨退出了房间。李滨拨通了家里的电话，电话里传来娘的声音，嘶哑、苍老，显得有些陌生，李滨没有说一句话，默默地挂了。接着，李滨拨了一个短号：110。

半晌，李滨艰难地走进客厅，手里小心地拿着那支玉箫，见阿姨坐在客厅里怔怔地发呆，征询说，阿姨，临走前，我能够为您吹一支我自己写的箫曲不？！

阿姨木木地点点头。

李滨吹着吹着，阿姨哭了。

最后，李滨是警车带走的。据说，警车是循着小区里凌晨时低沉、凄婉的箫声，找到了逃亡中的李滨。

学走路

儿子问，妈妈，你的腿到哪里去了？黎丽说，它不听妈妈的话，自己走丢了。重生又问，那爸爸是去找你的腿了，是吧？

黎丽一直不敢回想那个不堪回首的风雪除夕夜，开小车回老家过年本已是他们无奈的选择，怎料想，当疲惫的他们已经见到自己村头的灯光时，小车却被一辆失控的从山坡上冲下来的拖拉机撞下山坡。随着小车不停地翻滚，黎丽顿觉天昏地暗，而当她在急救病床上迷迷糊糊醒来的时候，天确实真的塌了下来：丈夫和她自己的左腿已经永远地离她而去了。

弱弱的她只能弱弱地问一声医生：我肚子里的还在吗？看着如此虚弱的黎丽，医生也只能说，我们尽力吧。

遍体鳞伤的黎丽最终让自己坚持着活了下来，她在医院里躺了整整三个月。医生终于肯定地对她说：你肚子里的小宝贝保住了。

坐着轮椅，挺着渐渐大起来的肚子，黎丽重新回到了先前创业的鹿城，硬着头皮独自打理起丈夫撂下的一个不大不小的摊子。黎丽的肚子一天天鼓起来，公司却整天有她忙不完的事。就在黎丽觉得实在支撑不下去的时候，孩子降生了，那是一个有着两条肉嘟嘟美腿的小男孩，像一个小天使，赐给了处在绝望边缘的她。黎丽给儿子取名重生。久久地看着儿子乱蹬的双腿，心化了。

没有左腿的黎丽，只能坐着轮椅，两头忙碌，儿子、公司，哪一头都不敢有一丝疏忽。

儿子一天天长大，黎丽有些着急，她觉得其他同月龄的孩子大多会走路了，而她的孩子还不会走路，他只会围着她的轮椅爬行。黎丽知道，要让儿子跟其他

孩子一样学会走路，只有她自己先丢掉轮椅，学会走路。

　　黎丽去了上海最大的义肢公司，为自己定制了一条义肢。只是20多斤重的义肢装上了，要顺利走路并没有黎丽想象的那样简单，残肢与义肢摩擦的地方是她连着心的还没有长结实的皮肉，站起来稍一用力，便钻心的疼痛。咬着牙，黎丽让自己站着，即使挪不动步子，她也要让自己坚持站着、挪着。没多时，残肢上的皮肉绽开了，血肉模糊。抹了消炎药膏，她还站着、还挪着。站了整整一个月，皮肉烂了，又长了新的。新的皮肉渐渐地成了痂、又成了茧，先是薄薄的，后来渐渐地加厚。扶着墙，黎丽从头开始学走路，一次次几乎摔倒，然她却忍着剧烈的疼痛，坚持着。

　　黎丽丢了轮椅，儿子也渐渐习惯不再在地上爬行。一个月后，站立的黎丽，已经能够腾出一手，把儿子从地上拉起来，拉着他让他站立，拉着他让他学挪步。终于有一天，儿子在自己的不知不觉中放开了拉着黎丽的手，自己挪了几步。黎丽惊喜万分：儿子竟然会自己挪步了。儿子会挪步，进步很快，黎丽又跟不上儿子了。为跟上儿子，儿子睡觉了，黎丽不睡，她一次次逼自己，儿子能挪几步，她一定要在儿子睡觉醒来时也能够挪成，然站得久了，即使有了老茧，皮肉上也磨出了鲜血，钻心的疼。

　　只是儿子走路愈来愈老练，蹒跚着已经能够从这一垛墙走到另一垛墙边，黎丽却无法做到，即使她非常努力，也只能挪几步，中间还得放张桌子，扶一下、接一下力。

　　儿子终于能够很随意地走路了，黎丽做不到。然有儿子做榜样，黎丽努力着。

　　一年后，黎丽也终于能够自己走路了，她不再用原先的轮椅。在屋子里，她慢慢地走动。出了门，她就走向小车开着去公司、去超市。只是，她一直比儿子差劲。有一回，儿子拉着她的手，跟她说，妈妈，我们来跑步比赛吧。黎丽犹豫了一下，兴致勃勃地响应儿子。儿子跑起来，一扭一扭的，一下子就把她拉下了。黎丽努力着，尽力跑动起来。一会儿，儿子带着笑声跑到了目的地。黎丽却还在艰难地跑着。儿子欣喜万分，高喊：妈妈，我第一名了。

　　妈妈跑着，开心地笑着。只是那天，黎丽接触义肢的皮肉又打磨开了，然黎丽觉得心里暖暖的。儿子不仅学会了走路，还会跑了。

　　儿子重生一天天长大，已经到了认字画画的年龄，特别乖巧。

有一回半夜里，黎丽被儿子的声响惊醒。儿子惊讶而恐惧地看着缺了一条腿的黎丽和奇怪的假腿。

黎丽问，重生，你怎么啦？

儿子问，妈妈，你的腿到哪里去了？

黎丽说，它不听妈妈的话，自己走丢了。

重生又问，那爸爸是去找你的腿了，是吧？

黎丽一下子心酸酸的，眼泪强噙着，点点头。

重生很天真地说，我知道了，等我长大了，我去把爸爸和你的腿找回来。

黎丽一下子抱住儿子，眼泪涌了出来。

自此，每天傍晚时，儿子总拉着黎丽在小区的人行道上走一圈，一边走一边小心地帮黎丽看着路，小心翼翼的样子。有时有人问，重生就告诉人家，我在帮妈妈学走路呢。

又一年，黎丽生日，儿子神秘兮兮地说要送给妈妈一个礼物。

第二天一早，黎丽醒来时，只见儿子把她的义肢擦得干干净净，上面有他用彩色水笔画的花，还写着一行字：妈妈爱我，我爱妈妈的 jia tui。

特殊学生

柳青青挺伤心地说，我家狗丢了，没狗陪着，我不敢去上学。

开学时，教导处高老师领来一位脸色黝黑的小个子女生，说，她叫柳青青，钱镇长专门关照让进来的，就放在你班上。

我有些不快，临中考了，还朝我班里塞学生，这让我咋弄呢？看那小女生，怯怯的，沉默寡言，老是皱着眉，不像是个出类拔萃的学生。我有意推托，尤其见她身后一条黄毛大狗，更想寻找种种推托的理由。其实，那大狗倒是一条好狗，很精神，骨架大，毛色亮，就是有点瘦，看着我们说话，两耳微微耸着，左右看人，显得很机灵。我说，带着这么一条大狗，怎么上课呢？女生听我说话生硬，急得要哭了。高老师把我拉一边说，本来就是一个特殊的学生，你先收着，校长都已经答应了，不收也不行。

我无奈，只能把小女生领进教室，让她坐头一排。那大狗像回家一样径直进了教室，课堂上顿时都是诧异的目光。我让她把狗拦门外，她憋不住又要哭了。我无语。那狗倒也挺乖，趴在小女生脚下，半睁着眼，一节课下来一动也不动。

其实，柳青青上课倒是非常专心的，脚下的狗也非常安静。只有铃响时，那大狗才把耳朵警觉地竖起来。柳青青起身，它便一下子精神起来，跟着柳青青寸步不离。

校园里，蓦然多了一条大狗，顿时多了一些怪异的气氛。谁都知道这大狗不会咬人，然谁也不敢贸然冒犯它。有任课老师，进课堂时突然发现那大狗，惊吓不小，见我就嚷嚷。我答应，让刘青青不带狗来学校，但只能试试，人家是有来头的。

第二天，我进教室，那大狗仍安静地趴着。我说，柳青青，你不是答应我的么？柳青青终于忍不住流出了眼泪，轻声说，它偏要跟我，赶不走呀。

我只能跟高老师说，高老师就一位位任课老师做说服工作，说这位是钱镇长专门安排进来的，大狗也是钱镇长送的。言下之意，你们多少还得买些人家大镇长的面子呀。还好，柳青青的功课蛮好，这让任课老师后来一个个接纳了柳青青和她的大狗。这样，每天总能见到一条大狗伴着一个小个的女生，早早地走进校园，晚晚地走出校园。

离中考还有半月，柳青青突然几天没来上课，我急了，赶去家访。银泾村，那是个渔业村。柳青青家，家徒四壁，也不像是和钱镇长沾亲带故的体面人家。在柳家，我见到了正在埋头做功课的柳青青。我问，你怎么好几天没来上学呀？柳青青挺伤心地说，我家狗丢了，没狗陪着，我不敢去上学。我问，狗在哪丢的？柳青青说，在学校门外。

我回镇后，到派出所报了案。所长说，我们人手不够，找狗的事，我们实在无能为力。我说，这狗，是钱镇长送我学生的。没有狗，这个小女生就没法到学校，眼看就要中考了。所长听了，顿顿，还是让手下调看了学校附近的监控，知道大狗是被人麻针麻晕了偷走的。所长带人冲了盗狗贼的老巢，很庆幸，那大狗还活着。

中考，柳青青发挥得挺好。多年的自修，使得她比其他同学多了很多解决实际问题的能力。中考成绩公布，全校震动。柳青青考取了市里的重点中学。

我送录取通知书，又去了柳青青的家，见到了她爹，一个老实巴交的渔民。我这才知道，她三岁时，娘得病去了。她爹常年在外帮人家看鱼塘，不放心她，一直把她带在船上，断断续续读书、辍学，已好几个轮回了。钱镇长去村里蹲点调研，见她特别爱读书，老是一个人在船上自学初中功课，就劝她爹让她再回学校。但她爹说，一个小女孩，每天得来回七八里，同村又没有一个伴同出同进。钱镇长听了，没说啥，回镇后托在公安局警犬中队的战友为她专门物色了一条公安上淘汰下来的大狗，送她，伴她读书。

六个心愿

多多想了想说，我要你们答应我六件事、六个心愿。多多爸妈连声说，六十个、六百个，我们也答应。

邱多多从小天资聪颖、活泼好动。邱多多五岁时，爸妈离异。邱多多随了妈。爸有了新家，忙着上班。妈一直处在热恋或者失恋当中，人也一会儿上海一会儿南京，总在漂泊中。邱多多跟外公外婆过日子，邱多多真的成了多多。

其实，外公外婆忒疼爱多多，百般呵护。就是多多忒任性，爱玩游戏、爱结交狐朋狗友、爱闯祸、爱惹事，时不时还玩几天失联。邱多多是个永不消停的人，他爸最怕的是有人找上单位说多多的事，有时是多多的朋友，逼他爸还钱。三钱两钱，他爸自然不在乎。可一逼就是两万三万，他爸常常为这事险些双脚跳，你说你个初中生，在外好好地玩，哪会有那么多的外债？！逼急了，他爸只能报警。有时是多多的老师找上单位，说多多已经旷课好多天了。他爸只能给他妈他外公外婆的电话，老师总是很无奈，说，都找过了，不顶事，才来找你的。他爸一脸的无奈，说，我现在能说他啥呢？！我就是到哪能够找他也不知道。有时，警察找上单位，告诉他儿子打群架被关起来了，需要他担保。这事，他爸就没法推了，上班时众目睽睽之下坐着警车出大院，一副灰溜溜、颜面扫地的窘态。

还有一个月，邱多多就要初三毕业了。一天，班主任老师突然打电话找多多爸。多多爸小心捂着手机，轻声说，老师，我在开会，待会我打过来行不？！老师说，你不要挂，你儿子出大事了，你得马上来。多多爸一惊，问，啥大事？！老师急急说，邱多多，120拉医院去了，你得快去！多多爸一听，腿一下子瘫软了，问了医院，请同事开车赶了过去。邱多多正在抢救，心脏出了大问题。一直到深夜，邱多多终于缓过来了，被送入重症监护室。主治医生说，孩子需要进一步手术治疗。多多外婆、妈，早已哭得几乎晕厥过去。多多外公说，就是卖房子也要给孩子请最好的医生。

手术在计划中进行。邱多多脱离了危险期。孩子大了，有主见了，多多的爸妈，准备给孩子摊牌，告诉他将进行怎样的手术治疗。邱多多一听，马上反对，说，我不做手术，我坚决不做手术。所有的人劝他，他都犟着，且说了一句狠话，你们假如偏要给我动手术。我就永远不理你们，永远不回你们的家了。

多多妈哭着求多多，都是妈不好，没有好好照顾你。只要你同意，以后不管你提啥要求，我都会满足你。多多爸也这样说。多多想了想说，我要你们答应我六件事、六个心愿。多多爸妈连声说，六十个、六百个，我们也答应。多多说了几件，多多爸妈松了口气，说，我们全答应。

手术，请的是上海最有名的心脏外科专家，手术很成功。半年后，邱多多恢复得很好，复读初三。复读初三后，邱多多好像换了一个人似的，不再跟狐朋狗友们玩了，也不再失联了。期中考试后，班主任老师电话通知多多妈参加家长会。多多妈去了，这是她答应儿子的第一个心愿。之前，她从来没有参加过家长会，都是外公外婆代劳的。这次会上，班主任老师当着所有家长的面，表扬了邱多多。虽说休学好长时间，邱多多竟然考了全班第一，年级第四。儿子长了脸，多多妈满脸神采飞扬。回家路上，多多妈忒兴奋，抑制不住内心喜悦，跟多多说，儿子呀，你难道就是人家传说的学霸呀？！多多很平静，说，谁让我是留级生啊！半路上，经过凯尔广场，多多妈陪多多坐了旋转木马。这是她答应儿子的第二个心愿。多多妈很开心，说，我小时候常坐。这是我的最爱。多多淡淡地说，我是第一回坐。坐了木马，多多和妈没有回家，走进了热闹的赞赞香美食一条街。多多站在第一家铺面说，我们从头一家吃到尾。这是多多妈答应儿子的第三个心愿。多多妈掏钱，多多说，我有。掏出一大把红红绿绿的纸票。多多妈满脸疑惑，你哪来那么多钱？多多说，钱不是问题，外公外婆给的，我那些铁哥铁妹们，谁兜里没几个钱？！多多妈用陌生的眼神看着多多，一路吃着。烤的、煎的、炸的、煮的、烩的、焖的，咸的、酸的、辣的、麻的、香的、臭的，热的、冰的，荤的、素的，海里的、河里的、山上的、田里的、天上的、地下的，一路吃过来，直吃得多多妈满嘴五味俱全、发际热汗直冒，连说，儿子呀，没想到你还是个资深的

吃货呀！多多只浅笑一下。

　　到了放假，多多爸请了年假。第一晚，多多爸与多多对打了整整一晚的游戏，最后以多多爸的惨败告终。第二天，多多爸陪多多睡了整整一天一宿。第三天，多多爸开着自己的车一路朝北，多多蜷在副驾驶座位上打盹。多多爸不知如何跟儿子说话，两人一个驾车一人打盹，行车一周三千多公里，一直到了漠河，坐在国境线边看着日落日生发呆。回来，多多话多了起来，多多爸也知道怎么跟多多说话了。到家，又是三千多公里。到家时，多多已经把自己的老爸称"老哥们"了，说，我还有最后一个心愿，先保密。

记　性

　　江教授常为自己记性越来越差而沮丧，却又为小孙女记性越来越好觉得宽慰。

　　江教授不再带博士生后，居家的日子便开始多了起来。居家时，江教授仍朝九晚五地给自己定作息时间，除了中午雷打不动睡两个小时午觉外，整天泡在书房里，看书、写文稿、做课题，还有就是带孙女小倩倩。小倩倩很乖，爷爷做学问，她就在一边搭积木、画小人画。

　　居家的日子多了，江教授突然觉得跟外面的世界渐渐地疏远了。有好几回去老校区走走，突然遇见哪位领导、同事了，人家总是很热情地跟他打招呼，他却脑子里一片空白，说啥也想不起来人家姓啥，不知如何称呼人家是好。这让江教授很窘迫。在院里，在同龄的教授里，他一向是以博闻强记著称的。没想到，一向博闻强记的江教授竟然会在记忆上陷入盲区。这让他很懊恼，以至不是非要外出在公开场合露面时，他总是宅在家里。

　　宅在家里的江教授，其实也常常在记忆上短路，有时为寻找一些物件，在屋子里转悠，有时找急了，一个人在那里干着急。

　　这时，身边的小倩倩便会问，爷爷，你在干吗呀？

　　江教授便会说，爷爷眼镜找不到了。

　　倩倩就会说，眼镜在爷爷手里。

　　江教授一看，这不，眼镜真的在自己手里。

　　江教授老是在找东西，一会儿是放大镜，一会儿是标签，一会儿是胶水，都是自己放糊涂了，然只要一问小倩倩，她准会屁颠颠地给你找出来。

　　日子长了，江教授也就离不开小倩倩了，突然啥事想不起来了，便问小倩倩，小倩倩，刚才你奶奶说啥呀？小倩倩便说，奶奶说，爷爷的中药在厨房里。

　　江教授发现，日子一天天过去，小倩倩在一天天长大，记性也一天比一天好，就跟她爸小时候一样。认字吧，爷爷给她教上一两遍，她便记住了。有时，江教授在嘀咕啥书找不到时，小倩倩竟会给他找出个惊喜：这些字你也认得？！后来，江教授外出时总喜欢带上小倩倩，遇上领导、同事跟他打招呼，他便扯扯小倩倩。小倩倩呢，便李伯伯、周阿姨、刘柳妈妈、强强奶奶的叫人，免去了江教授好多窘迫。江教授常为自己记性越来越差而沮丧，却又为小孙女记性越来越好觉得宽慰。到了七岁那年，小倩倩已经认识一千多个字、能背一百多首唐诗宋词了。比他爸小时候还强。

　　为小倩倩报名读小学的那天，江教授开密码箱取户口本时，又懵了。不是常用的密码箱，竟然想不起当初设定的密码了。一连试了好几个，都不管用。江教授急得团团转，老伴在一旁提醒，别急别急，兴许小倩倩知道。

　　江教授把小倩倩叫来一问，小倩倩不假思索地报了一串数字，江教授一拨拉，密码箱果然开了。

　　江教授觉得有点奇怪，问，你怎么记得这密码的？小倩倩说，爷爷说，密码是我来爷爷家的日子，我就记住了。

　　江教授一掐算，六个多年头了。

　　其实，这六年多来，小倩倩还没见过一次她爸妈呢。他们在南海的舰上，一直说部队里忙，生了小倩倩后，他们还没回家探过一次亲呢。

魏大炮说要收拾我

我不知道魏大炮是谁，便问，谁是魏大炮？我根本不认识他，他干吗要收拾我呀？！

1969年冬天，我父亲带薪携我们全家从县城机关下放到县里最偏远的金泾村安家落户当农民。

金泾村是个只有二十来户人家的小村子，在淀山湖边上。新中国成立前，这村常常遭湖盗侵扰，村民间常常很关照。村里田多人少，村里人常年在田里忙碌，还算富足。我们是唯一的外来户，村里人都对我们不错，老老小小进进出出都称我父亲为马同志。我父亲为村里劳动不拿村里的工分，村里人对我父亲很少计较。

我那年十岁，读小学六年级。小学在银泾村，叫银金小学。我们每天得走二里地过去，又得走二里地回来。银金小学是个复式班学校，只有两位老师。上课时，我们高年级的学生，有一半时间是帮老师在教低年级的学生。六年级，才三个学生，一个大队长，三条杠。我功课是最好的，没多久，老师让我当副大队长，也是三条杠。当了副大队长，我很忙碌，老师有啥事都让我做。有时老师去镇上中心校开会，就让我和大队长看学校。大队长管纪律，我上课。其实，我们的老师也是不咋地，常常把课文上的字念错，把一些地理历史科技常识讲错。我上课时，低年级的同学就说我念错讲错了，我就跟他们说，是我们的老师讲错了念错了。我还信誓旦旦地给低年级的同学说，我可以向伟大领袖保证，是老师讲错了。后来，低年级的同学照我教的念了，老师说错了，大发脾气，吓得同学们不敢喘大气。

过了一段时间，有要好的同学对我说：魏大炮说要收拾你。我不知道魏大炮

是谁，便问，谁是魏大炮？我根本不认识他，他干吗要收拾我呀？！

后来，我听大人们私下里说起魏大炮，才知道魏大炮其实是我们银金大队的魏书记。其实，大队部就在我们小学的边上。听别人一说，我对上号了，也就遇见魏大炮了。

魏大炮原先是个军人，穿一身褪色的旧军装，人高马大，走路一步一个坑，一脸络腮胡子，面容凝固，从来没有一丝笑容，人见人怕。我第一次见他时，他从我们学校厕所出来，高大的身板把厕所的门洞都给挡住了。我进也不是退也不是，眼看就要上课，急得双脚直跳。

魏大炮一脸严肃，冲我说："新来的小子，跳啥跳？"

我不知道咋说，眼泪就快要掉下来了。一个激灵从他的大腿边钻了进去，赶在上课铃声停下来前返身进了教室，才稍稍缓过神来。这第一个回合，我就患上了"魏大炮恐惧症"，不知咋的，一见他高大的身影，我心里就发怵。到了后来，一听他的名字，我心里就发慌。

然而，我愈是怕他，愈是常常听人传言：魏大炮说要收拾你。

我自此开始谨慎起来。走路，常常混在同学群里，免得单独撞见他不知所措。读书，我愈发用功，生怕功课掉下来，被人有个说由。做事，我愈发勤勉，对老师言听计从，相信老师会公平对我的。尤其到了暑假，我第一天就为村里看起了牛。看一天牛，村里给三分工分，一分工分到了年终大约可以分得七分现金。一周算下来可以为家里赚贰毛壹分钱的工钱。因为村里田多人少，所有的小孩暑假里都要参加劳动争工分。只是没人敢看牛。这牛是出了名的犟牛，光展开的牛角，就有一米多长，除了犁田的队长和老看牛娃，它不服任何人。但它服我，跟我怵亲，我喂它嫩草，它先不吃草，先用脸颊蹭蹭我，表示一下亲热。我看了一个暑假的牛，每天它吃得饱饱的，身体棒棒的，干活壮壮的，更要紧的是它这段时间里从不惹事，从不偷吃一棵稻穗。

临开学，队长带着魏大炮（当然我们都不敢当面叫他魏大炮）来牛棚，先不住地夸我，继而在书记面前发愁，说开学，又没人能看牛了，主要是没人敢看它。魏大炮一脸铁青，络腮胡子根根直立着，谁也不知道他在想啥。

开学了，我以全校最好的成绩考取了镇中学。其实，我们全校才三名毕业生。只是每次学校放假回来，我还常常听人给我传话，说魏大炮说要收拾我。我真的不知道，我哪里错了，或者哪里得罪他了。不管咋的，生怕被人抓住啥话柄，自此，我说话总是很谨慎，做事很勤恳，读书很用功。

十几年后，我大学毕业，回乡在镇政府给领导当秘书，竟然跟魏大炮成了同事。他当时任镇人武部副部长。魏副部长做事雷厉风行，他的部下，个个怕他。有一回，我跟他一起喝酒，我问他：魏部长，我小时候常常听到人家传话说，你要收拾我，我哪错了，你要收拾我。魏大炮一脸疑惑，络腮胡子根根直立，非常肯定地说，没呀，你好好的一个小青年，我干吗要收拾你呀？！

第五辑　官场旁记

　　有一个场合，叫官场。这是一个严肃的去处。在官场上，我只是一个冷静的旁观者，往往以平常人的心，把几十年来看到听到的人与事，聊聊记上几笔，绝对不供娱乐，也许肤浅，然不有意扭曲。

执行公务

李渊站起，喃喃着，惭愧，非常惭愧，老师无颜面对学生呀。

宋诵知道，自己已经不需要再说什么了。

零时，宋诵不紧不慢地敲着鱼尾狮别墅小区内李渊家的大门，并不重的敲门声却在偌大而宁静的小区里似乎被莫名地放大，声声如鼓，惊人心魄。

李渊小心地把沉重的大门虚开一半，门后传出巨犬令人生畏的狂吠。昏黄的灯影里，宋诵和宋诵身后两个陌生的男子，使李渊的神情稍稍有些异样，然瞬间又恢复了平时公开场合中所惯有的热情、随和中略带的威严神态。唷，宋诵呀，难得，家里请，请。

宋诵和俩男子进了院子。院子并不奢华，反倒像农村院落一样种了一些瓜果、蔬菜和花草，显得温馨又随和。

李渊把宋诵他们让进客厅，宋诵在沙发上落座。宽大的真皮沙发有点霸气，宋诵落座时，略显僵直。而俩男人却远远站着，面无表情。

李渊沏茶，歉意道，家里人都出远门了，就喝点茶吧。宋诵知道，李渊所说的远门其实真的很远，他们家几乎所有的人都办了别国的绿卡。

宋诵有点惶恐地接过李渊端过来的茶盅，说，老师，您坐，我自己来。宋诵，是李渊以前的学生。十几年前，宋诵读高中时，李渊是宋诵的班主任，一直从高一带他到高中毕业。宋诵政法大学的高考第一志愿，还是李渊帮助填的。宋诵大学毕业后考政法研究生也是在李渊极力鼓励下报考的。宋诵现在是市纪委审理室主任，负责全市领导干部违法乱纪行为的初步审理。其实，李渊自从带了宋诵那批学生在一场高考中名声大振以后，好运连连，从副教导主任、教导主任、副校

长、校长、副局长，到局长，一步步走上辉煌的仕途。宋诵也清楚，前一段时间，上一级组织部门曾对他进行了一次分管副市长人选的考察，所有的考察资料他都仔细参阅过。问题是他是个"裸官"。

宋诵呷了口茶，似乎缓了一下突然而至的尴尬气氛。

李渊发了一圈烟，让了让，自己点燃，吸了一口，也似乎从内心的不安中渐渐恢复过来。

老师，宋诵说，有一件事，十几年了，我一直瞒着您。我刚进您班的时候，其实，我犯了一次很大的错。那年，我妈跟我爹闹离婚，我妈跟着人家很绝情地走了。每个月，我妈只给我很少的一些生活费。后来，我爹赌博挪用公款最终败露，被判了刑。疼爱我的爷爷气得生病死了。那年暑期后开学，我没有钱交学费，开学一个星期了，我还没有交上学费。但是我非常喜欢读书，我不愿意放弃好不容易考上的学籍。走投无路之际，我突然想起爷爷生前藏有一些钱，爷爷死后，都被大伯大婶卷走了。我想，爷爷的钱，我理该有份。我偷配了堂哥的钥匙，在大伯家没人的时候，小心闯入，把爷爷的钱偷了出来带到了学校。然当我犹豫着要不要把这钱交学费的时候，您突然把我叫到办公室，告诉我，我家庭的特殊情况，老师知道了，现在通过老师做工作，有社会上热心助学的人，帮我交了学费，您告诉我以后只要安心读好书就是了。后来，我暗地里打听才知道，是您自己给我交了学费，一交交了整整三年。也就是那回，我险些败露。我大伯家丢了不小的一笔钱，他们发现后报了警。警察上门破案，把所有可疑的地方都查遍了，险些把我牵出来。我吓得半死，最后情急之中，想了一个急办法，让大伯家的狗把钱叼回家。大伯发现了钱，点了点，发现没少，就跟警察说不想再追究了。而大婶似乎比谁都明白，缠着警察不依不饶，非要把这丑事闹个底朝天。

李渊又点了一支烟，很平静地说，这事，我知道。其实，我也一直瞒着你，您大伯来找过我好多次。

宋诵说，老师，您是我的恩师，从我做了您的学生以后，您对我，胜过我父亲。我一直记得高二那年我到南京去领奖，人家都是家长陪的，只有我是您陪的。那夜正是中秋，您为我精心挑了六只月饼。我偷偷地在被窝里就着眼泪吃月饼。那是我一辈子都不会忘的最好吃的美食。

说着，宋诵站起来，站在李渊的跟前，恭恭敬敬地鞠了一躬，说，谢谢您，我的恩师。因为有您，我才有今天。说着，宋诵流泪了。

李渊站起，喃喃着，惭愧，非常惭愧，老师无颜面对学生呀。

宋诵知道，自己已经不需要再说什么了。执行眼前的任务，对他来说既是一项神圣的使命，又是一场内心的煎熬。宋诵曾向组织申请回避，然市纪委班子对宋诵在李渊经济案前期调查时所表现出的公正无私态度，给了高度的评价，否定了他的申请。

沉默半晌，李渊说，宋诵，我不为难你，跟你走。

宋诵擦一下泪，示意手下带走李渊。

两个倔老头

老姜头在我倔爹那里吃了闷棍，竟跑到我们学校，盯着我们兄弟俩，不准我们跟他俩女儿走近一步、说上一句话。

我爹和老姜伯，早年在一个局机关共事。在局机关里，两人是出了名的倔性子。因为倔，得罪了好多人。因为得罪了好多人，在原来的局机关再也待不下去了，到了69年，机关安排人员下放农村时，我爹和老姜伯排在名单的第一第二。我爹被安排去陈墩镇的金泾村，离县城80多里。老姜伯的去处却迟迟没定。老姜伯一反往日的倔，来我家跟我爹相商，说愿和我们同去陈墩镇。我爹没啥好说，反正有个伴，到了乡下也好有个照应。没几天，老姜伯家被安排去陈墩镇的银泾村。

其实，我们两家相邻已十多年，知根知底。我爹是48年参军、49年参加渡江战役。老姜伯47年参军、49年渡江，然老姜伯不敢在我爹面前摆谱，他早年被国民党部队抓的壮丁，被俘后，投诚过来的。我们兄弟俩和姜家的姐妹俩是从幼儿园一起长大的同学。到了乡下，又在一起读中学。

到了乡下，老姜伯常过来跟我爹喝酒。我们兄弟姐妹也亲如一家。尤其我哥，常护着我们，人生地不熟的也没人敢欺负我们。老姜伯喜欢我哥，有时把我哥唤过去，晚了，跟他睡一张床，让我哥捂脚。处久了，老姜伯跟我爹说，把老大给我做儿子吧。我爹将他，你别得寸进尺，想得太美了，你就是用两个丫头换，我也不会答应你。老姜伯一激也跳起来，回击我爹，你别遭骂！

过了几年，我爹和老姜伯在陈墩镇上都有了新的工作。我爹是镇粮食专管员，负责每年的粮食分配，老姜伯是镇民政助理，负责结婚登记啥的。到了秋后，每个村都做了粮食分配方案到我爹手里审批。我爹很倔，审批粮食方案尤其顶真，丁是丁卯是卯，不管是谁打招呼，违规的事，我爹绝对不允。那天，老姜伯憋着性子来我家，跟我爹说，他们村里，有意跟他家过不去，把他们家的粮食分配数额压低了，让我爹给调上去。我爹答应给他留意着好好看看。第二日，银泾村便来我爹处审批粮食分配方案。我爹仔仔细细看了，没觉得他们村里有意把他们家的粮食分配数额压低了。银泾村的粮食分配方案就这样很快批下去了。

当晚，老姜得讯后便来我家跟我爹论理，气势汹汹，吵得鸡飞狗跳，半个村老老少少都来看热闹。吵到临了，老姜伯摔下一句狠话，说，你无情别怪我无意，我们两家自此一刀两断，你们家俩小子，不准来我们家。我爹也不让步，反将他，你老姜头不要搞错了，是你们家俩丫头有事没事老往我家跑！

老姜头在我倔爹那里吃了闷棍，竟跑到我们学校，盯着我们兄弟俩，不准我们跟他俩女儿走近一步、说上一句话。有一回，我哥和她大丫头放学后一起回村，其实一起走的有十来个同学，他俩也没靠得很近，被老姜头撞见了。老姜头冲我哥吼，你小子再跟我闺女在一起，我打折你的腿。闹得我哥一脸通红。自此后，我哥在学校里老是被人指指点点，同学们老拿老姜家的大丫头羞我哥。我哥性子刚烈，心里憋屈没处发泄，正好有同学惹他，被我哥一拳打断了鼻梁骨。我哥因此被学校除名。我爹急了，低声下气地去跟校长求情，校长根本不买我爹的账。结果我爹跟校长大吵一场。最气人的是老姜头还来我家跟我爹论理，说你家老大打人跟我家丫头一点没关系。我爹恼了，谁说跟你家丫头有关系呢？！老姜头说班主任找他丫头谈话呢。我爹火了，说你家丫头谈话上我家来干吗？！吵到性起，我爹便拍桌子，结果把自己的手指都拍断了。不是我爹拍断手指，这老姜头还要跟我爹吵下去。为这事，我哥没书读了，只能跟我舅舅去学木匠。

几年后，我爹和老姜头重新回到了原先的局机关，享受正处级待遇，做些有名无实的虚事。老爹把倔劲花在带徒弟身上，老姜头却倔遍了全机关。一点鸡毛蒜皮的小事，今天跟局长闹，明天跟科长闹，就是看门的他也隔天骂一回。其实，老姜头闹得有理有据，他眼睛里揉不了沙子。就说门卫吧，一家老少喝水、洗衣、洗头、洗澡全靠着单位的水龙头和煤球炉，下班了还要带几瓶热水回家，他看不过去。

老姜头还跟自己倔，脑袋里留着当年的子弹，常常头晕头疼，发作时，人一下子昏厥过去，然局长让他去住院手术，他不光不领情，反说局长是嫌他碍眼。

气得局长半年不跟他说一句话。

到了 1990 年冬，老姜头突然昏厥过去被 120 送到医院抢救，住了半年医院，病情恶化。老姜头也知道自己在世的日子不多了，让人传出话来，想请单位里的领导和同事去看看他，他临走前有话要说。

话传出多日，竟没有人去看他，就是以前跟他老姜头铁哥们一样的老邱头，也竟说，人都要死了，看啥看的。医生病危通知签出来的那天，我爹说要去看老姜头。我妈不乐意了，说人家这么多年跟你闹得面红耳赤的，人家都不去，你去干吗？！我爹也倔，说人家是人家的事，我是我的事。我爹去了。

弥留之际的老姜头，说话气很弱，说，我这辈子把所有的人都得罪完了，请你帮我传话，说我对不起大家。我下辈子一定换个脾气做人。我爹说，算了吧，你下辈子还是这倔劲，我知道。

我爹在他床前守了三天三夜，老姜头最后弱弱地说，其实，你比我还倔，说完安详地合上了眼。

新官上任"三把火"

出了"水乡天堂",一阵清新的凉风吹来,施原的心又回到了原点。

施原知道,这是他被烧的"第三把火"。

施原上新任,从市公安局副局长兼城区分局长升任市城管局局长。

上任第一天,施原才在新办公室坐下,打开电脑,进入本市城管论坛,头一下子蒙了。论坛有人上传了他的讨论帖。他原来公安的公用车,赫然在帖。讨论帖是"为啥今天新城管局长开公安的广本车上班",只短短十几分钟,跟帖几十条,有的还在调侃,说小编你为讨好新局长一定会删帖的。这肯定弄得论坛编辑无所适从,正在纠结呢。施原心一下子凉了,他知道,这事,一不小心就会弄大。

新官上任,按理说得来个"三把火",施原没料到,屁股还没有坐热,就被人家烧了一把。迟疑片刻,他让公安局办公室把广本开走,又让城管局办公室把帖子留着。他不为难论坛编辑。

施原其实是前些年市里新引进的一批公安大学研究生中的一名,先在刑警队,破获了一连串刑事案子,抓捕了好几伙网上通缉逃犯,立了大功。后又从基层民警干起,一直干到前职。在他任内,城区治安确实有口皆碑。

一会儿,城管论坛又现烽火。冲施原的"第二把火"又突然烧起。一条让人触目惊心的帖子,跟了一个毒咒。"施原其实是带病提拔的。小编你敢删就是马屁精。"

帖子并不无中生有,贴了一张两年前施原签字的公费集体旅游6万多的发票。这是施原离任审计中被发现的最大问题,市纪委的内部通报中已经通报。但被人家贴出发票,事情就变得非常棘手。一下子围观人好些,跟帖不少。施原迟疑一

下，自己亮明身份跟了一贴，表明这确有其事，作为主要责任人他一切听从市纪委的处理意见，并引以为戒。

这"第二把火"，稍有平息，施原的手机响了，是老乡周凯凯。他比施原早十几年在这里发展，已经是一家拥有上亿资产的工商大老板。其实，施原老家的校长是周凯凯的班主任。有了老师这层关系，施原来这里后，周凯凯没少照顾。这次，小师弟荣升，作为师兄理当出面设宴小贺。周凯凯电话里说，地方、人员我都约好了，你带六七个新部下过来。

按理，别人请，况且是新上任的头一天，施原肯定要推。但这次绝对推不了。电话里，周凯凯又给施原一个大大的惊喜。"我们的凌校长来了，刚到，说一定要见见你。"记得当初选高考志愿时，还是凌校长为他力挺公安专业，就冲着一点，施原不能不赴约。只是施原很低调地说，"同事就不请了，这纯属私人小聚，不惊动了。"

到了下班，周凯凯的凯迪拉克直接从城管局大院接走了施原。周凯凯是个喜欢高调的人，这一高调，弄得施原有点心慌。

小聚设在乡村会所"水乡天堂"。这地方，施原知道，但第一次到。据说是本市最奢华的去处，施原迟疑了，心更慌慌的。没转过神来，满面春光的凌校长和左右逢源的周凯凯，已经在大门口迎候了。施原急下车，恭恭敬敬地叫一声师长、叫一声师兄，被两人小挽着边说边朝大厅内走。绕过几处幽深的回廊，进了"皇室雅座"。初进，施原被包间内绚丽夺目的灯光刺得睁不开眼。略找间隙，招呼个靓妹，示意关掉吊灯。周凯凯笑了，"施局长低调，听他的。"

寒暄片刻，主宾依次入座。边聊边开席。大约过了半个时辰，施原手机突然响了。施原一看号码，一惊，让过一边接听。电话里是市委刘书记的声音，"小施，在哪呀？"施原不敢说谎，"在外，刘书记。""想问一下，'水乡天堂'的'皇室雅座'能坐几个人？也是人家发短信问我的。"施原又一惊，"我问问，向您汇报。"说着，施原回过身来，跟师长、师兄歉意道别，说了声"书记有急事找"急急离席。周凯凯忙招呼凯迪拉克送，施原第一次违心说了谎："刘书记的车子马上到，你先回避一下。"

出了"水乡天堂"，一阵清新的凉风吹来，施原的心又回到了原点。他沿乡间绿化景观道朝前走了一段，拦了辆小三轮回了市区。施原知道，这是他被烧的

"第三把火"。

第二天，施原临时召集了一个系统干部职工大会。会上，施原非常坦诚地说：
"昨天，我是新官第一天上任，有人给我烧了三把火，让我清醒地知道如何为这
新官，如何为人。在此，谢谢！"

施原没让大家鼓掌，说，"大家都干活去吧。"

请你帮忙犯点错

电话里的凌峰似乎很淡定，一副心里没愧事不怕半夜鬼敲门的口气，淡淡地说："请说"。"想请你帮忙犯点错。"钱井说。

钱井，自小就是个福尔摩斯迷，大学毕业后，总觉得自己有一身福尔摩斯的能耐，全然不顾爹娘的百般阻挠，开了家私人侦探社。只是公司没有起名侦探社，而是听高人指点起了个挺雅的名，唤作小井咨询服务公司。公司的秘密宗旨是"请你帮忙犯点错"。

公司开张头一日，钱井通过朋友私下里介绍接了一单大生意，期限一月。委托人姓蔡，桐城最有名的房地产老总，咨询意向很明确，就是要侦探一个叫凌峰的人，谈妥的价格非常诱人。委托人唯一的要求就是下手一定要狠，不能有一点顾虑，想必这位凌兄真的得罪他了。

一接单，钱井就着手进入角色，事先他借款购置的各色装备也陆续到货，针式录像机、眼镜式摄像机、吸附式跟踪器等等，光一架低空遥控的高清摄影小飞机，就花了他好多钱，这些都是他筹备公司花的血本，还高价聘了名助手。

为确保首单生意大捷，钱进全身心扑入，二十四小时，时时不敢懈怠，跟踪、录像、录音、取证，当了解被侦探方是财政局局长时，钱井对做好第一单生意，更抱有信心。他最清楚，贵为一局之长，贪与色，是最致命的两根软肋，他就不相信靠他聪慧的大脑、敏锐的嗅觉，在被侦探方的这两根软肋上找不到一点错。

跟踪半月，钱井发现凌局长整日很忙碌，到处奔波，开会、接待、出差。一半限期过去，钱井有些沉不住气了，凌峰的两根软肋上，还真的找不到啥错。凌峰为人严肃，天生有一种威严气势，部下都挺谨慎。政府财政审批、预算、结算上，丁是丁，卯是卯，不管谁打招呼都不理，想必这样的人得罪蔡总也是挺正常的。

钱井心想，只要自己不懈怠，凌峰没错也不是他的错。预约好蔡总，钱井上门述职，一应证据悉数带全。然钱井才说了一句"找不到凌峰有错"，蔡总便勃然大怒。像训贼一样斥责钱井："你以为你是谁，你说他没错，难道他就没错了。像你笨得猪一样的人，也配出来干私人侦探。我说他有错，他就有错。你难道就不能给他设局、下绊子、下狠手让他出错？想蒙我的钱，痴心妄想！"

钱井哑言，他开公司吃的是凭良心、靠脑子的饭，他有他的底线，他绝不会去给被侦探人设局、下绊子，若是被侦探人"帮忙犯点错"，那是他的造化，那是他财源。接下来的半个月，钱井调整了侦探思路，把侦探指向个人生活上，没想到凌峰的私生活也是挺阳光的，老婆是电视台的资深美女主播，生了一对公主一般的双胞胎女儿，一下班，凌峰就喜欢往家里跑，一有空就被两女儿缠着。人家说，女儿是爹的"小情人"，凌锋每日被两个"小情人"缠着，就像生活在蜜罐里。

跟踪凌峰的私生活，钱井倒像体验温馨的家庭生活连续剧。沉浸其间，钱井也渐渐淡漠了因为凌峰没有错而给他带来的巨大损失。期限到，钱井想再次去蔡总处述职，电话约了几次，人家理也不理他。明摆着，谈定的佣金，全部泡汤。

钱井觉得很窝囊，窝着气的钱井，没气可出，便把气发在被侦探人身上。一日半夜，钱井在酒吧里泡到凌晨二点，突然拨通了凌峰家里的电话，说："喂，凌先生，我是私人侦探，我有事要和你说。"

电话里的凌峰似乎很淡定，一副心里没愧事不怕半夜鬼敲门的口气，淡淡地说："请说"。

"想请你帮忙犯点错。"钱井说。

"这话怎么讲？"凌峰不解。

"因为您没错，我几十万的佣金一下子泡了汤。我遇上您，很惨。"钱井又说，"您想知道谁想在侦探您吗？"

"不想，"凌峰说："少知道，少烦恼。"

钱井顿了顿说："我敬仰您的为人。"说着，沮丧地挂了。

钱井第一单生意惨败，心不甘。心里不甘的钱井，反过来花了半年的时间，对欠债无赖蔡总进行侦探。结果，在行贿、逃税、指使强拆致人伤残几个口子上找到了很多突破口，掌握了无赖的大量犯罪证据，实名把这位不可一世的房地产老板成功告上法庭。

小井咨询服务公司在桐城一下子声名大振。

戚阳的癖好

临走时，戚阳非常委婉地提出，能不能看在他喜欢皮鞋的份上，把这皮鞋留给他。

在陈墩镇的方言中，有一种特定的称谓，就是某物加"斯"，有另一种含义。比如，戴眼镜的，称"眼镜斯"，那便是对戴着眼镜挺斯文的一类人的尊称。还有，常穿皮鞋的，称"皮鞋斯"，那是对穿着皮鞋有钱有地位有威望的一类人的尊称。

戚阳小时候，家里没有一个人穿皮鞋的。爷爷是渔民，爹妈、叔伯、姨婶也都是渔民。渔民除了赤脚，就是穿草鞋，布鞋也难得上脚。

戚阳跟爹去镇上卖鱼时，看见过人家穿皮鞋的，黑色的牛皮锃亮，也有人在皮鞋底上钉上鞋钉的，在窄窄的石板街上一路走去，一路脆响。穿皮鞋的人，衣裤也讲究，裤缝笔挺，裤管罩着皮鞋面，走动时皮鞋面便若隐若现。戚阳知道，这就是人家说的"皮鞋斯"。"皮鞋斯"走路往往不紧不慢、有模有样。一路上，有不穿皮鞋的人挺客气地跟他打着招呼。戚阳眼里瞧着，心里在想，这"皮鞋斯"一定不是普通人。

到了13岁，戚阳考上了镇上的中学，成了住校生。戚阳在学校里待了几天后，他便发现，他们学校有两个"皮鞋斯"。一个是他们的校长，新中国成立前的老干部，山东大高个，个儿高皮鞋也大，黄色的翻毛皮鞋，几乎是一踩一个坑。校长挺威严，哪个班级上课纪律不好，只要窗外传来校长的大皮鞋"笃笃"声，学生们定会一下子变得很规矩，闹声全无。另一个，便是他们的物理老师。物理老师常年穿着黑色的牛皮皮鞋，每天擦得锃亮，头发也梳理得忒考究。戚阳听同学讲，物理老师是复旦大学的高才生。物理老师讲物理，忒精彩。戚阳最喜欢的功课就是物理，在一篇《我的理想》的作文里，戚阳就写，我的理想是当一名物理老师。其实，谁也不知道，戚阳做梦也在想，有朝一日自己能够像物理老师一样整天穿着锃亮的皮鞋，那做啥都成。

事实上，戚阳整个中学六年才有三双布鞋，那还是因为他读书特别好，他娘从少得可怜的钱里省下来请人做的。戚阳非常爱惜自己的鞋子，不到万不得已时，他绝对不穿的，他从小已经习惯打赤脚，即使冬天里也这样。然他做梦最多的还是想鞋。

也许，想鞋是一种动力，戚阳在学校里的各门功课，一直挺好。到了初三，因为他成绩出色，校长破例给他奖了一双白球鞋。这双白球鞋，他省省地一直穿到高三毕业。

高考时，戚阳如愿进了复旦。

在复旦，戚阳见同学中有好多穿皮鞋的。有一回，他不经意地问一位新买皮鞋的同学，同学的回答吓了他一身冷汗。即使他省吃俭用几年也买不起这双皮鞋。

毕业后，戚阳直接进了一个大机关。工作第二年，戚阳终于穿上了用自己的工资买的第一双皮鞋。皮面虽粗，但挺结实。春节回家，戚阳穿着这皮鞋。当年的伙伴见了挺羡慕，都说，戚阳也成了"皮鞋斯"了。

戚阳挺努力，仕途也挺顺利。股长、科长、处长、副厅长，几年就升个一级或半级的，手里的权力越来越大。权力大了，钱也多了。钱多了，戚阳对皮鞋内心的窃爱，更是超越了当年。他对皮鞋品位的追求，也越来越高。有一回出国，在人家机场过安检时，非常气人。那安检设备，老外过时不叫，他过时就叫。人家让他脱了皮鞋过安检，安检设备也不叫了。这事对他打击特别大。此次后，他再也不穿国产皮鞋了。每次出国，他总喜欢逛人家的皮鞋专卖店，几年下来，他家的鞋柜里已经是名鞋荟萃。就连意大利的朗丹泽、伦敦的约翰·罗布、意大利的菲格拉慕、英国的 Dr.Martens，他也有。有的皮鞋，抵得上一辆小轿车。其实，只有真正渴望的人，才会舍得掏钱买这些踩在脚下的奢侈品。而随着职务的攀升，戚阳的钱已经多得足以拥有世界上顶级品牌的皮鞋了。

当然，戚阳也不是每天都穿这些高端皮鞋的，他也买些比较实惠的不张扬的皮鞋，下基层进工地时穿。每次，在媒体前亮相时，戚阳总是很朴素，包括那些穿得很旧的皮鞋。

只是谁也没有料到，戚阳会被立案。他是直接从一线工地上被纪检和司法人员带走的。带走后，再也没有出来。这让戚阳很沮丧。他最沮丧的还是那双为了上工地而专门穿的旧皮鞋。没有自由、无所事事的日子里，戚阳一直望着自己的旧皮鞋发呆，自己似乎再也不是陈墩镇人眼里的"皮鞋斯"了。

一日，同监里，收进一名酒驾老板。两人一照面，都说似曾相识，后回忆了几次饭局，居然一起喝过酒。最让戚阳把控不住的是这位酒驾老板脚上的皮鞋。戚阳问，若我没猜错的话，你这皮鞋是丹麦的ECCO，国内叫爱步。酒驾老板一脸惊喜，正是，没想到，在这小地方，还会遇上您这样有品位的人。戚阳又说，这是今年的新款，价位在2500元人民币上下。酒驾老板愈发惊喜，是的是的，我上个月去迪拜时买的。两人因皮鞋有了共同语言，一下子变得非常投机。

关押的日子到了，酒驾老板将重新恢复自由。临走时，戚阳非常委婉地提出，能不能看在他喜欢皮鞋的份上，把这皮鞋留给他。酒驾老板也是个豪爽之人，二话没说，把自己的ECCO留了下，穿着戚阳平时装样子的旧皮鞋离开了。

只是，穿着别人的皮鞋，戚阳还是浑身不自在。

李渊的大作

　　看着几年前的书又出现在自己眼前，觉得很亲切，似乎外出的孩子突然回家来一般，少不了一番抚摸，然打开扉页时，李渊惊呆了。

　　李渊是大学里最年轻的副教授，多年搞苏南农村经济研究。前几年，政府和大学交流，把他安排到陈墩镇挂职，兼任副镇长。兼任副镇长后，李渊也就静下心一边搞教学一边搞调研，只几年工夫便在国家和省一级的重要刊物上刊登了好几篇有分量的苏南农村经济研究论文，这也常被市里和镇上的领导叨在嘴上，成了陈墩镇对外的一大亮点。

　　李渊积累了一些论文后，有出版社愿意为他出一本论文集，书名就叫《破局》。然考虑到书的销售风险，与李渊签约时，出版社给李渊提的条件却非常苛刻，只给他 20 本样书和一次性稿费 8000 元。李渊却欣然接受了。镇长知道后，说这等好事，镇上当然得支持，我们镇上预订一万册送送人，李渊却婉言拒绝了，跟镇长说，谢谢镇长好意，假若这事传出去对我不好。

　　书出版后，李渊用自己所得的稿费全部买了书。几百本，拿到后就放在办公室里。关系近的干部，李渊签了名，一人赠一本。镇里大大小小干部知道了，都到李副镇长的办公室求一本著作、求一个签名。没多久，现成的书都送了出去。

　　陈墩镇，这几年乡镇经济突飞猛进，市外和省外慕名来学习取经的干部团队很多。李渊在镇里没有实职，好多时候在镇上上班时，被镇长临时安排一些接待学习取经团队的工作。这样，李渊无形中多了好些应酬，有时弄得周末也没法回城休息。

　　有一回，有个外省学习取经团队过来，都是有一定级别的现职干部。镇上非常重视，两天的学习取经日程排得满满的，李渊全程陪同，且做了两个小时的专题介绍。非常巧合的是，团队的副团长，也姓李，单名源，跟李渊同龄。李渊、李源，似乎弟兄俩。李源跟李渊非常投缘，两天里称兄道弟，热络得很，为此李源也多喝了好几杯酒，险些败倒在酒场上。两人交换了名片、互存了手机号码。只是李副团长酒过三巡时的一句戏言让李渊羞愧难当。李副团长说，李镇长，您还藏有一手，您的大作《破局》如雷贯耳，然我还没有觅到您的签名本。也许是李副团长或早做功课或早有耳闻，李副镇长是大学副教授，著有著作的事，全知道。李渊有愧，说甘愿罚酒三杯，拙作实在是手头上已经没有，待日后快递奉上。于是，李渊自罚三杯，李源再敬三杯，一下子把酒宴推入高潮。送走李源他们，李渊与出版社联系，又花了几千元买了二百本书，当然是出版社的内部价。收到书，李渊也不敢耽搁，一一签名，一大捆二十多本，一下子快递发给了李源，请他转交其他各位随行的干部。不多日，李渊接到了李源的电话，说大作已经收到，也一一全部转交，已经开始拜读，大赞李教授知识渊博、观点新颖，真是读君一书，定将受益半辈子。李渊自知李源说的都是官场上的一些客气话，但听来却也受用，窃思自己花了好几年的功夫也总算遇见了知音。自此以后，逢年过节，李渊也总忘不了给李源或发个短信，或寄个明信片，或干脆打个电话，问候问候。而李源后来也是官运亨通，几乎是一年一个台阶，只几年已经升到李渊需要仰视的位置。而李渊在陈墩镇待了几年后也回到了大学，副教授的年限也到了，便开始申报正教授。

　　申报正教授需要论文、著作等学术资料，李渊便开始找那本自以为影响还是不错的《破局》。只是，买得不多，送得多，找遍了书房竟然一本也没有找到。李渊与出版社联系，出版社的编辑早离开了，库存里也没有找到。李渊只能网上淘二手书，淘了好几家，还真的被他淘到了，书价不高，且品相很好，李渊干脆花了二百多块钱，把那些二手书全部买了回来。他想，说不定以后那位朋友讨要，还可以送送人。

　　书收到后，李渊随手取了最上面的一本作申报资料，便把其他书藏入书房。

　　最后提交申报资料的那天，李渊心情很好，看着几年前的书又出现在自己眼前，觉得很亲切，似乎外出的孩子突然回家来一般，少不了一番抚摸，然打开扉页时，李渊惊呆了。

　　那上面分明是他的亲笔题词和签名"拙作敬请李源兄教正！愚弟李渊于某年某月某日"。

　　看品相，这书似乎从来没有被人打开过。

弹簧门

　　疏忽之间，没有为后面的领导支一下门，而后面紧随出来的竟然是毫无防备的新领导，他怎么也没想到弹簧门会迎面弹回来，重重地撞在额头上。

　　低调奢华的综合型大楼落成后，2楼大会议室被装修成整个大楼的主会议室，凡系统里50人以上的重要会议都被安排在这大会议室里召开。这座能够成为市中心标志性的建筑，是大领导在这里当领导多年的一个业绩，倾注着大领导长期来的心血。

　　只是大领导对会议室过道设计有一些不满意，说主席台正对着长长的过道，显得很通透，坐在新会议室主席台上，时不时看见过道上闲杂人等来来往往，有一种临街嘈杂的感觉。于是，大领导在上洗手间时，遇上负责大楼后勤的大刘主任，提议他在过道上加一扇门。大刘主任是个明白人，大领导一说，自然迅速落实，专门请人设计、特别加工，不几天新大门就运来装上了。这门用料特别考究，门体厚重，考虑推门轻巧，采用弹簧链接，显得别有一种味道。新弹簧门安上去后，大领导挺满意。大领导平时不大夸人，这回竟直夸大刘主任办事得力。

　　第二年，大领导升到上面去做更大的领导了，新领导过来主持大楼机关的工作。新领导主持工作后，大楼里的秩序仍然按照原先的方式不紧不慢地进行着。新领导是个雷厉风行的人，几项工作这样不紧不慢地被人拖沓着，心里多少有点疙瘩，总觉得自己使不开手脚，是因为大楼里各个岗位上的中层领导，大多是前任大领导多年一手培养起来的，大楼里的各种办事习惯都是前任大领导多年来逐渐磨合定下来的。新领导有新领导的想法，然这些中层领导和办事习惯，使得新领导没法把自己的新意图推行下去。新领导为此好几个晚上苦思冥想却找不到好的办法。

新领导私底下请来了最要好的朋友过来出点子。新领导的朋友过来走了、听了、看了，最后只说了一句话就走了。

第二天，新领导召开了新上任后的第一次大会。其实，新领导在会上也只说了一些要有新的工作思路、工作要创新之类的话，会不长。会议结束，大家先经过大会议室敞开着的原装的厚重大门，再鱼贯穿过那扇既厚重又轻巧的弹簧门。大楼里的大小领导们，都已习惯这扇后安装上去的弹簧门。大家都有一个看似不经意间很自然的小动作。就是前面一位穿过弹簧门时总用手指在门上支一下。自己过去后，手指多支一会，待第二位也伸出手指支门承接时，再放手穿过弹簧门。谁都清楚，不这样支一下弹簧门，再传承给下一位，自己和下一位都有可能被弹簧门撞着。

大家如此这般支着门鱼贯而出，动作雅致，前后之间呼应时，总有照应和感谢一类的小动作，显出特有的融洽。谁料想，有一位年轻的中领导蓦然接了一个电话，疏忽之间，没有为后面的领导支一下门，而后面紧随出来的竟然是毫无防备的新领导，他怎么也没想到弹簧门会迎面弹回来，重重地撞在额头上。只一瞬间，新领导额头就鼓起了高高的水肿大包。前面的中领导懵了，四周所有的中领导都慌了，一时不知如何是好。

新领导被人扶着坐了下来。过了一会，冷敷的冰袋也取来了。大刘主任忙前忙后伺候着。

新领导一声没吭，一脸的痛苦。那位大意的年轻的中领导再三跟新领导道歉。新领导有点不耐烦了，不快地说，你好走了。

这一撞，确实撞得不轻，新领导额上的水肿大包越来越大，头也晕晕的，到医院做了一些处理和检查，只能先休息了。

左右伺候的大刘主任是个精明人，马上请示问，领导，这弹簧门怎么处理？！

新领导被撞得晕晕乎乎，手一摆，说，你看着办吧。

大刘主任是个明白人，马上叫来当时设计安装的施工队，把弹簧门给拆了下来。大楼里好些被撞或撞过人的人，私底下都说，这弹簧门早该拆了。

第二天，原本大楼里有一项重要的活动，前任大领导也要来的。只是到了临活动时，大领导办公室的主任打电话过来，说大领导有更重要的安排，大楼里的活动，不来了。之后，再也没有来过。

撞新领导的那位年轻的中领导，无意间闯了这么大的祸，心里惶惶不安，第二天，也提交了辞职申请。

新领导上任后，想法很多，却一直磕磕碰碰，业绩平平，没一年，就调任其他部门的虚职。

知情人说，新领导专门请来的朋友当时过来时，说了一句"要特别小心弹簧门"就走了。新领导果然被他朋友说中了，这弹簧门似乎有很多玄机。

买　船

钱总说，这考察就是好，你不考察谁知道江南有这么好的小木船、这么好的自酿酒。

钱总带着几名部下到江南旅游景点考察。钱总是北方一家大旅游开发公司的老总，考察的去处自然是全国各地的旅游景点。

一路上过来，钱总一行到了江南水乡陈墩镇。

陈墩镇是个旅游古镇，这几年做足了水资源旅游开发。原有古镇区内的水道，疏通的疏通、复原的复原。水道两旁，水乡元素的景致，经专家团队精心设计修饰，让人有了回到外婆家的感觉。

陈墩镇原本就是个水镇，出门皆舟楫，四十来岁的男女大多会摇船。开发旅游后，镇旅游公司专门打造了一批特具江南风格的小木船，精致、安稳、别有情趣。公司还专门招募了一批本地船娘，教了外语，教了船歌，方可上岗。水道中，伴着欸乃橹声的是船娘的歌声、旅人的舒心。

镇旅游公司接待办副主任刘浏接待了钱总一行，还专门挑了艘明星船。那摇船的秦嫂，五十来岁，身杆苗条，皮肤白皙，一笑俩酒窝，唱起歌来银铃般清脆悠扬。秦嫂上过好多卫视台，镜头前摇船唱歌，落落大方。钱总对这手摇木船情有独钟，几次三番起身让秦嫂手把手教摇船。钱总摇船的悟性蛮好，当然秦嫂教人摇船也有经验。几次下来，钱总竟能摇上几橹，引得部下称好，拍了好多照片和视频。钱总自然得意，一圈下来竟提出再来一圈，意犹未尽。

只是过了午饭时间，大家都已饥肠辘辘，刘主任征询钱总说，我们是不是先吃饭下午再来几圈，若有兴致，晚上月夜里静静地摇船，韵味更好。

钱总这时也觉得饿了，点头示意大家上岸用餐，并再三邀请秦嫂做伴。秦嫂婉言说，吃了您的饭，我这船上的饭就吃不下去了，公司有规定。钱总顺势说，那你就到我们那里去吃饭么。我委任你做部门经理。众人都说好，然大家都知道这是逗趣的话，谁也不当真。

午餐，镇旅游公司安排的是工作餐，按规定六菜一汤。刘主任生怕怠慢客人，事先已跟钱总的助理私下透露了。

到了餐厅，钱总吩咐助理，这餐我们安排，本地的土菜，本地的好酒。刘主任推让一番，也没多坚持。开开心心一桌人，酒杯觥筹交错，不一会就进入高潮。

席间，钱总突然问刘主任，这船，能买到不？

刘主任说，估计能买到，我还得问问同事。

钱总说，那你现在就问。

刘主任随即问了，说，我们镇上有家小木船厂，全手工传统工艺打造。秦嫂的弟弟就是这家小木船厂的老板。

钱总一下子来了兴致，说，那厂远不远？我们吃了饭，去看看。你先预约好，让那老板候着。

酒过九巡，钱总还牵挂那小木船，酒足饭饱后便起身去秦嫂弟弟家的小木船厂考察。那厂在长纤湖的一个浅滩上，几间旧房子，几个明瓦搭的凉棚。凉棚里搁着两条半成品小木船，跟镇上旅游用的那船同款。

钱总打听了船价，一听，心里一乐，便宜。最主要的是，北方没人能打造这船。

钱总说，我要十条。

秦嫂弟弟说，得预订，先付定金，否则一下子备了那么多料，请了那么多师傅，万一你们不要了，我就走投无路了。

钱总说，这你放心，我们把财务科长都带来了，刷卡吧。于是，定船样，拟合同，刷了二十万定金。

天上突然掉下来的馅饼，让秦嫂弟弟一时不知如何是好，随即让手下伙计开车去附近鱼簖上买新鲜的野生水产，有甲鱼、黄鳝、桂鱼、白虾、鳗鱼。还按客人的意愿请来了秦嫂，让姐姐秦嫂亲自掌厨，做了一顿丰盛的水产宴。酒是村里老强家自酿的，一个电话，老强把最好的一大甏陈酒送了过来，喝得大伙连连称好。钱总说，这考察就是好，你不考察谁知道江南有这么好的小木船、这么好的

自酿酒。这酒，我们也要开发，先带一些回去，到时请老强过去指导。

钱总一行考察结束后回去了。

这边，秦嫂弟弟请了好多师傅日夜赶工，一口气打造了十条船。完工后，秦嫂弟弟跟钱总那边沟通，留的几个电话终于打通了一个。

秦嫂弟弟问，船好了，你们啥时来取船？

对方说，你送来，我们咋取呀？！

秦嫂弟弟问，一千多公里，叫我怎么送呀？！

对方说，你问我，我问谁呀？！

秦嫂弟弟说，那你问钱总呀！

对方说，他呀，出事了，进去了。说着，电话断了。

那十条船，一天天搁着，秦嫂弟弟不知如何是好。毕竟收了人家的定金。

主　座

　　镇长到餐厅大门时，见餐厅里已坐得满满腾腾。然一见自己的主座，脸一下子僵住了。

　　李渊是大学里的副教授，那几年在陈墩镇挂职，职务是副镇长。

　　那年金秋十月，陈墩镇正是金桂飘香、稻熟蟹肥之时，按镇上工作日程，准备邀一些社会名士和实业家共商经济文化发展事宜，名为陈墩镇综合实力发展高端论坛。

　　镇长跟李渊商量说，你的导师是全国有名的专家，这次能不请他老人家出场。若是他老人家出场，就能同时邀请他的几位做实业的得意门生。

　　李渊有点惊讶，导师得意门生到底有哪些，他也不清楚。想必这次镇政府对这事特别重视。李渊为此回城拜见导师。导师已八十二岁高龄，心脏有病，早已足不出户好几年了。再加师母也是重病在身，根本没法做伴。最终，导师还是看在高徒情面上，欣然同意前往。

　　到了活动那天，镇上派的专车很顺利接到了导师。导师久未出门，难得出门，见这么隆重、热闹，精神忒足，兴致忒高，话也忒多，点子更多。所有邀来嘉宾，随着导师的引导，有点子的出点子，有资金的出资金。众星捧月，高端论坛比预料更成功。

　　镇长偷偷乐，私下里跟李渊说，这回你立大功了。见镇长乐，李渊心里自然喜滋滋的。

　　活动结束，镇上例行设宴酬谢嘉宾。宴会设在政府食堂。李渊陪导师移步前往。导师前时腿摔伤过，走路有点费劲，一路上都是随身保姆小心搀护。进了餐

厅，镇办公室裘主任已在此恭候，指引导师坐在主宾座位上。

保姆一路护导师走过来，照应导师坐下，自己很自然地在导师边上的座位坐了下来。

嘉宾陆续进得餐厅。餐桌是很大，能坐30多人，朝南对正门的是主座。裘主任手里拿着一份精心设计的座位名单，一一照应大家在各自的座子上坐下。

镇长有点小事，进餐厅略迟一步。镇长到餐厅大门时，见餐厅里已坐得满满腾腾。然一见自己的主座，脸一下子僵住了。那主座上竟然端坐着一位近六十的妇人，坦坦然然，就像在自己家里一样。

这样的场合，镇长有恼不能恼，招招手把裘主任叫出门外，一脸不快地问，今天你怎么安排位置的？！

平时忒精明的裘主任也许是一时糊涂，只觉得来的嘉宾坐满了，没想到导师的保姆竟把镇长的主座坐了。一镇之长，宴请嘉宾，竟没有座位可坐，这事要有多难堪就有多难堪。

裘主任慌了，口吃着说，我去把保姆请出来。

镇长更恼了，说，你脑子真的进水了？！

镇长发了火，酝酿了一下感情，微笑着走进餐厅，跟大家打着招呼，顺势坐在裘主任留给他自己的座位上。有些嘉宾稍微愣了一下。

宴会开始。镇长请导师致辞。导师抖抖颤颤站起来，保姆护着。导师说了几句妙语，全场掌声。

镇长开始敬酒。镇长说，按理，我这第一杯酒该敬我们德高望重的导师，然导师毕竟年事已高，为了100岁，免了今天的酒，我就以敬导师的这杯酒，先敬导师随身的"师母"一杯。

有人提醒，保姆似乎弄明白有人要敬自己喝酒，这才端起跟前的酒盅，咕一下一饮而尽。那大杯小盅原本是专为镇长准备的五粮液。保姆一下子喝了，回味着跟导师说，这酒好喝，比我爹酿的还要好喝。众人先是一愣，继而似乎品咂出一些乐趣，全都开心地笑了。镇长开了个好头，全场气氛一下子被揪了起来。

导师是全场辈分和威望最高的主宾，自然都得敬导师。导师不能喝酒，自然"师母"代劳。谁料想，这位保姆竟来者不拒，人家喝多少，她也喝多少，一副巾帼英雄风采。

外面餐厅进来敬酒的，自然也是先敬导师，"师母"代喝。

酒过多巡，保姆喝了不少酒，竟然不动声色。

有好事者探问，师母，您到底能多少酒？！

保姆说，我爹是开酒坊的。我爹和我们四姐妹喝酒，每次都是整鬃喝的。

那人又问，那你们一下子喝多少？

保姆说，那鬃有大有小，五斤、八斤、十斤都有，我们取到啥喝啥。

众人啧啧，说选个能喝的，让"师母"见见底。能喝的请来了，对喝九盅，那人当场趴下，而保姆似乎仍坦然。

李渊急了，忙打圆场。酒也喝得差不多了，高高兴兴来个大团圆。

保姆毕竟喝高了酒，走路轻飘飘的，再要护导师，有点难了。李渊一路护着导师上车，进宾馆。李渊实在不放心，进了宾馆，和导师寸步不离。

保姆躺套间的加床上，一会儿就呼声震撼。李渊更不放心，伺候导师睡下，自己和衣躺在沙发上。保姆巨大的鼾声，让人根本无法入眠，李渊临时叫来宾馆服务员，给导师换了房。只有普通单间，只能对付着，一起住了下来。虽一夜无事，然李渊却惴惴不安，半眯眼看酣睡的导师自己却无法入眠。李渊的潜意识告诉自己，导师有心脏病，不能有丝毫大意。

第二日一早，保姆酒后醒来找导师，惊动了大半个楼面。李渊一夜没睡，眼圈一下子黑黑的。保姆见了导师问，你晚上到哪去了，弄得我好找。导师开心地笑了。

导师回城，镇长亲自来送，还给保姆提了两瓶陈年好酒，说，大姐，好好伺候导师。导师，可是我们的国宝呀！

过了几天，裘主任从办公室主任的位置上下来了，被安排在镇饲养场当场长。

第六辑　周庄叙事

　　周庄，一个充满诗意的去处，曾经沧桑、曾经落寞，至今却人头攒动、旅人向往。也许，周庄与我的陈墩镇重叠，然不妨碍我以周庄为背景，叙述江南水乡古镇另外一些特有的人与事。

相约钥匙桥

交换了情报，周楠内心激动，说，同志，新中国就要成立了，我的孩子也即将出生了。到时，我们能不在这再相会？！对方竟也激动地说，那时，我们就带上孩子，让他们或为兄弟，或结娃娃亲。

1948年9月的一日深夜，月高风清。小学老师周楠受命去周庄与人接头交换情报。周楠在自己学生的精心安排下，借了条小渔船缓缓地靠近约定的接头地点。

钥匙桥下，两条小渔船缓缓地靠在一起。两位渔人隔着船舷，对火抽烟，聊了几句渔事，正合接头暗号。周楠拿出一把老式铜锁，对方拿出一对铜钥匙。周楠接过钥匙，一试，手里的锁被轻巧打开。两人忍不住把手握在一起，轻轻地互唤了声"同志"。交换了情报，周楠抑制不住内心的激动，说，同志，新中国就要成立了，我的孩子也即将出生了。到时候，我们能不能在这里再次相会？！对方竟也激动地说，我的孩子也即将出生了。我们再次相会的时候，就带上自己的妻子和孩子。周楠又说，如果我们生的都是男孩或女孩，那就让他们结为兄弟或姊妹。对方说，如果两个一男一女，那就让他们结为娃娃亲。周楠说，好的。对方说，一言为定。暗号，新中国万岁！时间，十年后的明日中午。周楠说，好的。信物，就这对铜锁和钥匙吧。两人各取信物，再次握手，互道保重，相继摇船缓缓地离去。

1949年3月，江南解放。10月，新中国成立。小学老师周楠从暗处走到明处，被新成立的人民政府任命为北乡第一任乡长。周楠经常背着盒子枪下乡做群众工作，非常忙碌和艰辛。工作之余，他老是想起周庄接头时遇见的地下党同志，只

是不知对方姓啥、名啥,天又黑,也只大体记得对方的模样。不知道他怎么样了?!

第十个年头,已经是县委副书记的周楠,大儿子已经读小学了。9月那天,他带着妻子儿子,专门到了一次周庄,早早地守候在钥匙桥上,手里拿着那把铜锁,桥石栏上放一张写有"找同志"的白纸,然苦苦等到天黑,对方一直没有出现。周楠心里蒙上了一层阴影。

之后,周楠的工作一直在变动,职务也在慢慢朝上升。工作总是很忙。然不管再忙,到了第二、第三个十年约定的时间,他总提前准备着,带上妻子儿子早早地守候在钥匙桥,一直到离休以后还是如此。这一约定,他苦苦守候了整整六十多年。

九十一岁高龄的周楠,有一回,看东方电视台寻亲节目时,跟业已退休的大儿子说,解放呀,你想办法跟电视台联系联系,了了我一生的心愿。大儿子叫周解放。

周解放联系了东方台,节目组专门到周家,根据老爷子的回忆,到周庄拍了一段模拟情景视频。让周解放做了一回替身。三个月后,节目组让周解放陪着老爷子赶电视台做现场节目。只是,老爷子不慎摔伤了膝盖在家卧床休养,没法去,只能由周解放代表了。

现场直播很顺利,放了视频,周解放就等着即将出现的激动人心的瞬间。然现场又播了一段视频。那是一段节目组的寻访实录。主持人介绍,我们节目组在接到周楠老先生和他大儿子周解放提出的寻亲请求后,进行了寻访。首先,我们通过周老先生提供的线索,翻阅了当地的党史资料,知道当年与周老先生接头的也是一位小学老师,他叫刘平原,是上海地下党组织派来的。我们进一步寻访时,了解到,刘平原那次接头时,组织内除了叛徒,多名党员被俘被害。刘平原因为到周庄接头,逃过一劫。只是当时形势非常复杂,他所在的小组,几乎被全部破坏,没有第二个人能够证明他的清白,解放初期的几年他一直在接受组织的审查。后来,他被安排在上海的一家工厂做普通的工会干部。到了1966年,刘平原的历史遗案又一次被人翻了出来,他被送到苏北老家劳动改造,全家也都跟着去了。整整十几年中,刘平原向组织写了整整一百多万字的历史问题交代。这些资料,都已全部移交到了党史档案馆。我们抽阅了部分书面文本,我们能够从中感受到一位老地下党员对党的赤胆忠心。20世纪70年代中期,刘平原重新回到上海,恢复了工作，八十年代初期，刘平原光荣离休。只是，非常可惜的是，离休后没几年，刘平原身患绝症。弥留之际，他向家人说出了牵挂一辈子的一个秘密，就是当年在周庄钥匙桥下的约定。他不知道对方姓啥名啥，唯一的线索就是约会的时间、暗号和信物。现在，节目组和周老先生提供的约会时间、暗号和信物对比。完全吻合。

现场，掌声响起。

主持人接着说，我们欣喜地告诉大家，刘平原先生当年生的是女儿。大女儿叫刘媛媛，大学退休老师。我们已经联系到了她。前一段时间，她在加拿大女儿家领外孙女。为了做我们这场节目，她专门从加拿大赶了过来。

全场，掌声雷动。

屏幕缓缓打开，一位外表端庄、外秀内慧的女子款款步入现场。手里攥着一对铮亮的老式铜钥匙。周解放愣住了。呀，是你呀？！两人相拥一起。却原来，他们是77级首届高考时的大学同学，同窗四年，友好交往了几十年。

试锁，一下子打开了。

全场欢呼，掌声经久不息。

电视机前，周老先生喃喃着当前的约会暗号，"新中国万岁"，早已热泪盈眶，泣不成声。

失乐园

　　阿木过来找我，说，龚哥的意思，帮喝酒的客人另找个客栈，钱由龚哥加倍补偿。

　　苏周航班停航，我下了岗。没有事可做，我便把先前在周庄镇南栅买得的沿街老屋加以改造，再租了几间旧房子，开了一家小客栈。当时，正好在放电影《失乐园》，我就很随便地给客栈起名"失乐园"。然客栈开张以来，人气不旺，我常一人呆呆地守着空房。有人说，冲你这名字，谁来？然而我只想一切随缘。

　　一日，客栈来了位客人，五六十岁，光头，憔悴。请人送过来一堆行李。客人话不多，似乎很疲惫，先在院子里藤圈椅子上坐了一会，继而问，住的人多不？我有点迟疑，最终还是照实说，不多。客人说，给我个朝南房间。客人住下后，睡了整整一个下午。傍晚时，客人出去吃了点东西，回来跟我说，你能不能帮我找个人，年岁不要太大，男的，工资可商量。我不解。客人说，我想在你这里住上一阵子，养养身子。我这才说把闲着的阿木找来。阿木人有点木，话也不多，然人高马大有力气。客人点头让阿木留下。

　　客人姓龚，我们叫他龚哥。他让阿木把藤圈椅子搬到内院的小河边。那里，脚下到处是凌乱的碎砖瓦、青苔和杂草。他喜欢一个人静静地独坐，蜷缩在椅子里，晒着冬日温暖的阳光，一蜷就是大半天。饿了，阿木帮他弄吃的。渴了，阿木帮他泡茶。

　　住了没几天，龚哥让阿木陪着出了趟门，随身的行李带了一些，然不多。几天后，龚哥被人扶回来。回来后，龚哥悄无声息地躺了几日。我悄悄问阿木，龚哥怎么啦？阿木说，龚哥去上海做了化疗，身子很弱。

那晚，客栈里有人在院子猜拳喝酒，动静很大。阿木过来找我，说，龚哥的意思，帮喝酒的客人另找个客栈，钱由龚哥加倍补偿。说着，阿木给了我两万块钱，说龚哥让我这段日子闭门谢客等他身子慢慢恢复。我这才知道，龚哥不是个常人。好言支走了院子里喝酒的客人，我在门口挂了个"内部装修暂停营业"的牌子。

没有其他客人的日子里，我和阿木就本着良心伺候着龚哥的饮食起居，我还时不时地约上镇上、鹿城和沪上的医生来看他，这让他很感激。化疗后，龚哥恢复蛮快，一个月后，又能坐在小河边晒太阳了。

一个多月的接触，龚哥开始把我和阿木当自己人了，也讲讲他不为人知的事，也让我们办些让人费解的事。过一段时间，龚哥会开张单子，拿着银行卡，告诉我密码让我去邮局给单子上的人汇钱。五百八百、一千两千。单子上的人，有岭下村的，也有全国各地的，有姓龚的，也有其他不同姓的。每次，名单和数额有相同的，也有不同的。反正从这名单看，你是猜不到龚哥为啥给这些人汇钱的，而一汇就是好几万。我想，就是当年家财万贯的沈万三这么给人家寄钱，也会倾家荡产的。

后来，帮他办事多了，龚哥也信任我了。高兴时，也会跟我说说他的事。一回，他说，我是我们村有名的小"诸葛"，书读得最好，全村唯一的大学生。我们那小山村，很美，喝的都是山上的泉水。有一回，他说，他一生有过三个女人四个孩子。第一个女人，是他大学里的同学，他在城里赚了钱，要回乡去创业，她不愿意，他们平和地分了手，大女儿随了第一个前妻，现在已经结了婚有了自己的小宝宝。第二个女人，是跟我回乡的女人，帮我做会计。我们没有结婚，生了对双胞胎，女孩。后来，她拿了我们的钱，带着孩子，失联了。第三个女人，是我在歌厅里认识的，她偏要跟我结婚，结婚没几个月就生了个男孩，也不知是不是我的。我生病了，她也带着孩子拿了她该得的钱走了。

半年后，龚哥再次发病，我送他去了沪上的大医院后，没再回来。有人过来处理龚哥的后事，给我一个信封，里面装几张银行卡、一叠名单、一张附言。"万兄：密码只有你知道，泣盼——代寄。我以前学化工，一时利欲熏心，回乡搞地下小化工厂，发了大财，好多人家跟我学。岭下村暴富了，也成了臭名远扬的癌症村。这些单子，是我这辈子良心上欠的。"

周庄之夜

半晌，她见我愣着，奇怪地反问我，你怎么还不走？我晕了，在我家，她却反客为主。一丢钥匙，我转身走了。

二十二岁那年，我已跑了四年苏周轮班。每日傍晚，轮船泊在镇西栅聚宝桥边。旅客走尽，轮船上便只有老大和我。老大仍寡言，夜泊周庄，我俩只能大眼对小眼等着睡觉。

这几年，周庄好多有能耐的人家都搬去城里安家，镇上老房子空关不少。好些门窗破烂，墙壁摇晃。我在南栅见过一处沿街老屋，主人在轮船上说急于脱手。我想我爹妈给我说媒的三千，还在我处，便跟老大说，我想买。老大一听，说我发神经，好好的苏城不住，住周庄。我一意孤行，三千预付，把契约定了下来。又花了几百元钱，靠师兄们帮助，小修一下，不至于塌了。有时没事，去那老屋转转，似乎觉得自己终于有个小窝。只是每晚仍回船上住。

一日班上，船已泊码头多时，我见舱里还有一旅客蜷缩着没走。我拉醒她。她冷漠中冲我瞧瞧，仍蜷缩着。我说，到码头了。她说，我知道。我说，下船吧，人都走了。半晌，她说，我没地方去。我说，你没地方去也不能蜷在轮船上。她耍赖，我没钱，没地方去。只见她眼神中一片茫然。

我这才细细打量她，随身一个帆布大包，一个木板画架，衣衫不整，还沾有斑斑点点的油彩。我问，你写生的？她说，给你画幅像吧？！我说，给我画像，也不能够住船上呀。公司不让的。她爱理不理地说，我没说住船上，我得吃晚饭。我缠不过她。老大过来在一边说，不要小气了，镇上馄饨店还没关。早早去吧。

馄饨店里，她一边等，一边给我画像。她画得很随意，几乎是乱七八糟信手涂画。等馄饨上来，她随手把画一丢，自顾吃起来。我初初一瞧，什么呀？一幅夸张的漫画。我不满，啥画呀？她冷冷地说，几个馄饨，你想要啥画呀？我粗略一看，人样倒被她画出了味道，只是有鼻有嘴，没眼睛，显得空洞洞的。我没跟她计较。吃饱了，她说，帮我随便找个住的。我说，你不是说只吃吗？她分明要起无赖，你的眼睛要不？！没眼睛，当然不行。于是，我把她领到新买的老屋。推门按灯，她似乎回家一般，行李脚边一丢蜷在靠窗的老沙发上恹恹欲睡。半晌，见我愣着，奇怪地反问我，你怎么还不走？我晕了，在我家，她却反客为主。一丢钥匙，我转身走了。

过了半月，我突然想起，我老屋钥匙还在那个陌生的怪女人手里，不觉后悔。轮船夜泊后，我急急上岸去南栅。黑灯瞎火地摸到老屋，一推，门竟虚掩着。屋里一星烟火，吓我一跳。你才来？！黑暗中，怪女人说。还没吃晚饭吧？女人又问，摸索起身，走到窗外映进的一缕昏暗的光亮中。拍拍我的肩，她说，走，我请你。我一愣，随她出门，跟她进了沈厅饭店。她似乎跟饭店里的人都挺熟，说，万三蹄、水面筋塞肉、清蒸桂鱼、鲃鱼两吃，盐水河虾，再来瓶老酒，像沈万三接待朱皇帝一样。我急了，生怕自己破费。怪女人很爽气，说，你尽管吃，我记账！说着，努嘴冲墙上一新画。我想可能是她画的。她跟我碰碰酒杯，说，我叫贾玲。谢你的馄饨，谢你的雅居！

那晚，我们喝得很晚也很尽兴。饭店里专门留个小妹照应我俩。酒至半醺，贾玲突然站起来，说，走，去看你的眼睛！我不解，随她回老屋，门一推，灯一拉，眼前一亮。墙上凌乱地挂满了画，我的那幅漫画，做了精心加工。我的眼睛，被她起码放大了半倍，看了让我自己也惊心，画得太诡异神奇了。边上，她还莫名其妙地写了一句话：看你会不会说谎？！她拉开一道布帘，露出由旧沙发改成的温馨小床。贾玲有些微醉，突然说，好了，我睡觉了，请便。我回了船。

又过了几个月，到了年底，过了这最后一班，我们就要歇一班回家过年了。我不放心老屋，去看了一下。这回，亮着灯，灯下是怪女人贾玲作画的靓影。我悄悄走近，站在她身后，静静地看她作画。她的画很怪气，让人看了还想看。

半晌，她停下笔，说，有啥打算？她知道是我。我没听明白。她说，这老屋，我要住一辈子了。你想娶我，也可以。我看着她的眼睛，不像在唬我。我想想说，如果你戒了烟，我可以考虑。她说，我早不抽烟了，我只是失恋的时候才抽。我

突然觉得，其实，我们需要对方。我说，我可以考虑你的提议。她突然说，但你不要指望我给你生孩子。这些画就是我的孩子。我会给你很多很多的孩子。我同意了。

几年后，周庄通了汽车，我们的轮船停航了。我也下岗了。我在老屋里帮贾玲打点，为她做饭，为她收顾客拿画后留下的现钱。后来，我们还买下了边上的几间老屋和一个大院子。

我们的幸福生活，每天被贾玲晒在微博上。

突然一天有个帅男来找她，也许是寻微博线索而来。她叽叽咕咕跟他吵了好久，最后帅男怏怏地走了。晚上，她突然问我，你不问问他是谁？我说，无所谓。她说，我们彻底决裂了。我不稀罕他有他的大公司和大事业，但我在乎他的眼睛会不会说谎！

周庄人家

　　然待她定睛一看，懵了，眼前白布黑纱老人镜框，分明是误闯了人家办丧事的灵堂。

　　1976年夏天，在苏南乡下插队劳动的邢瑛，突然接到父亲病危电报，哭着空身便往苏州赶，走到镇上轮船码头，人家告诉她，台风，轮船停航了。望着空荡荡的码头，邢瑛哭了。

　　就在邢瑛走投无路时，队里的阿宽叔突然出现在眼前。一问，阿宽叔说是要去火车站运县里配送的抗灾毛竹，同去的是两个小伙。无奈中，邢瑛灵机一动，改去县城，想先到县城，再乘汽车或火车去苏州。到了县城，实在不行，就走到苏州。

　　上了船，没朝前摇多久，邢瑛后怕了，台风已经提前赶到，一进白荡湖便见白浪滔滔，小小的手摇船，根本经不起这风浪，更意想不到的是他们船上唯一的一支木橹，在对抗风浪时折断了，小船一下子成了没有翅膀的小鸟，任由风浪摆布，像箭一样在湖里漂来荡去。船上四人只能木板控制船速。一直到深夜，小船被冲进一条急流大河，就在大家筋疲力尽时，船撞上一处滩涂，一个个迅即爬上老岸。惊魂未定中，又累又饿，无处可去。邢瑛只能随着阿宽他们朝远处隐约有光亮的地方走去。

　　走近，阿宽说，这好像是周庄，怎么反方向到了周庄，他们也想不明白。夜已很深，台风中，老镇上家家户户门窗紧闭。老街上，狂风肆虐，把一些窗户、砖瓦、树枝，吹得满街狼藉。小河里，河水猛涨，河水裹着杂物，像野马一样在小河床里肆意冲撞。

　　绕了半个镇子，他们突然眼前一亮，分明看到一处窝棚，亮着灯，里面似乎有人影在晃动。走进窝棚，邢瑛劫后余生一般，人一下子瘫软下来。她已经十多个小时没吃上一点东西、喝上一口水了，然待她定睛一看，懵了，眼前白布黑纱老人镜框，分明是误闯了人家办丧事的灵堂。男主人似乎并不在意他们的闯入，见他们一个个衣衫不整、魂不守舍、饥肠辘辘，便取出剩饭剩菜让他们充饥。邢瑛更惨，白天干活穿的旧的确良衬衫，不知啥时撕破了，羞愧难当。女主人说着不要嫌弃，便拿出一件上好的土布衣衫让她遮羞挡风。邢瑛知道，那一定是过世老人的遗物，然事已至此，不容她挑剔，紧紧地裹着那衣衫。吃了点饭菜，蜷在灵堂一角，邢瑛一会儿就睡着了。第二天天没亮，邢瑛醒了，坐在老人的遗体旁，木木发呆。男女主人累了，瞌睡着东倒西歪，她却直挺挺端坐着，俨然成了守灵人。

　　台风刮了三天，灵堂设了三天，邢瑛也就这样端坐了三天。台风过去，老人这才出殡。出殡回来，邢瑛还在，主人家很感激，说，我们老祖宗前世修来的福气，近百岁仙逝，还有你一个城里人守了三天三夜。邢瑛临走时，主人家用旧报纸包了一只碗送她，说这是百岁老人的寿碗，能保佑你长命百岁。

　　邢瑛裹着老人的土布衣衫，拿着寿碗，乘上台风后复航的苏周班客轮，回到苏州。然没见上父亲一面，自己却生了一场大病，病中抱住土布衣衫和寿碗整日胡言乱语，反复说，这是我的命，谁也不能丢掉。

　　之后，邢瑛参加了1977年的全国大考，在南京读了四年大学，回到苏州有了很好的工作，又出国进修了几年。结婚生女，忙忙碌碌大半辈子。就在她退休的那年，母亲去了。在整理母亲遗物时，邢瑛惊讶地发现了母亲帮她收藏着的那件土布衣衫和那只寿碗。更让她惊讶的是，在摆弄土布衣衫时，她突然发现衣襟里有小心缝在里面的饰物。饰物不大，却相当精致。邢瑛拿去请懂行的朋友看，朋友眼睛亮了，说你这是非常难得的老物件。邢瑛也让走进苏州的寻宝组专家估价，确实价值不菲。邢瑛心里不安了，拿着宝物住在周庄，到处寻找当年帮她的人家。

　　在周庄整一个月，邢瑛没有找到当年那户人家。据说，那年暑天过世的近百岁老人有好几家，她一家家问过来，都说没那么回事。

　　突然一天，老大不小的女儿说是男朋友要带着未来的公公婆婆上门。这一见面，邢瑛愣住了，这不就是自己苦苦要找的周庄人家么？多巧呀！邢瑛拿出小心收藏的老物件，说出了土布衣衫的秘密，当场表态，这门亲，她认。

嫂子要生了

温哥和温嫂排名字时，温哥却一个也叫不上朋友的大名。温嫂问，你这些都是啥子朋友呀？！

温哥，是个画画的大胡子，早在二十多年就常来周庄写生画画，跟收鸡毛、鸭毛、肉骨头的小贩住一个屋。后来每回来周庄，都是邋里邋遢的，若不说他是画画的，别人还以为他是卖耗子药的。

两年前，温哥来周庄后就不走了，他在老镇镇西头买了个破落的老宅，自己粗粗地整了一下，就住了下来。过了半年，老宅来了个女的，看上去略比温哥小两三岁，端端庄庄有模有样的。女的来了就和温哥一起过起了日子，把老宅收拾得干干净净，种些普通的花草和菜蔬，日子过得也挺悠闲。又半年，温哥女人的肚子鼓了起来，镇上人也不知怎么称呼那女的，后来有人称她温嫂，也就好多熟悉不熟悉的人都称她温嫂。

温哥在周庄有好多朋友，温哥每天在镇上写生画画时，总有三三两两的朋友，零零落落地坐在温哥的身边抽烟、喝酒、聊天。温哥画画似乎并不上心思，一边漫不经心地涂涂画画，一边跟身边叫得上名的或叫不上名的朋友们聊天、喝酒、抽烟。温哥抽的烟是上海产的大前门，喝的酒是本地产的太湖啤酒，烟和酒，随手丢在一边，谁一伸手就可以取到。镇上的朋友谁都像取自己的烟酒一样，取来享用。有时，也有朋友掏红中华、黄熊猫给他抽。温哥也不客气，点了照抽。温嫂有时也挺着个大肚子出来镇上逛逛，看见温哥也在温哥身边坐坐，温哥的朋友们也一个个跟温嫂打招呼，有的说，温哥，啥时嫂子要生了，麻烦吩咐一声。有的却说，嫂子生孩子，跟你们一个个大老爷们有啥关联？！

说是这样说，然下回大家又都这样说。说的人，似乎也只是挂在嘴上讨个热闹，听的人似乎也全没往心里放。

温嫂的肚子一天天大起来，嫂子生养的事，似乎成了温哥朋友们每日的话题。

终于到了一天深夜，温嫂肚子痛了起来，痛得挺厉害。毕竟温嫂年龄已经不小了，再加上是头胎。突然间提前到来的疼痛，让温哥一时间手足无措。镇医院在老镇的东北角，老镇上高高低低的石桥和窄窄的石板街，即使叫了救护车也进不来。那晚，恰巧又是江南十几年难得的风雪夜，雪又特别大。温哥扶着温嫂一脚高一脚低地沿着老街朝医院方向艰难地走去。然才走了一小段路，温嫂就支持不住了，捂着肚皮蜷在墙角里直叫唤。

温哥胡乱地拨通了一个电话，也没问是谁，说你嫂子要生了，瘫在半道了，请过来帮帮我们。

一会儿，黑夜中有人唤温哥。温哥循声看去，有人在小河里的手摇木船上唤他。一人摇船一人在船头撑篙照电筒。

温哥与来人接上话，三个大男人，手忙脚乱把个大肚子女人连拖带拽扶上木船。船上几床新被子，垫的垫盖的盖，把温嫂捂得严严实实。上了船，在镇区的河道里摇起来，就不是那么艰难了。这船本来白天是摇着客人观光的，坐满了得七八人，弯弯曲曲的河道都是熟的。而夜里只四人，吃水浅，又没其他船碍事，只一会儿工夫，小木船就摇到了北栅桥，靠了岸。

才靠岸，岸上路边又有人在唤，是温哥吗？！温哥接上嘴。岸边又有几人从半暗半明处过来，满头是雪花，温哥也不知道谁是谁。五六个人十几双大手，随即把叫喊呻吟着的温嫂连被褥一起抬上路边停的黄鱼车上。一人拼命地在前面踩，几人围着推着黄鱼车，踩着咯吱作响的积雪，歪歪扭扭地朝医院里赶。

送进产房，温哥人一下子软了，瘫坐在冰冷的长椅上，一言不发。五六个朋友每个过来拍拍温哥的肩，安慰他，温哥，没事的，有我们呢！温哥人没吱声，人呆呆的，一直到后半夜产房里传出话来，说母子平安，温哥才缓过神来，抱住陪了半夜的哥们，连说谢谢。

后来，产房里的医生出来说话，说产妇年龄大了胎位又不准，不是送得及时，恐怕要出大事。

第二年，小儿子满周岁，温哥要请镇上的朋友们喝杯喜酒。温哥和温嫂排名

字时，温哥却一个也叫不上朋友的大名。温嫂问，你这些都是啥子朋友呀？！温哥说，倪二是摇游览木船的，三毛是开弹棉花店的，小三子是杀猪的，……，多亏小三子拉猪肉的黄鱼车，这黑灯瞎火的下雪天，你叫我上哪去叫出租车呀？！

温嫂笑了，那我得好好地敬他们一杯。

酒宴上，温哥给每个朋友送了一本新出的画册，告诉大家，他画的《嫂子要生了》，入了全国美展。翻开画册，大幅油画《嫂子要生了》编在首幅，风雪中，周庄的北栅桥、小木船、黄鱼车隐约可见，然五六个大男人的脸部却很模糊，只有雪漫天飘舞着。

温哥的朋友们一边喝着酒，一边喜滋滋地指着油画中的某一个人影说，这是我，这是谁。

那晚，温哥和他的周庄朋友们都醉了。

夜泊周庄

小女子落落大方爬上船，坐在船舷上，一双光脚伸在水里，边玩水边哼唱。真的没想到，她会唱的歌真多。

十八岁那年，我在家待业。爹迟疑再三，最终被我妈逼着提前内退。我跟在没有表情的爹身后，进了他的国营苏城轮船公司。

我爹让我跑苏周班。

每日，几声汽笛，轮班在午时的慵懒中从苏城起锚，缓缓一路航行。到周庄，恰好傍晚，轮船就泊在镇西栅聚宝桥边。

此时老街，昏黄路灯初上，旅客三三两两消失在寂静里。轮船上只剩下老大和我。老大是我爹的徒弟，他家也在苏城，自然得宿船上。老大寡言，每晚我俩只能大眼对小眼等着睡觉。

有时，镇上同事叫老大上岸小酌。老大让我看船。头一回看船有点怕，生怕水里突然冒出个水鬼。第二回看船，有个女声蓦地"嘿"我一下，吓我一大跳。寻声过去，只见轮船边小渔船头上坐着一个小女子，黑黑的肤色，白亮的牙齿。我问，你是水鬼吗？她恼了，说，你姐才水鬼！我惊奇，那你怎么在这？她似乎在噘嘴，我家在这！于是，我断定她真的是个水鬼。书上的水鬼，都假扮女子。我关严舱门，没再理她。她也没再"嘿"我。

第二日，我才起身探身舱舷洗刷，又被"嘿"了一声。小渔船上的小黑妹正冲我微笑，那双大眼出奇的明丽，给人黑玫瑰的感觉。我想搭理，但她"啦啦——"哼唱一声，一侧身把小渔船撑走了。小女子轻轻哼唱，身子隐约在柳枝间。我这才相信，她不是水鬼。

第二晚，我又一人看船，为了壮胆，我取了个破口琴胡乱吹。我吹《洪湖水浪呀么浪打浪》，竟有人在和唱，而那随意地哼唱，恰如金铃子一般美妙。我一瞧，竟是那小黑妹！我一首首胡乱吹着，她竟一曲曲随意跟着。我从来没有听过如此天成的和唱。我似乎觉得自己的口琴成了魔琴。

头回领饷，我买了把重磅回音口琴，结果上缴的钱少了，被我妈狠骂了一通。新口琴藏了几晚，我终于忍不住拿出来显摆，这新口琴真不懒，只一吹，她一哼，似天籁之音，让我迷醉。这晚，吹得晚了，被喝酒回船的老大撞见。我想这回糟了，买口琴的事定会在我妈跟前败露。可老大从没在我爹妈跟前提这口琴的事，让我觉得老大是个真男人。

老大喜欢热闹。在船上没事时，他会招呼，丫头，过来，唱一个。小女子落落大方爬上船，坐在船舷上，一双光脚伸在水里，边玩水边哼唱。真的没想到，她会唱的歌真多。老大在轮船头上，嚼着花生米，呷着老黄酒，微醉傻乐。

后来，老大上岸时。小黑妹也爬上轮船，和我吹唱。一回，我无意间叫了她声"小黑妹"，她突然一噘嘴，动气回小渔船了。第二日一早照面，她火着脸冲我说，我叫蓝妹，不许瞎叫。这晚，我吹，她没应。我想，她生气了。

一连几天没她的声音，我想她定是生气了。

一天，老大说，人家在给小黑妹说媒，小黑妹死活不答应，正跟他爹妈闹别扭呢。又一天，见小黑妹，她一人坐在去苏城的轮班上，好像谁都不认识一样。第三天，她才回周庄。老大说，小黑妹要去苏城考剧团。只是，考过后，一直没有动静。我咒她考不上。时间久了，我开始叫她蓝妹，她气也顺了，我们重又坐在船舷上吹唱。吹时，我们伸脚玩水。累了，仰头看星。看星时，四周很静，只有她轻柔的呼吸。

有回，老大跟我说，有人愿过来帮小黑妹说媒。我若有意思，老大就去跟我爹妈说。不知老大怎么说的，我爹妈没不同意。我爹妈同意后，我被人领着去见她爹妈，其实他们一直在不远处的另一条小渔船上，我们也曾照过面，只是没留意。媒人，我不认识，跟她过去吃了一顿鱼粥，满满的一大锅，在小渔船的行灶上煮，煮了小半天，唏嘘喝着，美事在美食中似被淡忘。

不多久，说媒的传话，说，她爹妈得我家拿一万块彩礼。我照实回家传话，我妈恼了，说，城里姑娘也没这么金贵呀！临走，我妈掏家底给我三千块。回轮船后，老大说由他去谈。

谈的那天，小黑妹正好拿到剧团的录取通知，她爹妈倒也爽气，说，不加钱了，就一万。老大一听，只能摊牌，说人家小青年才工作，眼下只有三千，待工作久了再积些钱。她爹妈恼了，我们的事也黄了。后来，小黑妹真的进了剧团，身价高了。听说小黑妹结婚时，男家花了二万块彩礼。

三年后，小黑妹重回周庄。上轮船时，我避她，她却过来跟我说，剧团解散了，她也离婚了。看她没多大在乎的样子，似乎像好不容易解脱一样。她又说，这次回周庄后，不走了，想买条小船，做船娘。自己会摇船，会唱歌，不愁养不活自己。

第七辑　李斯小传

　　李斯、阿朋……，我那些气味相投的朋友。有事没事，老约我喝酒、品茶、打牌、散步，老跟我絮絮叨叨讲他们的故事，不管我听与不听。我说，我要把你们的事写出来告诉别人。李斯、阿朋他们说，随你便。

一手好字画

电话里，何老总声音很冷，说，小李，那墙上的画，是你画还是我画？！

李斯的爷爷，早年曾拜黄宾虹为师，画得一手好画，终生以画山水小品为生，日子过得挺滋润。李斯的父亲，从小习米芾蜀素帖，功底了得，写得一手好字，就是有点孤高，平时不大愿意轻易为人写字。李斯是从小看着爷爷画画、父亲写字长大的，耳濡目染，偶尔出手画些画、写些字，自然也是那么有模有样的、有板有眼。干枯疏淡与黑密厚重之间，常常规整中带有稍稍的漫不经心与随意奔放，信手拈来。

其实，李斯并不喜欢画画写字。考大学时，他爷爷让他学画，他父亲让他学字。结果，他自作主张学了建筑，毕业后，整天泡在工地上，与数字、材料、灰土打交道。

建筑工地，其实也常常与字画挨边。现在造高楼，常在闹市区，为提升工地档次，公司常在开工前用高墙先把工地围起来。其实是遮羞。高墙刷白了，有实力的建筑公司总是邀请一些能画善写的高手，在白墙上画一些应景的画、写一些暖心的字。

有一回，公司在鹿城造群众文化活动中心，工程前期准备都做得差不多了，就是雾天高速公路堵车，请的画匠，迟迟不见人来，常驻工地的刘副老总急了。这边，公司何老总催得紧，说这几天市里就要安排开工仪式了。这天，李斯正好手上事不怎么忙，就跟刘副老总说，实在急的话，那我来瞎画画。刘副老总说，瞎画就瞎画，只要画点意思出来就行。李斯不紧不慢地去了趟文具店，置了些笔

墨颜料，还让人开了辆铲车。那铲车随他的手势上下左右移动着，大约花了半天的功夫，一幅江南水乡泼墨写意长卷就占满了那垛高大的白墙，题了词，画上章，远远看，真的可以叫绝。何老总过来见了，眉飞色舞，连声说好。李斯似乎一下子成了何老总青睐的红人。

换了工地，砌了高墙，刘副老总又找李斯，说，李工，这回还是请你辛苦一下，你的字画，真的绝了。

李斯是喜欢听软话的人，虽说手上的活很多，赶紧忙完了，顾不上坐下来吃口热饭，拿只干馒头啃着，就着昏暗的路灯，在那墙前赶画。画完了回家，挺晚。

又换了工地，又砌了高墙。墙一直白着，刘副老总叫人找李斯，传话的人说，李工，刘副老总让你下班后把画画了。李斯没有耽搁，忙完手上的事，立马画画。画完回家，已过了半夜。

这期间，夏天来了又去，冬天去了又来。夏天和冬天里，在马路边画画，其实是很累人的事。然李斯乐意。老总眉飞色舞一连声说好的样子，是他画画的动力。

又换了工地，估计是又砌了高墙。那几天，李斯一直在公司忙自己手头的工作。正忙着，何老总打来电话。李斯一听是何老总的声音，恭恭敬敬地说，老总，您说。电话里的何老总声音很冷，说，小李，那墙上的画，是你画还是我画？！李斯一听，有点懵了。李斯说，老总，这回，没有人让我画呀！何老总似乎耐着性子在说，这回，我何光辉亲自请你画，总请得动吧？！

李斯听得出，有人去何老总那里说过什么了。这回，李斯没画，他的心一下子跌入冰窟。没有画画的李斯，出入公司、工地，似乎总是遇见异样的眼神。他清楚，他再也不是何老总青睐的红人了。

一个月后，他只能辞职。

高升之后

人事科长跟他说，谁都知道他到局工作会高升上去的，他原先
在总公司的位子已经安排了别人。

李斯做梦也没有想到自己会被局里提拔上去当秘书。在原先的公司，李斯也
名不见经传，只是会涂涂笔头而已。高升后的第一天，李斯就被主任叫去开一个
会，他的任务是做记录。这可是他有生以来参加的最高规格、最绝密的一次重要
会议。会上商议局系统一些重大的人事问题。

会议由党委曾书记主持。曾书记其实是主持党委工作的常务副书记，因为姓
曾，听上去有点像正书记。姓是祖上给的，曾书记也不能做啥解释。

人事变动方案由局一把手傅局长逐一提出，供领导们一一商议通过。傅局长
姓傅，因为姓傅，听上去像副局长。傅局长自然自己不便解释。外面过来初次接
触工业局领导的人都有点茫然，公开场面上常把曾书记尊为局一把手，却把傅局
长冷落在一边。只是这种非常尴尬的场面常常让傅局长无可奈何。久而久之，傅
局长不大愿意跟曾书记同时出现在一些公开的场合，以免尴尬。

这一点，李斯其实在下面公司工作时，就听说了，进局工作后，他提着百倍
的小心，生怕弄得两位局领导不快。

会议开了很久很久，其实也没商量多少人事变动。只是因为涉及人事，领导
们都挺慎重，反复权衡，就像在下一副非常棘手的象棋，每动一着，都耗费了领
导们很多心思。

一直到夜色笼罩窗外，会议才接近尾声。

傅局长也由严肃变得轻松，说，人事上的事基本上差不多了，还有一件小事

请大家看看如何办，一总公司老刘妻子的进编制问题，跟我提了几次了，老刘也是多年的基层干部，这几年公司业绩也不错，局里老凌正好退休，有一个事业编制的名额，是否能考虑给他妻子。这个事么，很难，盯着这名额的人，少说有一个排，我自然不能答应老刘，放到今天的会议上，大家看看，公开着办。

傅局长说的老刘，李斯知道是他们公司的总经理。他妻李斯也认识，早先在农村就找好的妻子，不大认识多少字，在总公司下面的分公司管后勤。

傅局长一说，全场一片寂静，所有的领导都不吱声。足足有一支烟的工夫，主持会议的曾书记一看时间也很晚了，礼节性地打破了沉默，说，这老刘么，大家都熟，这老刘也不是太张扬的人，场面上也不喜欢把妻子朝外推，我到现在还没见过他妻子的尊容呢。曾书记突然转向正在凝神的李斯，问，好像也在你们公司，老职工了。大家看看。

李斯被曾书记盯看着不好意思，随口应和，轻声说是老职工了，49 岁。李斯在公司里管过企业人事档案，自然记得一些职工的岁数。

又过了一支烟的工夫，大家仍保持沉默，看来谁也不愿公开表态，这事就这般凉着。

看看时间实在太晚了，傅局长就说，就这样吧。于是，会议就散了。老刘妻子转事业编制的事也就没了下文。

会议第二天，局人事科长通知李斯回公司上班。回公司后，公司人事科长又让他去效益最最差的四分公司做业务，人事科长跟他说，谁都知道他到局工作会高升上去的，他原先在总公司的位子已经安排了别人。

只几天，李斯一上一下，弄得一头雾水。

过了好久好久，李斯才从一个知情人嘴里知道了事情的原委，因为好多人都在私下传说，那李斯一到局里就跟局长的亲家母争一个事业编制的名额，结果争得焦头烂额，险些把自己的饭碗也争没了。听说这事时，李斯还听说傅局长正跟他们的刘总经理办儿女婚事。刘总经理标致的二丫头嫁给了傅局长那有点木讷的儿子。

扶 贫

飓风过后，李斯急急地赶到银泾村，见他资助的大棚一片狼藉，
而二流子书痴子李诺竟还在家里睡大觉。

有一年春上，李斯吃蔬菜时，突发奇想要无偿扶持附近乡下的一户贫困户建
一个蔬菜大棚。他把这个想法告诉给了几个堪称哥们的牌友、酒友，牌友、酒友
都笑起他来。

李斯是个想做啥，便要把啥做成的人。他心里揣着这个奇想，去了市里找了
农村富民办公室，人家先是电话把他介绍到了县里，又把他介绍到了镇里，最后
介绍到了一个叫银泾村的村里。

村主任也姓李，李主任拿出一小叠贫困户的资料，一个个介绍。其实银泾村
并不是穷村，人均年收入上万呢。那些贫困户，大都是因病致贫或因祸致贫，不
是家里有人生了绝症，便是主要劳动力出车祸亡啊重伤的，所以生活困难。

李斯边听边摇头，他心里想扶持的是要有劳力的。

李主任说，有劳力的贫困户倒是有一户，就是……

李主任说，这有劳力的贫困户户主也姓李，叫李诺，实际上是光棍一个。结
过婚，是他爹花钱给他买的亲，后来人家女的跑了，也没有再娶。李诺，其实说
白了，就是个二流子、书痴子，白天不干活，整日睡懒觉，晚上猴精似的，整夜
屋里灯火掌得通明，干耗着，瞎耍。

李斯问，耍啥啊！耍钱，还是耍女人？！

李主任说，他倒是啥钱啥女人都不耍，只知道耍笔杆子。这一耍不要紧，钱
耍没了，女人也耍跑了，爹娘被他耍得气死了，自己也耍得人跟猴精似的！

耍笔杆？李斯疑惑了，问，那他啥毕业？

李主任鄙夷地说，啥毕业呀！初中才读了一年，住在学校里，也是不分白天黑夜的耍，耍得功课直往下掉，他爹骂他不争气，就不让他念了。回家来还耍，说这回他非要耍个诺贝尔不可。所以，村里人都叫他李诺，诺贝尔的诺。

李斯说，那我就扶这户了。

李主任也闹不明白李斯啥主意，陪着李斯去见李诺，李诺正撅着屁股睡大觉，千呼万唤就是喊不醒。

破旧不堪的桌子上堆着一沓沓不知完工与否的文稿，从不同颜色的纸张看，耍笔杆子的李诺日子过得确实有点窘迫。

李斯对李主任说，别喊了，大棚的事还是让村里为他代办吧！说着撂下一笔现钱就走了。

几个月后，李斯不放心那大棚的事，又一次来到银泾村。再一次见到李诺的时候，那二流子书痴子的李诺仍然在睡觉，仍然是千呼万唤喊不醒。喊不醒李诺，李斯便仔细打量着李诺的住处来。住处相当简陋，是一座七十年代建的小楼，其他的几乎所有的屋子都挂着蜘蛛网，看来很少有人跑动，唯有李诺睡的这一间倒也收拾得还算整齐，只是除了书，没啥值钱的物件。屋里还支着口灶，几只碗在锅里扣着。李斯想掀那些碗，看看李诺平时到底吃的是啥。李主任说，千万别掀，他最忌讳别人掀他的饭碗，他每回吃了总这么合着，煮了再吃。李斯打趣说，这倒也环保，不会被污染。

李斯关心的是大棚的事，问了。李主任说，大棚搭是搭了，才一转眼，就被李诺很便宜地租掉了，不干活白拿钱，照样每天睡懒觉。

李斯问，他还算贫困户不？

李主任说，贫困户倒不算贫困户了，每年多多少少还有一万多块钱的租金，够得上村里人均年收入了。

李斯说，不算就好，毕竟他脱贫了。

可没料到，这年暑天，突然刮了一阵飓风，附近农村几乎所有的大棚都被那突然袭来的飓风刮塌了，农户损失惨重，而竟然有大部分大棚户主根本没有向保险公司投保。

飓风过后，李斯急急地赶到银泾村，见他资助的大棚同样是一片狼藉，而二流子书痴子李诺竟然还在家里撅着屁股睡大觉。

李期恼了，朝那撅着的屁股飞起一脚，把个李诺踹得身子几乎翻了个个儿。

李诺惺忪着睡眼，人猴精似的，火气却比李斯还大，狂吼，你，你啥意思，我才睡了觉，你平白无故地把我踹醒，你啥意思啊！

李斯问，我资助了你大棚，让你脱贫，让你干正业走正道，你倒好，大棚租了，白天睡大觉。大棚被风刮塌了，还睡大觉！

李诺不买账了，反问道，我写小说，难道不是干正事么？我夜里写了一个通宵的小说，累了，白天睡上一觉，有哪错啊！你资助我大棚，是事实，可我也资助别人大棚啊！你去打听打听，那么一个大棚人家哪家只租一万多的，我是在帮人家呀，人家老刘家儿子有出息在外边读大学，需要学费，种大棚又没有投资，我不是资助他们是什么呀？！我收了老刘家一万多，达到了村里的平均收入，帮你们消灭了一户贫困户，你们还得谢我呢？还有，飓风又不是我让它刮的，再说了，我投了最高的保险，保险公司自然会给我理赔的，除了这些其他还有啥事要我操心的呢？还有大棚钱，就算我贷你的，等我小说出版赚了钱，或者得了奖，我会加倍还你。

说着，李诺打了个哈欠，重又翻身睡去了。

李斯被李诺一阵抢白，竟然无言以对。

红　灯

巡警说，你说得很对。看来，我真的不敢也不能为你闯红灯担责。

李斯住浪琴小区。出入浪琴小区的浪琴路是单行道，单行道的两头都设有电子探头。李斯开车很规矩，即使没有电子探头他也不会贸然闯单行道。

一日，李斯外出办点事一直到半夜方才开车回家。李斯在浪琴路口遇上红灯，这是常事。一等等了几分钟，这却是第一回。开初，李斯还在想着刚才的事，没太多在意红灯时间，一等等了好几分钟，便觉得有些异样。这样的事，李斯从未遇见过。因浪琴路是单行道，故这个红灯堵住了李斯回家唯一的通道。李斯没方法，只能等候。一直等了二十多分钟，红灯一直不转绿灯。李斯一直被堵在路口，心里有点慌了。

李斯跟家里的妻子通了个电话。妻子说，会不会红灯坏了。这么长时间，估计红灯坏了。

这半夜三更的，红灯坏了，又被堵在路口，进不了路，回不了家，这可怎么办呢？李斯只能报110。

李斯报了110。十来分钟，路口来了个骑摩托的巡警。

巡警说问，你等多久了？

李斯说，我在这路口少说已经等了半个多小时了。

巡警问，这么多小时，绿灯一直没有出来吗？

李斯说，如果绿灯出来，我早就进去了。

巡警说，你等了这么久，一直是红灯，那一定是信号坏了。

李斯问，信号坏了，那我怎么办呢？我不能在这里等一个晚上。

巡警说，那你走吧！

李斯说，要是能够走，我早走了！

巡警说，有我为你作证，不碍事的。

李斯说，警官，我还是不能走。你作得了我一时，还能够作得到我一世么？

巡警问，这话怎讲？

李斯说，红灯是法规，法规是铁面无私的，你巡警为我讲情面，你可是执法者知法，却默许别人犯法。如果一个人连小小的看得见的红灯都敢蔑视，那他心目中还会有法么。那些看不见摸不着的法，他还会不蔑视吗？如果一个人蔑视法律，那他随时随地都会冒犯法律的。再说，你巡警可以暂时为我讲一回情面，可电子警察却是不讲情面的。我假如被电子警察逮住了，这算谁的？谁来承担这个罪责，谁来接受处罚。

巡警说，你说得很对。看来，我真的不敢也不能为你闯红灯担责。虽说只是天知地知，只有你知我知，再加现在的情况也特殊，但在法律面前，确实不能人性化犯法。看来，那你只能再等了。因为，我毕竟只是巡警。调试信号灯，还得交警来处理。于是，巡警跟交巡警指挥中心联系，请交警到现场处理。

又十来分钟，一交警开车过来。这时李斯已经整整等了五十多分钟。

交警打开信号控制箱，发现信号确实失灵了。人工调试，红灯终于换了绿灯。

李斯发动车子，准备回家。

巡警向他敬了个礼。说，今天，你确实给我上了一课。

李斯笑笑，很坦然。

交警也给李斯敬了个礼。说，实在对不起，我们工作的失误给您的回家带来了很大的麻烦。

李斯说，谢谢，一个小时换了你们两个警礼，很值！

伤　心

有随团的旅友轻声跟李斯耳语：东方航空真大方，给你一路上配了个大美妞。

李斯登上东方航空从墨尔本到上海的飞机，这是他个人随团观光澳洲的回程。登机时，李斯没有能和团队里的人坐在一起，而是夹在陌生旅客的中间，一边是一位胖乎乎的老外，一边是一位小女子。那小女子，五官特别精致，乍一见，有一种让人蓦然心动的感觉。小女子穿得挺随意，肌肤细腻泛着淡淡的黝黑，一阵阵幽幽的肤香萦绕着她，不时撩拨着李斯敏感而脆弱的鼻翼。小女子一上飞机，就沉浸在自己的世界里，戴着耳机听音乐，摊开平板电脑看连续剧、玩游戏，听累了、看累了、玩累了，就架着羊角旅行枕安静地入睡。

下了飞机，李斯与小女子一前一后入关、取行李，有随团的旅友轻声跟李斯耳语：东方航空真大方，给你一路上配了个大美妞。李斯笑笑。

几乎同时，李斯和小女子都发现了自己的行李箱，很巧，都是德国产的rimowa铝美合金旅行箱，然李斯是20寸的小箱子，伸手一拉就从行李输送带上取了下来，而小女子却是一只30寸的大号旅行箱，拉了几次都没能拉下来。小女子跟着旅行箱移动着，一副无助的窘态。李斯走过几步，轻轻说了一声，我来，就帮小女子拉箱子，不料，箱子出乎意料的沉，李斯一用力，没拉下，再用力，拉了下来，而李斯在取下箱子的同时，觉得心口"咯"的一下。

小女子说声谢谢，径直推箱子走了，她似乎已经习惯了别人友善的帮助。

李斯一路上拉着自己的行李出来，有团友跟他开玩笑，说李斯有艳福，人家小美妞专门提供机会让他为人民服务。李斯笑着，眉头却皱了起来，觉得心口有些异样，一阵阵的，隐隐作痛。李斯心想，也许是长途坐飞机累的。

出了机场门，李斯渐渐落在了队伍的最后。见推着行李的大部队都过了人行道，李斯努力地紧走几步，谁知一辆黑色宝马急速而来，离李斯一二步左右戛然而止，却蓦地连按几声喇叭，带着不可一世的蛮横。李斯一个惊吓，心口更不舒服。李斯拦住宝马，心痛得慌，人软了下来，瘫坐在宝马车头前。

宝马车主发着飙，骂骂咧咧地打电话报警，一口咬定自己被人碰瓷讹诈上了。

一会，警察来了。宝马车主仍骂骂咧咧咬定自己被人碰瓷、被人讹诈。李斯没有说话，一脸痛苦。

警察问，他撞你了？

李斯摇摇头。

警察又问，你能站起来吗？

李斯又摇摇头。

警察再问，你要去医院吗？

李斯点点头。

警察迅速给宝马拍了照、收了车主的驾照，把李斯的行李载上警车，扶着李斯坐进警车。

宝马车主不干了，骂着。警察毫不理会，鸣响警笛，拉着李斯一路直奔最近的医院。警车一到，医院里抢救的医护人员就用推床把李斯推进了抢救室。主治医生第一时间的判断是李斯心血管破裂。李斯迅即被送进手术室。

手术很成功，李斯在重症监护室待了十来天，终于起死回生。主治医生说，如果再晚一二分钟，就很难抢救了。

十几天后，在警察的协调下，肇事宝马车主来医院道歉。当宝马车主走进病房时，李斯愣住了，一旁陪同且手捧鲜花的竟然是飞机上邻座的小女子。李斯不解，小女子抢先说，实在对不起，我和我男朋友向您道歉。

李斯竟说，没事的，我还得谢谢你男朋友，不是他第一时间报警，我也许归天了。

小女子问，你不怪他？

李斯点点头。

小女子又问，你不追诉他？

李斯点点头。

宝马车主不解，问，你们俩认识？

小女子说，我告诉你的，搬行李做好事的大叔就是他。

宝马车主献上鲜花，道歉说，大叔，请原谅我的鲁莽，您让我知道这世界上还是好人多，与人要为善。

李斯笑了。

李斯出院后，在那份车祸认定书上签了字，放弃了对宝马车主的追诉，谁都知道，那肯定是一笔不少的钱。李斯的朋友都说，不是李斯傻了，就是李斯见人家小美妞心动了。

李斯还是那句话，人家根本没有撞我，我为啥去讹他呢？！做人切不可昧着良心。

守　蟹

这种逮蟹的土法，村里人就叫"守蟹"，是他手脚残疾的爹传授给他的绝活。阿朋的小蟹棚搭好的头一天，就有了不小的收获。

阿朋娘走的那年，阿朋才十二岁。十二岁的阿朋很懂事，知道娘要走是迟早的事情。娘是那年深秋里走的，那个深秋，是家最忙碌的一个季节，在那个季节里，阿朋爹终于把自己彻底累趴下了。

阿朋的村子，在淀泖湖的东边。淀泖湖水面宽阔，水质纯净，湖底全是硬泥，水草丰腴，这样的水源是非常适宜大闸蟹生长的，那湖里长大的蟹，不但形态佳，青背白肚金爪黄毛个体坚实，而且肉质鲜嫩，有一种甜甜的回味。蟹是每年秋风起的时候由上水湖西沿着湖底朝下水湖东爬过来的。好的水口自然出逮蟹能人，先前，阿朋待的村里几乎每人都有一手逮大闸蟹的绝技，也几乎家家户户、祖祖辈辈靠着大闸蟹过着比较殷实的日子。只是阿朋家不一样，阿朋爹是个残手残脚的残疾人。

听阿朋爷爷说，原先阿朋爹手脚是不残的，因为常年在湖上捕鱼捉蟹，受了风寒，又加上撞船受了伤才渐渐残的。还有，村里人都知道，阿朋的娘跟阿朋的爹是不情愿的，是阿朋爷爷花了钱讨来的，阿朋娘刚来的时候，一直闹着要跑掉，先是被阿朋的爷爷、叔婶硬拦着，后来有了阿朋，阿朋娘也就不闹着要走了。再后来阿朋的爷爷过世了，也没有人出面硬拦阿朋娘了。

阿朋娘要走，阿朋爹是知道的，只是整个秋天，阿朋爹一直硬撑着残疾的身子忙着自己的活。阿朋的家门前有一条朝东的小河，行内人都知道这是每年秋里大闸蟹走下水必经的河道，阿朋听爷爷说，自打他们家祖上在这村里住下起，每

年秋里一直在小河里"守蟹"。

爷爷过世了，阿朋爹决计自己接着"守蟹"的营生，身子残，便使着阿朋，从打桩、筑竹围栏，一直到搭捉蟹的小竹棚，几乎都让阿朋学着做了，拦蟹棚搭好了，西风也起了，大闸蟹果真爬了过来，先是沿着湖底的稻草绳爬，后沿着竹围栏爬，再朝着小竹棚里的灯光里爬，当竹篾编的"仙人跳"依次跳动的时候，蟹的爪也就出现在网边了，这大闸蟹是从宽到窄自己沿着别人设计好的路子一路爬进来的，到了网边也就是到了最窄处，要想返身逃跑，也已经不大可能了，这种逮蟹的土法，村里人就叫"守蟹"。阿朋的小蟹棚搭好的头一天，就有了不小的收获，逮到的蟹，只消交给做蟹生意的叔婶。

西风愈烈了，蟹也就越多了，只是阿朋爹实在是劳累过度病瘫在了床上，阿朋的娘决计要走了，没有人拦她，也没有人要拦她。阿朋爹反而让阿朋取了卖蟹的钱给了娘。阿朋娘走的时候，心肠像生铁一般硬硬的。阿朋爹没有说一句话，阿朋只是两眼愣愣看着自己的爹娘。

娘走后，阿朋爹再也没有从床上爬起来过。

之后的每年秋天，阿朋便开始白天到镇上学校里上课，晚上静静地候在小竹棚里"守蟹"，这绝活，阿朋学得很到位。然而，好景不长，湖面后来都被专业户承包了，蟹用围网养着，湖里再也不放养蟹苗了，湖里的网一道道拉着，野生的能在湖里爬动且还能爬到阿朋家门前小河的大闸蟹已经寥寥无几了，但阿朋一直苦苦地守着，哪怕一夜毫无收获，他也一直守着，尽管如此，一秋下来，多少还是能守着一些，送到叔婶的蟹摊上，由婶记着账。

阿朋夜夜熬夜，白天上课精神自然集中不起来，老打瞌睡，原来阿朋功课是挺好的，但每到蟹讯里一"守蟹"，阿朋的功课总要一落千丈，阿朋的班主任老师总是急得一趟趟朝阿朋叔婶的蟹摊上跑，阿朋考不上大学，是要拖全班后腿的。但阿朋却一意孤行，似乎在他的脑子里除了蟹、除了钱，什么也没有了。

第一年高考，阿朋失利了。失利的阿朋没有把失利放在心上，走出考场的第二天，阿朋就跟叔婶要卖蟹的钱。叔不给，说你这孩子大学也没考取，要钱干吗？！

阿朋愣愣地说，我娘走了，爹瘫了，我大学又考不上，除了钱，我还有啥了？！叔婶没法，依了阿朋，给了他一些卖蟹积的钱，说你要是去找你娘，去了也是白搭，你娘的心是找不回来的！

　　阿朋执意地离开了村子，依着仅有的一点点线索，一路寻去，一座座城市、一座座大山、一个个乡村。离开了淀泖湖、离开了爹，阿朋第一次觉得自己非常的失落。外面的世界很大，阿朋第一次觉得自己太渺小太无能，靠他要找回娘几乎是不可能的。此时，阿朋觉得自己的生活正如"守蟹"一般，沿着祖辈为自己设好的竹栏，一路爬着，竟越爬越窄，而爹倾注了全部身心传授给自己祖传的"绝技"又无疑把自己逼进了生活的死胡同，爹全心全意爱自己，实则是害了自己。

　　回家后的这年初秋，阿朋毅然放弃了祖辈传下来的"守蟹"营生，他重新回到了学校，他决计要过一种自己为自己做主的全新的生活。

做爹的腿

茂密的枯草上打了一层霜，非常滑，阿朋推爹时，毫无防备，车子竟然自己顺着岸坡朝下滑，阿朋爹想抓两边的草却没抓住，阿朋慌了却不敢松手。

阿朋十二岁的时候，娘走了。其实，村里人都知道，阿朋的娘迟早是要走的。阿朋的爹是个残手残腿的人，手是先前撞船时撞残的，硬伤，少了几根手指，做活时，不怎么顺手。腿是软伤，可能是常年在湖上捕鱼捉蟹，受了风寒，又加上撞船受了伤才渐渐残的。

娘要走，阿朋也知道。娘走后，阿朋便和他爹相依为命。阿朋爹其实是个能干的打鱼人，身子虽残，然打鱼的活照做。阿朋娘走后的整个秋天，阿朋爹一直硬撑着残疾的身子忙自己的活。捕鱼捉蟹，维持生计。

然阿朋爹终究是个残疾人，腿残了，打个酱油买包烟啥的，还是挺难的。十二岁乖巧懂事的阿朋成了爹的腿，只消爹轻轻吱一声"阿朋，帮爹跑一趟"，阿朋就乐颠颠地去了，酱油呀、烟呀，一会就买回来了。阿朋爹常夸阿朋是"小脚船"。

阿朋爹手脚虽残，然干活还是挺能的。有回捡了人家丢了的一架破童车，卸下大小四个车轮，捣鼓了半月，终于给自己做了一架结实的小推车。轮子很滑溜，轻轻一推就能够滑上好一段。座位是按照自己的需要特制的，只要身子一挪就能爬上去。阿朋爹有了这架自制的小推车，阿朋推着来去方便多了，阿朋真的成了爹的腿。去湖上，去鱼市，阿朋推着爹轻松来去。一路上，阿朋和爹总是笑声不断。

鱼市上，阿朋父子俩的鱼总是最先卖掉，一则他们捕的鱼不多，再则可能人家看他们父子俩不容易，都想帮他们一把。

阿朋爹捕鱼的是一条很小的划子船，单桨。每回，阿朋爹坐在船后艄，用残手划桨、撒丝网、拉网收鱼。阿朋坐船头，帮爹整理渔网。小划子船也叫"嘭嘭船"，待丝网撒下水后，为了让水下的鱼自投罗网得用脚把船上的木板踩得"嘭嘭"响，阿朋爹腿脚不行，阿朋爹就让阿朋踩，阿朋最喜欢踩"嘭嘭板"，他知道，踩得越厉害，鱼就能捕得越多。捕鱼，对阿朋父子来说，本来是一件挺难的事，然他们手脚合用，"嘭嘭船"上同样是欢快的笑声。

深秋渐渐过去了，初冬来了。每年这时，公社里要进行奖羊比赛。其实是搬南瓜比赛，谁搬得多，谁就能奖到羊。阿朋爹很想奖到羊，有了羊可以自己养。然比赛得手脚并用，而阿朋爹腿脚不管用。今年，阿朋爹专门去公社大院缠着文化站长想参加奖羊比赛。站长说，你腿不管用怎么比呀？阿朋爹说，我儿子是我的腿，我能比。公社书记见了，说他能比就让他比呗，羊，公社有。

过了一天，奖羊比赛就开始了。比赛分了好多组，又有好多规则，得在规定的时间里，把场地一边的大南瓜搬到另一边。南瓜个大，力气再大的人一趟只能搬个两三个。而阿朋父子俩却不同，阿朋爹手残却手臂特粗壮有劲，他一下子抱了四个且一直搂到终点。阿朋人虽小，然推起爹的小推车，并不比人家的腿慢。来回十几趟，人家人高马大的都一个个败下阵来，而阿朋父子俩手臂腿脚合用，竟然搬动了一大堆南瓜，稳稳地得了个头名。公社书记乐了，挑了只最大的羊奖给了他们，还亲自在公社广播里表扬了他们。阿朋父子俩牵羊回家乐得像过节一样。

天冷了，也到了捕鱼和捉蟹换季的时候。为了"守蟹"，父子俩起了个大早，湖岸上积了一层霜。阿朋并不知道，茂密的枯草打了一层霜是非常滑的，他推爹时，毫无防备，车子竟然自己顺着岸坡朝下滑，阿朋爹想抓两边的草却没抓住。阿朋慌了却不敢松手，力气小又拉不住车。只一转眼工夫，父子俩便随着小推车一起冲入高岸下的深水里。阿朋是会水的，裸身能游过一条小河，然这回，阿朋随着小推车一下子冲到了湖底，冰冷的湖水一激，手脚麻木了，怎么使劲都动弹不得，想憋气，又憋不住，一会就没了知觉。

待阿朋重又恢复知觉的时候，自己已经被倒挂在紧贴水面的枯枝上，爹正孵在水里不停地抠他的喉咙，阿朋满肚子的水被爹抠得一股又一股冲出来，一直到

肚子里空空的再也呕不出啥的。

阿朋没弄清自己怎么会倒挂在枯枝上的，只觉得爹正伸着粗壮的手臂在举他的身子。阿朋爹嘴里喃喃着，"快去叫你叔，快去叫人"。阿朋挣扎着，借着爹手臂的力，爬上了湖岸，跌跌撞撞回村叫叔叔。叔叔又叫了一些大人，把水里已经冻僵的阿朋爹拉出了水，送公社卫生院。住了半月，捡回一条命。

出院后，阿朋父子俩仍然忙碌着。父子俩需要手的时候，爹会伸出自己的残手，虽残然而特别粗壮，那是阿朋的骄傲。父子俩需要腿的时候，阿朋跑得比谁都欢，那是他爹的骄傲。

阿朋娘走后，阿朋父子的日子过得有滋有味。

劝 哭

　　阿朋没防备，被踹了个趔趄，跌扑下去，相框碎了，脸重重地
蹭在砖地上。阿朋支撑着爬起来，血从手上、脸上幽咽地淌出来，
众人见了，心想，这回这犟小子该哭了吧！

　　阿朋爹去世的那年，阿朋二十岁。那天，阿朋从高考补习班回来，匆匆做了
些饭菜去唤爹，见爹没声响，推着再唤了几声，见爹已没了气息。

　　阿朋愣愣地跑到叔叔的蟹摊前，瓮声瓮气地跟正忙着的叔说，叔，我爹没气
了。叔没好气地说，咋会呢，晌午时我还过去伺候过他的呢！说着，撂下活，推
上摩托带上阿朋往家里赶。到家，推推自己的哥，摸摸，见哥确实去了，挺安详
地撂下一切无声无息地走了。

　　半晌，叔冲阿朋大吼，傻在那干吗？去叫人啊，二姨婆、三叔公，镇上自家
的亲亲眷眷，都去告上一遍，快去呀！

　　阿朋去了，二姨婆、三叔公，镇上自家的亲亲眷眷，全都跑了个遍，挨个告
诉他们，我爹没气了！凡在家的，得着讯的，全都颠颠地赶阿朋家去。

　　其实，阿朋八岁时，阿朋的爷爷过世，阿朋爹也是这般让他跑着去告诉叔、
二姨婆、三叔公和镇上所有自家的亲亲眷眷。那回，待所有的亲眷聚拢来时，二
姨婆先是不快了，冲一旁的阿朋骂，阿朋，你爷爷去了，也不哭上几声啊，你这
小孽种，你爷爷白疼你啦！

　　这回，阿朋的爹去了，待一些近的亲眷聚拢来时的头一句话自然又是众人的
责怪，说阿朋你爹去了，你咋不哭几声啊！二姨婆虽说老了，气头仍不小，骂道，
阿朋，你爹去了，你还不哭呀，你这不孝的孽种呀，你爹算白疼你啦！

其实谁都知道，阿朋爹瘫在床上好几年了，儿子阿朋还是非常尽心伺候的，又要读书，又要自己想着法子从湖里摸些活络的生活钱，更要没日没夜地伺候瘫在床上的爹，确实难为他了。只是似乎阿朋爹的走是早晚的事，对阿朋来说，料理爹的后事，就跟常日伺候他一般，默默地、木木地，没有一点要哭的冲动与迹象。

二姨婆、三叔公急了，唤了阿朋的叔，跟几个很近的亲眷私下里商议。二姨婆说，这阿朋，从小就好像没有哭过，他娘打他骂他，他没哭过，在外面，别的小孩子欺他，打他，他也没哭过。他爷爷过世，都叫他哭，他没哭上一声。这么大的亲儿子，不为自己的亲爹哭上几声，是要被镇上人说的，这事左右邻里一传就要传开的，要是担上个不孝子的臭名，一辈子也甭想抬起头。再说了，这阿朋爹，也是挺可怜人，年纪轻轻就瘫了，没有享着福就走了，再没有亲儿子哭上几句，走的时候是进不了好去处，要成孤魂野鬼的。

众人虽都知道二姨婆有点迷信，但毕竟二姨婆在家族中辈分长，先前一直是妇女队长，女强人一般的强势人物，家族里的事好多都由她撑着，众人自然觉得她说得有理。即使不讲迷信，亲爹去了，按理也该是伤心的事，这么伤心的事，亲儿子不哭几声，自然是说不过去的事。

于是，阿朋叔走过去跟阿朋说。叔很强硬，说，我跟你小子说，你爹出殡的时候，你还是这副虫样，不要怪叔叔我蛮不讲理。

三叔公也拉阿朋用好话劝着说，讲阿朋爹如何在他小的时候，虽说自己腿脚不便，还是一把屎一把尿地拉扯他长大，说到动情处，自己先已是老泪纵横。

二姨婆是最后一个拉阿朋说话的，二姨婆一会儿好言相劝，一会儿又用迷信的话吓唬他。

众人想，这般劝，阿朋纵然没有泪，想上去干哭几声干吼几声还是会的吧！

第三天，阿朋的爹在众亲眷的帮衬下，终于要出殡了，按镇上的规矩，一长者在门口摔掉一只旧甏后，就出殡，这时伴着的该是惨惨的号哭，以示家人的不舍、家人的依恋、家人的悲伤，而阿朋，只是捧着亲爹的相框，默默地跨出家门，仍没哭一声。

三叔公气不打一处来，大骂不孝之子，气得差点背过气去；二姨婆恼了，开始骂骂咧咧的；阿朋叔更是憋着火，待出殡的队伍走出家门时，终于忍不住了，紧走几步，朝阿朋后臀上飞起一脚，阿朋没防备，被踹了个趔趄，跌扑下去，相框碎了，脸重重地蹭在砖地上。

阿朋支撑着爬起来，血从手上、脸上幽咽地淌出来，众人见了，心想，这回这犟小子该哭了吧！

然好半晌，阿朋只是小心地拣起爹的照片，又缓缓地朝外走去，众人仍不见他哭。

二姨婆见状自己反倒哭了，边哭边说，这从小没娘的孩子已经不会哭了，不要再去难为他了，由他去吧！

其实，众人都知道，阿朋爹很早手脚残了，一直娶不上媳妇。阿朋娘是阿朋爷爷硬是花钱买来的。阿朋娘刚来的时候，一直闹得要跑掉，只是被爷爷硬拦着，吃了不少苦头。后来，爷爷过世了，也就没人能硬拦了。阿朋娘走的那年，阿朋九岁，阿朋很懂事。阿朋娘问阿朋，娘要走了，你会哭吧？阿朋说，我长大了，我不哭！于是，阿朋娘走了，阿朋果真没有哭，只是自此以后就一直没见阿朋他哭过。

送走了爹，阿朋离家去寻找走了十一年的娘。当阿朋千辛万苦终于在一座大山里找到自己亲娘的时候，一下子哭得死去活来。

二拜高堂

阿朋、小梅正要拜，却不料想，阿朋娘"嗵"的一下跪在地上，"嗵嗵嗵"磕了三个响头。全场一下子乱了，好多人从座位上站起来，惊讶地看着。

阿朋大学毕业后，没急着到城里找工作。先是在镇上帮叔叔打理了一阵网络生意，销售阳澄湖大闸蟹，后来自己加盟了一家物流公司，搞活蟹快递，生意红火了。

有一天，公司做财务的小梅笑眯眯地对阿朋说，阿朋，我想嫁给你。阿朋假嗔，你发寒热不？小梅说，我很正常，不信你摸摸？！阿朋一本正经地说，我可是孤儿一个，没爹没妈的。小梅说，我不在乎。阿朋说，那你在乎我的钱？！小梅顿时不高兴了，撅着小嘴，半个月不理阿朋。阿朋心肠软了，反过来哄小梅。哄高兴了小梅，阿朋还是那句话：你到底在乎我啥？小梅哭了，说，我也是孤儿。小梅从小爹出车祸去了，娘在她很小的时候，改嫁了。阿朋说，那我们结婚吧。

阿朋和小梅真的要结婚了，叔淡淡地说，结婚是你自己的事，你觉得合适你就看着办吧。三叔公说，我老了，你不要问我了，到时挽我去喝杯喜酒就成。二姨婆却有点不乐意，说，你俩都没个爹娘，以后孩子生出来谁带呀？！阿朋没说。

筹备结婚的时候，阿朋竟然不见了人影，手机关了。小梅在公司蹲着，竟连她也不知阿朋的去向。

五六天后，阿朋回来了，身后跟着个怯怯的老妇人，脸色苍黑，两眼似蒙着一层白翳，看人木木的。嘴快的二姨婆一见就恼了，冲着来人嚷，你还有脸面过来？！早些年，阿朋爹瘫在床上，没人照应，你绝情，说走就走。阿朋才十二岁，又做爹的手又做爹的腿。你好狠心呀，说走就走。今日里，你还有脸面回来呀？！阿朋娘木然，没有拿眼看人，任二姨婆数落。

当晚，阿朋让娘睡在新装修的套房里。这样的套房，阿朋一共两套，一模一样的。这还是前几年老宅拆迁时换过来的。老宅虽破然面积大，一共换到了三套。卖掉一套，阿朋把钱花在这两套的装修上。天亮时，阿朋过来唤娘吃早饭，竟然见娘一夜未睡，茫然坐着。阿朋不解，问，娘，你怎么不睡呀？娘木讷，半晌说，我命贱，不能睡你们的婚床。阿朋说，哪里呀，这是我专门为你留的房子，我们的在隔壁。阿朋说着，给娘递过一叠红面钞票和一只喜袋。娘一见，慌了，手一抽搐，说，我不要，钞票掉在地上。阿朋说，这不是给你的，是你给小梅的见面钱，二姨婆专门关照的。阿朋娘拿着钞票和红喜袋，身子在发抖。

见过小梅、给过见面钱，小梅也随阿朋一起叫娘。小梅一叫娘，阿朋娘身子就颤颤地。

阿朋和小梅的婚礼安排在镇上的水上人家酒店，来吃喜酒的人不少，偌大的婚宴大厅，人头攒动。

司仪是城里请过来的。婚礼，中西结合。证婚是西式那一套，三叩首，却是中式的那套。把阿朋娘请上台，司仪喊，一拜天地。阿朋、小梅拜了。司仪又喊，二拜高堂。阿朋、小梅正要拜，却不料想，阿朋娘"噗"的一下跪在地上，"嗵嗵嗵"磕了三个响头。全场一下子乱了，好多人从座位上站起来，惊讶地看着。阿朋、小梅，小愣片刻，一左一右，把娘从地上扶起来。阿朋在娘的耳边说，人家都看着呢，你不能这样的。司仪缓过神来，调侃说，好了，都怪我不好，没有事先排练一下，把我们的老人家弄懵了。现在我们重新开始，又亮声喊，二拜高堂。阿朋、小梅朝着娘恭恭敬敬地鞠了个躬。阿朋娘身子抖得厉害。

婚礼场上，有知情的跟不知情的说，这阿朋娘是阿朋爷爷早年出钱买的，山里女子。阿朋爹是个瘫子，找不到女人。阿朋十二岁的时候，这女人走了，山里还有她男人。听的人，心情一下子沉重起来。

　　婚宴结束，阿朋在新房里跟小梅说，想跟你商量个事。我想把娘山里的老头也接过来。小梅说，你认了个娘，还捡了个爹，好事！阿朋假嗔，你个破嘴，瞎说啥呀！

插队高人

　　李歌是个插队高人，只要有队要排的地方，他便如鱼得水一般。插队买票、挤公交车、开车插挡，如此之类，他总是机智灵敏、身手不凡、捷足先登。几十年了，他常常以此为傲。其实，他的本事还是在他爹一手调教之下才渐渐入门的。

　　记得那年，李歌 11 岁，他还不懂他爹对他的一番苦心。李歌原本在学校里读书很用功，年年拿奖状回来，而这却让他爹很不舒服，常常把奖状一卷塞进煮咸猪头肉的炉膛，说，读书只会越读越死板，你看你们老师一个个只会教书，呆头呆脑的，不是我一次次帮他们，连排个队买个肉都买不成。

　　李歌爹那时在镇头摆个熟食摊。人家都不敢摆，他爹就敢摆。人家说要"割资本主义的尾巴"，老宽说"我是无产阶级，没有尾巴可以给你们割"。熟食摊当家的熟食是咸猪头肉。那时候，咸猪肉是紧俏商品，到镇上供销社猪肉店排队买咸猪头，规定只能一人买一只。排队买咸猪头，当然是老宽每晨必做的功课。老宽是个会过日子又善于思考的能人。日子过得磕磕绊绊的老宽，总在反思自己，老宽不愿儿子也像自己总是磕磕绊绊。按照老宽对于人生的领悟，书是书呆子写的，只会越读越傻，唯有社会才能出真才实学。在老宽这一人生感悟指导下，李歌 11 岁那年，被他爹老宽推入了社会。李歌在他爹的调教下早早地体会到了生活的不易，也早早地开始在磕磕绊绊中得以历练。

　　那晚，李歌正睡得迷迷糊糊的时候，他爹一把把他从床铺上扯了起来。在李歌不知所措时，他爹往他手里塞只破竹篮，让他跟着去了镇上。

　　那是初春的深夜，薄薄的雾气，在镇上石板老街上昏黄的路灯光里弥漫着，

供销社肉店潮湿油腻的木栅长门前，稀稀拉拉排着一串长队。李歌耷拉着眼皮，似梦非梦地站在他爹指给他的位置。长队里，只是人家一些破旧的小板凳、破竹篮、破草帽之类，稀稀拉拉，却毫无疑义地占着各自的一席之地。

李歌爹说，你给我死守着这位置。爹让你来排队，是告诉你，书是吃不饱肚皮的，只有排上队，买上咸猪头，才能换上钱，吃饱肚皮，活得像个人样。11岁的李歌不知老宽所说何事何理，为不遭爹骂，便老老实实坐在爹圈定的位置上排着队。排队很无聊，李歌心里想要是这时能够带上一本书看看那就惬意了。

到了凌晨，李歌实在困得支持不住，靠着墙根睡着了，睡得很沉，即使一次次被冻醒，还是耷拉着眼皮继续昏睡。不知到了什么时候，李歌被一阵杂乱的骚动惊醒，睁眼一看，眼前已是一大片人影，高高的。李歌被人影淹没了。又一会儿，更杂乱的骚动，把李歌挤得东倒西歪。好不容易站住了，李歌已无法回到他爹给他指定的位置。李歌根本没法挤过去，更没法死守他爹给他指定的位置。李歌似乎看见供销社肉店的人在给排队的人发票。11岁的李歌也知道拿到那张票将决定着什么，但他就是被挤来挤去永远离那发票人几臂之距。李歌拼命挤过去，就在他即将挤到发票人跟前时，却被人一把领口揪了出来。李歌本能地挣扎着，却见那揪他的大男人一脸凶相，还带着个红袖章。李歌知道那是管排队的人，不敢造次。眼巴巴望着发票人手上的票全部发完，李歌绝望了。

李歌没取到票，也没买到咸猪头。没有咸猪头，李歌爹的熟食摊只能打烊歇摊。没有生意，李歌娘一整天在那里唉声叹气，似乎天要塌下来一般。这一天，李歌爹让全家三顿喝粥吃萝卜干。李歌从这一天开始，知道读书不能读饱肚皮，人要吃饱饭，就得学会排队、学会精明。

第二天夜里，李歌爹陪着李歌排队。在排队无聊的时间里，李歌爹反复给李歌讲授排队的要领以及所有插队的诀窍。到了天亮发票时，李歌爹又亲身示范如何一身两用、两次插队、取到两张咸猪头肉票的绝技。李歌服了，他第一次觉得爹的精明能干，远远超过他钦佩的老师。之后，他爹教他的插队技能也常常在生活中大派用场。

过了好多年，李歌爹犯病走了。走的时候，李歌爹给李歌留下靠精明赚下的一些钱，带些遗憾跟李歌说，我这辈子最遗憾的事，赚了这么多钱，没有到外国去看看西洋景。

李歌爹犯病走后，李歌靠爹传下的熟食店也赚了一些钱。这时，李歌便想出去看看西洋景。第一回出国，李歌到的是 A 国。到了 A 国，李歌便大发感慨，说这外国哪有我们好，到处排队，像我们几十年之前一样。但排队的事难不倒李歌，他总是一个转身就插到队伍的前面，而且人家外国人比中国人好说话，他插队，没人跟他吵架。于是，该吃的，他总是先吃；该上去的，他总是先上去；该进去的，他总是先进去。他因此自得其乐。

旅行团走了第三天，到了一处荒漠中的景点。导游在车上吩咐说，下一个停车点，是我们用餐、上洗手间的地方，大家记住了，这是在方圆七八十公里中，唯一一个用餐的地方，开餐厅的台湾老板又有洁癖，进餐厅用自助餐都是排队一批批进去的，我们在这里能够停留的时间很紧，而要在这里停车用餐的旅行团又相对集中，如果谁排不上队，误了用餐很有可能饿着肚子再走下面的行程。

李歌听了导游的吩咐，车没停稳就跃跃欲试了。车一停，大家纷纷下车时，李歌一个转身就没了身影，一会便出现在人家排好队伍的最前面。谁料想，李歌一插入那队，那队里的人就不安了，人家都是外国人，不安的时候也是文文静静，打着手势，反反复复跟李歌说，WOMEM WOMEM。李歌却跟人家外国人打起马虎眼，也反反复复说，YES，是我们！ YES，是我们！

半晌，导游过来拉他，问他，你一个大男人插在这队里干吗？！人家是上女厕所的。李歌一看，傻了，队伍里清一色的都是文文静静排队等着上厕所的洋女人。

第八辑　并非传奇

老镇上，总有些老话头。老话头，总有些奇奇怪怪、蹊蹊跷跷的事杂糅在里面。年纪大的听了，诡异地笑笑，似乎有些琢磨不透的意思。年纪轻的听了，问我，这是传奇吗？！

护　送

陈不饿迟疑再三，惴惴地说，我想摸一下。陈小姐先是一惊，继而落落大方闭上眼说，摸吧！

沪上沦陷，陈家在沪上的纱厂被鬼子炸了。

陈老爷考虑再三，决计还是让女儿回陈墩镇老家。只是沪上到陈墩镇，得乘火车百里，还得转乘船八十里，这兵荒马乱的日子，旱路水路都不安宁，到底让谁护送女儿去呢？

陈老爷想到了绸货店的学徒陈不饿。陈不饿是北方人，陈家远亲，一路逃荒讨饭来沪上投奔陈老爷。陈老爷看小伙人虽干瘦然精神，也不缺精明，便留在店里当学徒。陈老爷想，大难当头，把宝贝女儿托一个沾亲带故的人，心里多少还有点底。

说走就走，陈老爷找人开了路条亲自把女儿送上火车。上得火车，陈不饿身背细软、干粮，贴在小姐身边寸步不离。其实，陈小姐和陈不饿年龄相仿，过年才20，然辈分上差了好多。陈不饿该管陈小姐叫"姑奶奶"。姑奶奶自然也开心受用。

车，人货很挤，开开停停，百里路竟开了一天一夜。火车转水路，好不容易等上了去陈墩镇的航船。那航船竟也航航停停，老是躲鬼子的飞机。

可能又饿又累，上了航船，陈不饿人竟蔫蔫的，两眼发呆，趴在舱里动弹不得。陈小姐先是没多大在意，蜷在长凳上打盹。谁料想，到了前不着村后不着店的大湖里，船上竟有四五个歹人开始兴风作浪，先是喝定船老大，跟他说狠话，说，这水路，你长跑，若是今日管一下闲事，我等见一回打一回，小心性命。说罢，开始对客人挨个搜身，大凡随身金银首饰细软，悉数搜走，就连干粮也不放过。

正要搜陈小姐，陈小姐不依，拼命喊叫。陈不饿支撑起虚弱的身子，踉跄着挺身护小姐。

见有人不服，众歹人便啰唣着围过来，一看，眼直了：船上，竟还有个年轻脸俏的城里大丫头，顿时一个个色心毕现，满嘴淫语，这个一拳，那个一脚，把护着小姐的陈不饿逼入绝境。陈不饿手脚不够，护小姐，细软被抢。夺细软，又怕小姐被人非礼。情急之中，陈不饿嗖地掏出把匕首，把小姐紧紧护在身后。歹人轮番进攻，一歹人抡起一棍，正中陈不饿额头，鲜血直流。摇晃中，陈不饿不顾血流满面，一手拉着船舷，一手持匕首对抗，一腿站着，一腿还击。歹人无心与陈不饿僵持，开心地翻弄着搜来的赃物。

就在此时，三架鬼子飞机呼啸而来，俯冲间丢下的炸弹在船舷边炸开，巨大的涌浪险些把航船打翻。船老大拼命使舵，仓促中尽力让船朝浅滩上冲。

船好不容易冲上浅滩，巨大的惯性，又险些再次倾翻。船上所有的人，跌跌撞撞，有的竟然跌进了水里。稍一停稳，众人呼啦一下全跳下了船，拼命朝湖边苇丛躲身逃命，生怕鬼子的飞机再来。

陈不饿拉着陈小姐，深一脚浅一脚地躲进苇丛。实在坚持不住了，陈不饿趴在烂泥上抠着喉咙呕吐，翻肠倒肚，人抽搐着。陈小姐帮陈不饿简单地包扎了伤口。

一会，苇丛中的人群迟疑着开始朝岸边移动，只是那些歹人还没走远。

走着走着，陈不饿渐渐加快脚步，走出队伍，向歹人们靠近，越靠越近。歹人还没反应过来，陈不饿已经靠近他们。只听得陈不饿怒吼一声，左右开弓、上下出击，把几个歹人全打得趴在地上直呻吟。半晌，陈不饿招手，让众人过去，胆大的先过去，找回自己的被抢物件，匆匆散去。

陈不饿心积怨气，时不时飞身踹一脚歹人。众歹人求饶，哭爹喊娘。那抢破他额头的歹人，被陈不饿直打得瘫在地上。

陈不饿解了气，发狠话，你等再作恶，我见一回打一回，小心性命，滚！众歹人惴惴地狼狈逃窜。

陈小姐见陈不饿前后判若两人，心里不解，问，你怎么回事？！

陈不饿见四周没人，这才轻声说，我是北方旱鸭子，见不得水，一上船头就晕、人就乏力。这是我致命的软肋，求姑奶奶千万不可泄露天机。

陈小姐为难了，说，我们这水乡，到处是水，没船就到不了镇上。

陈不饿说，我们绕着走，只要在岸上，再多的歹人，我都不怕。

两人只能一路上绕着走，有桥过桥，实在有过不了的河，才小心翼翼摆个渡。困了，就在路边破庙里打个盹。饿了，到路边的人家要一些吃的。一直走了二天二夜，两人才走到陈墩镇上。

到了家，陈小姐昏睡二天二夜。醒了，陈小姐把陈不饿叫进自己的房间，说，不饿，你护送本姑奶奶有功，作报答，本姑奶奶愿答应你一件事，无论啥，你尽管说吧！

不饿迟疑再三，惴惴地说，我想摸一下。

陈小姐先是一惊，继而落落大方闭上眼说，摸吧！

陈不饿又迟疑片刻，在陈小姐的再三催促下，这才在陈小姐手腕上带着的翡翠手镯上小心地摸了一下。

陈小姐睁开眼，疑惑着问，你就这样摸了？！

陈不饿说，是的。

陈小姐更疑惑，问，为啥？！

陈不饿说，我娘原先也有一只跟你一模一样的镯子。爹生病，娘哭着把它当了，一直到我娘生病死前，也没有把它赎回来。有朝一日，等我有了钱，我一定要想法把它赎回来，这是祖上留下的宝物。

几年后，当陈不饿离开陈老爷家回到北方的时候，突然在自己的背囊里，发现了这只翡翠镯子。他不知年轻的姑奶奶啥时藏进去的。

鲃鱼阿胡子

这回阿胡子被鬼子叫去烧鱼，镇上人心里生了疙瘩，日本鬼子在乡下杀人放火，你阿胡子倒好，烧鲃肺汤，讨好日本鬼子。

陈墩镇四周湖里，有一种鱼叫鲃鱼。鲃鱼，身子浑圆，嘟嘟的小嘴，小小的尾巴，鱼皮毛糙有花纹。鲃鱼有个奇特的脾性，就是被人逮住时，只消轻轻一碰，肚子便鼓鼓的，像个小气球。这鲃鱼，陈墩镇人是不大吃的，一则这鱼个小皮毛糙难拾掇，再则这鱼跟河豚有点像。体型像、脾性像，虽说鲃鱼没毒，河豚有毒，若一不小心把河豚当成鲃鱼吃了，那可是要命的事。于是在陈墩镇的鱼市上，鲃鱼很便宜，渔家常常是半送半卖。

镇头"鱼杂摊"阿胡子，却是专门收罗鲃鱼等杂鱼烧汤做菜的。皮鱼炒雪里蕻，冻汤一结，厚厚实实一碗，下酒好菜。油炸穿条鱼，再用点酱油蜜渍一下，味道也是蛮好的。更有鲃鱼两吃，阿胡子做出了名气。鲃鱼红烧毛豆子、鲃肺嫩豆腐氽汤，一红一白，一干一湿，一小盘一大盆，价钱不贵，而食客吃下来，无不拍案叫绝。尤其那一枚枚鲃肺，色泽鲜艳，映现在白嫩的豆腐花中，唏嘘之间，鲜美无比。阿胡子是外来户，家里根基差，镇头只巴掌大一个栖身地，搭个凉棚，凭一手独门厨艺，做些小本吃食生意，倒也吸引一些囊中羞涩的食客，打个牙祭，解个馋。故而，好多年了，阿胡子的生意，不好也不孬，赚点小钱，对付着一家人的生计。

四几年，镇上来了日本鬼子，占了镇公所。鬼子常带着几个二鬼子，设卡查良民证，还常常开着小快艇，到四周村里抓游击队。有一回，镇公所里的日本鬼子夯觉小队长带着翻译官来阿胡子的"鱼杂摊"，要阿胡子到镇公所帮小鬼子烧鲅肺汤。阿胡子不吱声，夯觉小队长便不耐烦了，用中国话跟阿胡子说，人家都夸你烧的鲅鱼汤鲜煞人，我倒要亲口尝尝。半晌，阿胡子开腔说，我烧了鲅鱼汤，你们也不敢吃。实不相瞒，这鲅鱼跟河豚实在像得很，万一眼钝弄错了，是要吃出人命来的。夯觉小队长说，人家说你阿胡子开店十几年，十几年没事，偏偏给我们做有事了？！阿胡子说，我是说万一，这十几年生意中吃客都晓得这个万一。夯觉小队长说着没事没事，硬让翻译官拖着阿胡子去了镇公所。其实，日本鬼子鬼得很，让阿胡子烧鲅鱼汤，活鲅鱼都是自己事先在鱼市上买来的，阿胡子只管现杀现做。

半晌，阿胡子的鲅鱼两吃端上长桌，夯觉小队长一尝，真的拍案叫绝。只是，这回阿胡子被鬼子叫去烧鱼，镇上人心里生了疙瘩，日本鬼子在乡下杀人放火，你阿胡子倒好，烧鲅肺汤，讨好日本鬼子。这下，阿胡子惨了，他的"鱼杂摊"整日冷冷清清，镇上所有的人都绕过他的小吃摊。阿胡子的日子一下子困顿起来，一家老少有了上顿没下顿。阿胡子拉下脸面去求人，没人理他。更有人寒碜他，说你不是在帮人家日本人做事吗？！阿胡子无奈，来去间一直被人唾骂。

整整半年过去，这期间，十几里外的虬庄100多村民被下乡扫荡的日本鬼子杀了，镇上的人更恨阿胡子了，他们家屋顶常常被人家半夜砸出大洞。阿胡子人前出出进进，总是低着眼，不敢看人。

这天，又到了晚上开饭的时候。四个日本兵对坐在餐桌两边，正襟危坐。夯觉小队长端坐桌子一头。阿胡子，端来鲅鱼汤，把冒着浓浓鱼汤香味的鲅肺汤一一分在他们的饭盒中。晚饭很丰盛，夯觉小队长有意犒劳自己的手下。夯觉小队长一个手势，和四个日本兵一起开始品尝自己面前的鲅肺汤。

一会儿，吃汤的日本兵，一个个身子软了下去，口吐白沫，脚一伸一伸的。那样子，明眼人都知道，是中了河豚的剧毒。

日本鬼子吃了自己采买的鲅鱼中了河豚毒，成了一个谜。那些日本鬼子被生挺挺抬上小快艇时，镇上人觉得很解气。

只是，鬼子中毒死了，阿胡子和他们一家子，也突然在镇上消失了。是逃走了，还是被日本鬼子杀了，谁也不知道。这成了陈墩镇几十年来永远的谜。

三抢老娘

　　蔡家老娘一见儿子们那阵势，立马取了把剪刀对着自己的脖子，抽泣不已。

　　1949 年七月，苏南遭遇暴雨，几十天铺天盖地，直下得天地混沌、汪洋一片、河水猛涨。这水势，半个甲子才一回。低乡银泾村，本来就穷，这回更惨，泥墙茅屋塌了一大片，垦荒所得的低田，大水一淹，注定颗粒无收。大水过后，居无定所、饥不择食的银泾村人，只能外出找活路。蔡家兄弟更是趁机带人四处转悠，能偷则偷、能抢则抢，隔江相望的高乡金泾村深受其害。

　　然金泾村人被逼无奈，几名身强力壮的愣头小伙，自作主张，趁蔡家兄弟进村打劫之时，反劫得蔡家人质一人。本以为这样可以人质要挟蔡家，以恶制恶，谁料想，心慌之际，竟把人家蔡家瘫在床上的老娘给劫回了村。只见其老娘衣衫褴褛、蓬头垢面、骨瘦如柴。族长一见，直呼坏事，只得召集户主商议，商定老人暂且寄养在村后金家庵里，每户供养一日。族长亲自做二十多块木牌，每户发一牌，按顺序挂牌轮值，且约定若有亏待老人的，则按族规三十八条处罚。其实，金泾村人都知蔡家兄弟暴戾，谁也不敢亏待那老娘。

　　事过半月，蔡家兄弟五人，带了银泾村三十多蛮汉，拿着刀铳在金泾村村头叫骂，边叫骂边朝天放铳，气势汹汹。这边金泾村人，早有防备，家家户户大门紧闭，身强力壮的小伙也都拿着刀铳棍棒在墙后候着。蔡家有人喊话，我们是来要老娘的，假如你们不放人，我们的刀铳就不客气了。金泾村人谁也不接嘴，跟他们软磨。一直磨蹭到夜色降临，蔡家兄弟无计可施，也就收了刀铳回村，一夜无事。族长看出了蔡家兄弟的内结，愤愤说，其实蔡家这帮龟孙子乐得把老娘甩给我们，大伙千万不能有个差错，免得日后被他们秋后算账。于是，村里人更加小心，宁可自家缺吃少穿，也不敢亏待蔡家老娘，凡轮上当值那天，总有一人专门为老人做三顿好吃的热饭菜送到庙里，还帮老人梳洗，整理衣被。金家庵里的老尼，知一些中医常见疗法，见蔡家老娘瘫在床上，仔细瞧了，发现其实是腿摔伤了没治，骨头错了位。族长听了，指派十几名壮汉，摇船去陈墩镇上，请镇上的骨科郎中重新接了骨。回村后，老尼自己调些草药，帮蔡家老娘精心护理。只半年，蔡家老娘竟能自己摸索着下床，也能自己料理自己了。族长窃喜，心头悬着的石头一半落了地。

半年后，银泾村人又来抢人，这回他们不张扬了，趁金泾村壮劳力都下田干活时，摸进村。然金泾村人时刻有人提防着，一见有生人进村，立马通报传讯。这边有人缠住生人，那边已把蔡家老娘藏了起来。蔡家兄弟没抢着老娘，只得快快而归。

其实，蔡家老娘在金泾村有吃有穿，腿脚治好后，脸色也开始红润，终日跟着老尼，看看香烛，扫扫庭院，日子过得挺舒坦。终有一日，76岁的蔡家老娘跟老尼说，自己也要削发为尼。蔡家老娘要削发为尼的消息一传十、十传百，没多少日子，就传得金泾村附近村子的人都知道了。蔡家兄弟自然觉得没了颜面，也知道自己的老娘原来被金泾村人供养在金家庵里，便又带了三十多壮汉径直来到金家庵。蔡家老娘一见儿子们那阵势，立马取了把剪刀对着自己的脖子，抽泣不已。一边抽泣，一边指着他们哭诉，你们几个不孝子，我在家摔断了腿，你们老大推老二，老二推老三，就是没人给我治腿。人家金泾村人，没亲没故的，帮我治好了腿。我躺在床上，你们几个孽子，有一顿没一顿，饿得我满眼金星，巴不得我早死。现在人家金泾村全村轮着供养我，自己省着，把最好的给我吃给我穿。你们倒好，还要抢人家的，偷人家的。你们的良心让狗叼走了。

听到这，蔡家五兄弟再也没有脸面咋和了，齐刷刷跪在老娘面前，说我们再也不了。蔡家兄弟跪了半天，老大突然起誓，说，老天在上，我蔡家老大若亏待老娘，定遭雷劈。蔡家兄弟一个个发誓。蔡家老娘铁了心。老大无奈，一使眼神，只见几兄弟一一闪身，一人夺下剪刀，一人背起老娘，众人簇拥着打道回村。

报　信

　　阿宽一脚踩一桶，稳稳浮在湖面上，扁担作桨，踩桶作舟，划水前行。

　　隆冬，寒风刺骨。三港口水面，结起了薄冰。一夜大雾，凌晨时雾更紧了。

　　两三条日本快艇突然从大雾中冒出来，吓得早起的人一大跳。一会，又有两三条快艇冒出来。端枪的日本兵一下子把三港口这边所有的路、船、人全都封锁起来。

　　有人过来报信，小学堂里的邓先生得知，汉奸告密，日本兵要偷袭正在对面虹村休整的游击队。

　　虹村是淀山湖里的一个独屿墩，上千亩田地，近百户人家，原本是湖里的一个活水口，江浙沪交界，游击队进退自如。

　　十万火急！邓先生急召人想法子，然众人一筹莫展。在小学堂里帮短工的阿宽一听便说，我去！

　　阿宽钻进大雾，摸到三港口离虹村最近的滩涂边，嗖地一下钻进茂密的苇丛，那苇间小路，只有他一人知道，曲径通幽，转折中向湖边伸延。钻出苇丛，已离虹村只一里多水路。阿宽随手操起一对木水桶和一根扁担。这是他平时藏在这里的。阿宽一脚踩一桶，稳稳浮在湖面上，扁担作桨，踩桶作舟，划水前行。这条水路，他已渡过无数次。他这绝技早在这无数次的渡湖中练得十分娴熟。大雾中，阿宽一直瞧准村头两棵若隐若现的参天银杏。

　　其实，阿宽这绝技，只有一个人知道。那是虹村的阿兰。虹村人家原本有一些零星的田地在三港口附近，虹村人常摇船过来耕种。阿宽是个没有爹娘没有田地的光棍，他也帮虬村人做些短工。虬村有户姓孙的人家，看他干活本心，常雇他。孙家二儿媳就叫阿兰，只是个守寡的人。阿兰守寡，没人疼她，心里常郁郁的。阿宽生怕阿兰累着，干活时总帮她一把。一来二去，阿宽跟阿兰私下里竟然有了那么点意思。孙家的大小儿媳看出了端倪。孙家大伯、小叔便当面给阿宽说狠话，你若敢动我们孙家女人脑筋，定打断你的狗腿。谁料想，愈是阻拦，他们愈是走得近。阿兰过来干活，照个面，递个眼神，阿宽全懂。阿宽去虬村，神不知鬼不觉。他没船，然他有一身绝技，两只木桶一根扁担，水上来去自如，两边都是芦苇丛，足以藏身，从没被人撞见。进了阿兰的小院子，阿兰总给阿宽留着门。每回，两人亲热，说些暖心话。有时，阿宽有啥好吃的，背过湖来。阿兰呢，常为阿宽缝缝补补，有时还偷偷地为阿宽做双鞋。

这次，阿宽摸进阿兰小院，门没留着。阿宽一敲门，吓了阿兰一大跳。阿兰一见阿宽，忙推他，压着声音说，你这时来，不想活了？！

阿宽说，快召你大伯小叔过来，我有人命关天的大事跟他们说。两人正推搡着，正好被院墙外探头探脑的小叔子探见。一会儿，小叔子招来好些人，阿兰的小院里充满火药味。

阿宽被逼到墙角中，说，我今天冒死来虬村，是过来报信的。日本快艇就守在对面的三港口，迷雾一散就会把你们村子围住。日本兵咋样，大家都听说。

众人不信。

小叔子问，凭什么信你？！

阿宽反问，我亲眼看见，那边都是快艇和日本兵。十万火急，你们凭什么不信？！我冒死来送信，就为阿兰，不用你们相信。只要让阿兰跟我走。

众人一听，没心思再逼问，分散传话。

虬村家家有船，以前避强盗抢劫，都有逃生的路。一得消息，家家摇出船扯了帆逃离村子。游击队伤员也一起撤离。

固然，大雾将散没散之际，日本兵的快艇围住虬村，躲在不远处苇丛里的老老小小，看着冲天而起的大火，泣不成声。

几天后，虬村人陆续回村，面对废墟，哭天喊地。

半月后，虬村来人，村里的长者过来跟阿宽说话。长者说，阿宽，我代虬村几百号人给你磕头谢恩。日本人烧了村子，吃的用的，我们很少。但我们有人，

村里人商议了，你一个人过日子也不易，若是看中我们村哪个丫头，你说，我来做主。

　　阿宽迟疑半晌，吞吞吐吐地说，我只要阿兰。阿兰大伯出来讲话，说，若不嫌弃，你过来住我们孙家。我们不是大户，但多少还有几亩田地。

　　阿宽点头，入赘孙家。全村人合计着筹钱置了条小木船给阿宽。阿宽便用这船为村里人摆渡，几十年风雨无阻。这渡，村里人叫阿宽渡。

讨工钱

姚木一口气把七十盅老黄酒喝得滴酒不剩，一喝完，嘴也没抹，拎起大洋便跑。

丁亥年春，陈墩镇几十户商贾大户愿意出资在红木桥堍镇公所旁建一座镇公堂。经商议，破土后的诸如筹资、购料、召匠人、监工、付工钱等所有事宜均由镇商会陈会长操持。陈会长唤了本家两个内侄做帮手。建公堂事宜进展还算顺利，只半个月功夫，陈会长他们就筹集了绝大部分的款项，镇长大人更是鼎力相助。

黄梅天一过，应召的香山帮匠人便入场开工。这香山帮匠人，可是江南一带有名的匠人。据说，明代设计天安门的香山高人蒯祥，便是他们的鼻祖。好多苏州园林、皇家宫殿，出自他们的巧思、巧手和绝技。

这回应召的香山帮匠人大师傅是姚大，徒子徒孙大多姓姚，师承有序。姚大和众人一起吃住在工棚，至寒露，公堂便结了顶，姚大让大徒弟姚木带两三徒弟收尾。按入场时商议，匠人吃住由陈会长安排，收尾时先付少些工钱，年前付清全部工钱。

然陈会长第二笔工钱一拖再拖，一直到大年廿九还没兑现，陈会长总有推托，唯一不可推托的是公堂确又是香山匠人们的一处精湛建筑。姚大实在耗不起，留下姚木自己先回了香山。

年廿九夜，陈会长设宴款待姚木，一口允诺，酒足饭饱后，定奉上余下的七十个大洋。那七十大洋究竟是多少钱呀？那足足可以养活几十家子上百口老少，忙乎了大半年的匠人们，一家家都伸长脖子等着这活命钱。

酒，确实好酒，绍兴的陈年甏装老黄酒，喝上去，喉咙口黏黏的。姚木虽是吃百家饭的，然这么好的老酒，还是头一回上口。姚木酒量好，然不贪杯。小咪一口，应酬着。陈会长不依，另一张八仙桌上，放着七十枚现大洋，说一盅一个现大洋，你喝七十盅，便如数给你七十个现大洋，一个不少。你若不行，让你家姚大来。姚木自知今晚已被陈会长逼入绝谷，为了百十口老少的性命，他只能豁出去了。

陈会长倒也是个仗义之人，请姚木当着镇上最德高望重的几位老者的面，把七十枚现大洋一一验过，确保枚枚真大洋封好后，开始上酒。

陈会长请人端上来的酒盅，并不小。陈会长笑着说，姚木老弟，请别在意，我陈某在镇上也是出头露面的人，酒盅太小，被人笑话，说是我陈某款待香山师傅小气。

话是这么说，姚木真要一口气喝下这么多酒，谁都说绝对不可能。姚木心里也在打鼓，快喝也是醉，慢喝也是醉。然慢喝醉了，很有可能陈会长他们趁他烂醉如泥时，在大洋上做手脚。于是，出乎所有人的意料，姚木站起身，先吃了几只塞肉水面筋，填填底，随即，像喝水一样，一口气把七十盅老黄酒喝得滴酒不剩，一喝完，嘴也没抹，拎起大洋便跑。冲出大门，用手指朝喉咙里用力一挖，那一肚子的酒水，喷了一地，引来好几条饿狗争食。姚木一路走一路喷，饿狗一路跟着争。姚木没醉，狗都醉了。

陈墩镇到香山，旱路一百里。其间，还要摆几个渡口。姚木把现大洋贴身扎结实了，一路快走，逢渡口，一自报"我是香山帮姚木"，便会有船家起身摆他过河，有时不但没收他摆渡钱，还一片好意塞些锅巴、山芋让他路上充饥。实因这香山帮不但技艺好人缘也好。

一路快走，半夜时分，姚木已经走了一半路。到斜泾浜渡口，正要找渡工，却见星光下的渡口这边停着一艘拉渡船，这渡船好就好在，两岸都可以拉，没渡工也不碍事。然就在姚木跳上船还没站稳之际，船里突然蹿出两个汉子，一个紧紧勒着他的脖子，一个拉扯着他的腰间。姚木自知遇上了亡命歹徒，然小小的渡船摇晃着，他根本使不出劲，而一歹徒死命勒他的脖子，让他喘不上气。情急之中，姚木使出全力一弯腰，伸手在裤腿边绑带里抽出防身的木工平凿，只一凿，便扎中一歹徒的大腿。一歹徒大叫，仓皇逃窜。另一歹徒见姚木手持利器，怕了，也撒手就逃。

姚木惊魂未定，拼命拉绳，上得对岸又一路飞奔，实在奔不动时，就趴在田沟里，看四周的动静，吃些东西。奔奔、趴趴，天亮时分，终于叩开姚大家的大门。唤上帮里的匠人们，姚大当着众人的面验钱。然结果，让所有的人一下子从热水里掉入冰窟。那些大洋，一大半是假的。顿时，场院上绝望的哭声抽泣声连成一片。

姚木说，师傅师兄弟们，我知道这事的蹊跷了。你们去几个护着这钱跟大师傅去陈墩镇跟人论理，我还得去找一个腿上有凿伤的汉子，也央一些人同去。

姚大到得陈墩镇，陈会长死不承认，叫来几位见证的长者，姚大空口无凭。事情闹大，惊动镇长。镇长也说没法子，大洋是姚木一枚枚验过的，有长者见证，他一个人拿出门后，事就说不清了。

姚大只能怏怏而归，香山帮的匠人们含着泪过了一个从来没有过的心酸年。

一直到大年初四，姚木回来了，他让众人一起去陈墩镇论理。

匠人们聚在陈墩镇镇公所，姚大他们唤来镇上有头面的商贾大户家主人。镇长也在。

姚木揭露了一个惊天阴谋。说有两个歹徒，斜泾浜渡口上，抢劫了他，他反抗，一歹徒腿上受了伤。周庄伤科钱郎中，可以作证，他为这个歹徒治过伤，缝了七针。这歹徒就是陈墩镇人，现在正在家里养伤，我的几个徒弟在他家四周已经蹲守了一天一夜。我们可以看看这人究竟是谁。

众人过去一看，都愣了，这分明是陈会长的一个本家内侄。众人都非常愤慨，责问道，我们各家出的钱，哪去了？！

香山帮匠人们复又拿到了真正算自己的工钱，补过了一个年。

解放那年，恶霸陈会长，被新成立的人民政府镇压了。

遛鱼王

那鱼挣扎时鱼尾击起的水花，让阿强惊呆了，简直就是一条小牛。

阿隆从小在淀山湖畔长大，不但水性好，钓鱼技艺高，尤其是遛鱼功夫，忒厉害。方圆几十里，好多人都知道银泾村有个遛鱼王。那本事，了得！钓鱼，最见功夫的还是遛鱼。湖边野钓，偶尔有大鱼上钩。特别大的鱼，钓者一般不能太急，太急了，不行，得慢慢遛着，与大鱼较量。钓鱼的乐趣，就在这一次次遛鱼中。

一般说，大鱼初上钩时，会积聚全身之力，乱窜、跳跃，拼命挣脱。钓者切不可硬拽，适当收放，软硬之间，杀其锐气，耗其体力。大鱼挣脱无望，也会一次又一次打桩，与钓者斗力较劲。鱼大，打桩时力也挺大，钓者若一急，或绷断钓鱼线，或折断钓鱼竿，最终功亏一篑。

阿隆的本事，绝就绝在不管鱼再大、再狡猾，从没失过手。于是，附近有人钓住大鱼，便打手机央阿隆过去帮忙。阿隆接了电话，一边教钓鱼者稳住大鱼，一边赶到现场。

有一回，阿强钓住了一条大鱼，忒大。那鱼挣扎时鱼尾击起的水花，让阿强惊呆了，那简直就是一条小牛。阿强急唤阿隆，阿隆让阿强先稳住，便赶了过去。那是淀山湖进村的一条大河，河面宽，水深，遛鱼挺难。阿隆接住渔竿时，吩咐阿强找船。船找来一靠近，阿隆便飞身上船，斗起鱼来。大鱼先是打桩，跟阿隆耗耐心。耗了整整一个时辰，阿隆端坐小船首，以不便应万变。一个时辰后，大鱼开始拉纤，阿隆紧攥渔竿，该放时放、该收时收。大鱼劲特别大时，小船便随着大鱼朝深水大湖里移。眼见大鱼拉着小船和阿隆渐渐漂进大湖，越漂越远。众人在岸边观望，黑压压一大片人头，像是过节。只见阿隆不紧不慢与大鱼较劲。

从上午十时一直到下午三时，阿隆就这么耗着。到了下午三点后，阿隆不再端坐船头，起身跨立着，一会儿收线一会儿放线。收放之际，大鱼重又向村河里移过来。最终，大鱼被遛进小河湾里，阿强事先准备的拉网派上了用场，网兜住了大鱼，拖上了岸。那是一条少见的大青鱼，一称，乖乖，整整八十三斤。好多老人也说难得看见。

有人拍了照片发给报社，第二日的市报上刊登了。隔了一天，省晚报上也刊登了。阿隆风头出了，名声也大了，便有喜欢钓鱼的径直过来取经，也有干脆来拜师。

其实，阿隆有他的营生，夫妻俩开一家小渔具店。平时，老婆看店，他常被养鱼人叫去。那些养鱼户平常有些客人赶来鱼塘指定要买大鱼，若数量不多，养鱼人便让阿隆用鱼钩钓。这样，对鱼惊动不大。钓鱼，使阿隆和附近好多养鱼户成了朋友。钓鱼，少不了遛鱼，能遛的鱼大多是大鱼。每次遛鱼，看的人很多。阿隆也不保守，人家要学，他也耐心教。养鱼人一般每钓一条鱼，结算给阿隆两块钱。阿隆手脚快，有绝活，一天净赚个七八十块钱，不在话下。名气响了，阿隆小渔具店的生意也好了。

只是后来阿隆心里犯了疑惑，附近好多养鱼人都不叫阿隆钓鱼了，朋友也便生疏了。传说鱼塘里常丢鱼，神不知鬼不觉的。不用船、不用网、没大动静，这偷鱼贼，绝非等闲之辈，没有阿隆的绝活，也与阿隆相差不多了。言下之意，阿隆也成了被怀疑的人。

阿欣是个养鱼人，与阿隆走得忒近。阿欣不但养上市的鱼，还养孵小鱼苗的亲鱼。有段时间，阿欣常为鱼塘里丢亲鱼犯愁。亲鱼养在内塘，都在十斤、二十斤之上。阿欣跟阿隆说，按量喂的鱼食常常吃不完，水面动静也越来越小了。而内塘和外塘是用几道鱼箔隔着。那鱼箔的绳索似乎也常被人动过。其实，阿欣每晚就睡在看鱼棚里，然鱼塘太多、太大，阿欣夫妻俩也实在是顾了头顾不了尾。阿欣信任阿隆，每次少鱼，都暗中唤阿隆过来看究竟。

有一天早上，鱼塘里出大事了。阿欣一早起来，就见外塘水面上漂着一个人。报了警，民警过来一看。那人有些脸熟，是常来看阿隆遛鱼的人。那溺水的偷鱼人是被自己的渔线缠住了。鱼线的另一头，竟然是阿欣养了好多年的亲鱼王，三十多斤，怎么被他遛到外塘的，确实是个谜。阿隆推算，定有好些人在岸上悄

悄相助。果然不出意料，鱼塘里死了人，随即有一群人到鱼塘上来闹事。闹了几天，惊动了镇上和市里的公安。最终也是阿欣倒霉，赔了几万块钱，退了承包的鱼塘。夫妻俩含着眼泪离开了银泾村。

就这事，外面有人传说，溺水的偷鱼人是阿隆的徒弟，曾跟阿隆学过遛鱼，那偷鱼的鱼钩和鱼线都是阿隆特制的。阿隆有口难辩，自己也真没想到，自己一点小本事，竟害了两家人。

也就这事，阿隆的渔具店，夜里被人砸了几次，阿隆也懒得打听是谁砸的，关店歇业，并发誓，这辈子再也不遛鱼了。

雾 魇

雾和稻草人，成了所有画中两个必具的元素，在水墨的浓淡与色彩的渲染中，千变万化。

雾若纱帐，朦胧多日。陈墩镇与外界的客船已因雾停航多日。异乡画人在码头徘徊，雾误了他的归程。当日的航班没有丝毫的动静，异乡画人干脆在码头上架起画板写雾景。青瓦黛墙、湖湾船影，影影绰绰。

忽有三两孩儿惊呼"救命"，异乡画人搜寻湖面望去，隐约间，浓雾中，似有物体在水间翻动。

异乡画人犹豫再三，然随着一声高过一声急迫的救命呼喊声，异乡画人顾不得脱衣，跃入湖中。雾气愈来愈浓，异乡画人跃入湖中后，便消失在浓雾中。

半晌，三两个孩儿突然欢笑着，拿腔拿调地唱着儿歌。老街中隐约传来他们远去的欢声。

异乡画人的画板一直孤零零地在码头边立着，直到有一阵冷飕飕的寒风把它刮倒、吹走。跌落在地的支架后被一个拾荒的老头捡走。老头捡的时候，嘴里嘀咕着什么。

说也奇怪，下午时，雾竟然退了，退去雾气的湖面白生生的似一张病人的脸。有人没事望湖，突然望见了湖面上的异样。过了半个来时辰，有人摇着小木船靠近水上漂浮的物体，一一打捞出水。码头石台阶上多了异乡画人和一个稻草人，像两具被人丢弃的道具。让人大惊的是稻草人上拴着一根细细的长绳，似乎藏着不可告人的阴谋。

异乡画人，镇上人大多见过，躺在石阶上神情平静，似不像有怎的异端。而

稻草人，则是湖边粮库里的，原本一直在水泥场上驱鸟，是粮库里经典、经纬的杰作，远看几乎可以乱真。溺水的异乡画人、大可乱真的稻草人，诡异地漂浮在陈墩镇码头的湖湾里，让镇上人顿觉这场浓雾的惊悚。家家户户早早地紧闭门窗，一种不祥的预兆在古镇空气里游离。

县公安局佩枪的民警，开着小快艇带走了粮库里的经典、经纬。经典、经纬被带走后，两人的名字一直被挂在镇上人的嘴上。向以小聪明、心高气傲的经典、经纬，常被镇上人视为异类，他们被带走，好多人，以不屑的口吻，数说着他们的不是，也有了该给他们一点苦头尝尝的说辞。尤其是有几个抽不到好烟的烟客，更是幸灾乐祸，说，凭啥他们一直抽上海香烟？！

第二日，客船像往日一样启航，谁也没有看到两个鬼样少年是否登上了这唯一驶往县城的航班。他们是小学校里留级的鼻涕虫阿邱和斜眼阿令，两个常被人家欺辱也常欺辱别人的少年。一直到深夜，三家大人，还在逼问着常跟他俩在一起玩耍的阿品。阿品先是吞吞吐吐，继而胡言乱语，最后竟然癫狂起来，嗫嚅着"不是我不是我"，神情呆滞，镇上的医生看过，说，还是早点送城北吧。城北是县里精神病院的代称。阿品被送城北的日子，是公元 1968 年 8 月 8 日。真相，也许是这三个顽劣少年在玩"狼来了"的恶作剧,然到此的结局还是让人一团雾水。

一转眼，十年过去。又一个雾气浓浓的早晨，镇上人终于看见了经典、经纬，他们走在古镇的小街上，脸容憔悴，满头华发，眼睛躲躲闪闪的。然而，镇上多了好些陌生人，人们忙着赚钱，似乎并不关心他们的出现。

这时，陈墩镇通了公路，客船也早就停航了。昔日的轮船码头早已废弃，偌大的房子孤零零地铺展在码头边。镇上人都在传说，有一对异乡来的老教授买下了这一片老房子。房子闲置了一些日子，开始整修，砌了一垛仿古的围墙，红瓦改成了小黑瓦，似乎一下子与古镇拉近了一些距离。又后来，镇上人常见老教授夫妇相伴着在镇上湖边写生画画，默默地来去。

一转眼，四十多年过去。昔日码头房子改建的"异乡画人画廊"吸引了海内外好多慕名而来的异乡人。画廊里展示着九旬老教授毕生的画作。有的精致，有的狂放，有的不可捉摸。尤其后期画作中，多的是雾和稻草人。雾和稻草人，成了所有画中两个必具的元素，在水墨的浓淡与色彩的渲染中，千变万化，相辅相成，缠绕相依，先期是诡异、冷漠、狂愤的，中期是迷茫、飘忽、压抑的，晚期则是柔美、飘逸、平静的。大家都知道，这一如老画家多年以来内心愤懑、煎熬、无奈、救赎、宽容的心旅历程。当然，还有几百幅异乡画人溺水前的获奖遗作、各地写生、甚至小时候的绘画作业，足以领略一位年轻画家的艺术天赋。画家的英年夭折，让每一位参观者，心郁如堵。

这年临近春节，省电视台的寻访节目组走进了陈墩镇，受邀为两位九旬老人录制寻访节目。

四十多年前——那天，教授唯一的儿子在码头上徘徊，雾误了他的归程，他干脆在码头上架群殴画板写雾景时，忽有"救命"的惊呼声，遂跃入湖中救人……而那一时刻，两个少年阿邱和阿令正牵着稻草人的绳子，假装溺水……

那一场大雾以后，不仅教授的儿子死了，两个恶作剧少年也消失了，他们的父母在漫长的寻找中早已身无分文，靠乞讨为生，老教授夫妇俩却愿把自己画廊里最好的收藏作为酬资，帮他们找孩子。

只是据说，阿邱和阿令的两位老爹，大年三十的晚上，没有回家，还在异乡苦苦地寻找。

宫保鸡丁

　　一来二往，李可与这些台湾老兵熟了，他们每次来都要点那道
宫保鸡丁，只是做法每回都不一样。

　　李可婚后，随妻子到了檀香山。李可的岳丈，在檀香山做房地产生意。出境
前，好多小伙伴都说，李可，你这辈子可吃上洋软饭了。

　　谁料想，到了檀香山，李可在岳丈家住下来的头一天，岳丈就跟他说，家里
只管他一周的吃住，你得早点出去找工作。

　　李可初中毕业，不会几句英语，出门找工作，只能沿着一条马路走到底，一
路上一家家中餐馆打听着。第五天，李可终于在一家台湾人开的小餐馆，找到了
打杂的活，每月工钱 800 元，可住店。

　　老板是大厨，每天天不亮就得去备料。老板娘是帮厨，一天到晚理菜、洗菜、
招呼客人。李可很早起床，拖地、擦门窗、洗碗筷，什么都做。老板夫妻俩，自
己也每天只用客人吃剩的饭菜对付一日三餐。有时等李可歇工，剩下的饭菜已很少。
半夜，饥肠辘辘的李可只能喝白开水充饥，实在饿得挺不住了，便溜到厨房，掏
几颗夏威夷果充饥。夏威夷果，是老板专为炒宫保鸡丁特地备的料。谁料想，时
间一长，老板发觉不对，备的夏威夷果，比以前用得快了，于是很小心地在封口
上做了记号。李可下一次半夜偷吃时，被老板逮住了。罚了钱，李可被老板赶走了。

　　李可到第二家中餐馆打杂时，看做大堂启桌的服务员工钱稍高还有小费，就
要求当启桌服务员。李可接待的第一批客人，是几位台湾老兵，他们中一位叫宋
哥的点了个宫保鸡丁，还提了一些要求，把花生米换成夏威夷果不算，还要做成
酸辣，把川菜做成家乡的口味。李可懵了，干脆说，没宫保鸡丁。宋哥说，他们
已经吃了好多年宫保鸡丁，怎么会没有呢? 叫来老板。老板听了窝着火，叫李可

立马走人。还是宋哥求了情，老板才勉强把李可留下来。

一来二往，李可与这些台湾老兵熟了，他们每次来都要点那道宫保鸡丁，只是做法每回都不一样。有时，要重葱蒜姜，做成山东味的；有时要重麻辣，做成四川味的；有时要重酸辣，做成贵州味的。有时加玉米粒、有时加胡萝卜丁、有时加夏威夷果、有时加黄瓜丁、有时用干红辣椒、有时用小青椒。每回，李可在宫保鸡丁菜名后画相应的画，大厨依画做菜，吃得老兵们拍手叫好。最初，老兵们把李可叫过去，塞他小费，问他老家哪里的。李可说俺爷爷山东人，奶奶四川人，我爹生在贵州，我妈生在湖南，我从小长在贵州，后来到了郑州。宋哥激动了，搂着李可叫小老乡，让李可讲家乡的事。李可虽胡扯了这么多家乡，但毕竟常看电视，有些大事还记得。李可说，我们家乡可是出大人物的地方，大名鼎鼎的黄帝，全世界都知道。李可每每说到家乡的好事，总让他们热泪盈眶。他们是一帮特别的人，上了年岁，闲得慌，常来饭店，其实就是冲着家乡的味道，只要有一点像那味道，他们会高兴得手舞足蹈。有回，宋哥哭了，说那滋味，简直和她娘当年给他做的一模一样。

有段时间，宋哥没来餐馆，老兵们说他摔伤了腿。李可自己买了份酸辣宫保鸡丁，抽空给宋哥送上门。床上的宋哥一边吃着，一边泣不成声。然宋哥毕竟是上了岁数的人，在床上躺了一段时间，支撑不住，去世了。宋哥去世后，他的一位老弟把宋哥生前的一只大皮箱，交给了李可。

打开皮箱，李可惊呆了。那里装有一些家乡祭奠黄帝的新闻照片，那是宋哥从各种英文画报和报纸上剪下来的，有的已发黄。一套旧衣帽。一封亲笔留言。宋哥的留言，让李可回家乡时，把他的旧衣帽送回家，埋在他们宋家的祖坟上，离黄帝陵不怎么远，好找。

箱底有一些现金和值钱的财物，宋哥的老弟说那是留给李可的，一是谢他带来家乡的消息和味道，二是给他回国的盘缠。

几年后，李可回国时，通过朋友的帮助，找到了宋哥的祖坟，也算了却了他的遗愿。李可还专在山东、四川、贵州学了几手当地宫保鸡丁的地道做法。重回檀香山后，李可贷款开了一家名叫宋哥宫保鸡丁的"中国"小餐馆。好多老兵都说李可有情有义，专门带朋友去作成他的生意。

宋哥宫保鸡丁小餐馆门面一扩再扩，生意红火。

李可的持枪证

主管二话没说，报了警。报警说，有人出示持枪证威胁工作人员。

一会，刘警官带着助手来了，李可被带进派出所。

四十年前，李可随外籍妻子到 X 国定居。三年后，李可申请到了 X 国的绿卡。拿到绿卡，妻弟跟他说，你还得去申请一本驾照和一张持枪证。李可一个激灵，说，持枪证，我不要。我很规矩，我不会持枪。妻弟说，你规矩不规矩跟持枪一点关系没有，你办了持枪证不等于一定要持枪，到了有尴尬的时候，那是可以派用场的。

李可很顺利地申办了驾照后，又去申办持枪证。申办持枪证却非常麻烦，表格填了好多，又要参加政府指定的安全持枪培训。发证审查官又对他的个人所有信息，学历呀、经历呀、社会信誉呀、有没有犯罪前科呀，以及他所有直系亲属的社会信誉、有没有犯罪前科，都做了详细的询问审查。终于有一天，李可拿到了自己的持枪证。

在 X 国生活，很艰辛。李可是个男人，他要担负起养家的责任。他没有该有的学历，只能从餐馆洗碗工做起，辛辛苦苦，每月赚八九百 X 元的工资，除了吃用，勉强维持生活。至于持枪，他想也没时间想。先是没钱，他不愿把辛辛苦苦挣来的钱花在这没用的物件上，再是居无定所，有了枪也没地方藏，再则整天在餐厅忙碌，根本没一点闲暇的功夫去玩这样悠闲的事。

学艺、积累、投资，他终于有了一家自己的中餐馆。自此，李可更忙碌了，整天惦记着店里的生意。然当他事业如日中天想再开一家中餐馆时，婚姻却走到了绝路，外籍妻子提出跟他友好分手。孩子随了妻子，但他得承担孩子的生活费用，而中餐馆的一半资产也在这婚姻的动荡里归了前妻。

关了老餐馆，开了新餐馆，结交了新的伴侣，李可有了新的孩子。然又过了几年，事实上的婚姻又走到了绝路，李可新的中餐馆又缩了一半水。孩子又随了前女友，他又承担起第二个孩子的生活费用。

可就在他准备开第三家真正属于自己的新餐馆时，一场森林大火，让他一贫如洗，还背了好多债务。他经历了一段是否申请破产的纠结后，最终还是开着半新的别克车，攥着仅有的五百多元，离开了那个让他伤心的东部小镇，去西部试图寻找新的生机。朋友鼓动他重操旧业，然开业的启动资金却让他再次陷入绝望。茫然中，他走进了当地的一家银行，一贫如洗的他，掏出身边仅有的护照、驾照，最后在迟疑中掏出了那张持枪证。银行工作人员，反复鉴定核对他的证件，尤其是他的持枪证。看着工作人员严肃的表情，李可惴惴不安。过一会儿，一切出乎李可的意料，他不仅获得银行贷款，银行方表示，只要他在本地投资中餐馆，还可获得更多的贷款。银行出来，李可似在云里雾里，朋友跟他说，这是你个人信誉该得的回报。李可反问，我只有护照、驾照、持枪证而已。朋友说，这已足够了。

在 X 国西部小镇，李可重新振作，把自己的中餐馆经营得风生水起，几年中规模扩大了两倍，即使当地的老外，也喜欢全家到他的中餐馆尝尝新口味。

在 X 国跌打滚爬了几十年，累了，李可有了落叶归根的想法。终于有一天，他带着变卖中餐馆的钱回到了老家，想伴着健在的老娘在老家颐养天年。然五十年代盖的老房子实在太旧了，李可便合计着拆了，盖一幢新房。然申请拆房和建房时，李可却遇上了难处。这么多年，李可一直在 X 国生活，家乡的变化实在大。原先的农场撤了；原先的村子，成了城中村。到了行政审批中心，李可傻眼了，一大沓资料，他什么都证明不了。人家让他去公证处。在公证处，要证明的文件更多，他没有，只能再回行政审批中心。李可很无奈，跟人家商量说，我只有护照。身份证，老的。驾照，英文的。人家很坚决，说，这不行。李可有点恼了，把不多的几个能够证明自己的证件全掏出来放在柜台上。突然想起什么，说，我还有一张持枪证，就这些，你们看着办吧。行政审批中心柜台里的老大姐一听惊了，叫来了主管。主管二话没说，报了警。报警说，有人出示持枪证威胁工作人员。一会，刘警官带着助手来了，李可被带进派出所。

一问一答，李可把刚才的话，重复一遍，刘警官作了笔录。看了他的几个证

件，刘警官没看出啥差错。再看持枪证，全外文的，没见过，不知如何处理是好。刘警官报告所长。所长问，你有持枪证吗？刘警官说，有。所长又问，你是坏人吗？刘警官说，当然不是。所长说，这事不就很简单吗？！

刘警官让李可回家。

李可坦言说，我是千里迢迢专门从 X 国回家，可我实在没法证明现在的家就是原先我的家。我也没法证明现在的我，就是原先的我。几十年前的老房子，它早不是从前的房子了。它在那儿没变，可四周什么都变了。现在什么都证明不了，刘警官，您说让我如何回家？！

刘警官试图帮李可，请户籍警协助查寻。一会，户籍警说，你找的地址以前只是农场，基本空白，没法查找。

李可说，这就对了。当年，我爷爷他们八十户侨民，从 X 国迁回国时，是总理圈定的地方。我家老房子编号 001，上过报。

刘警官是个办事较劲的人，周末到省档案馆孵了整整两天，找了当年的省报，在一份省报的头条，找到了那张标有 001 新房的新闻老照片，上面有李可一家子，李可还小。照片和李可家的老房子一比对，正是。

李可办妥申请时，当刘警官面，把那持枪证给撕了。李可说，这证帮过我，也险些害了我，今天彻底没用了。

落脚猪

李痒没法，牵着小猪，蹲守在景副院长下班回家的路上，尾随着到了医院职工宿舍大院。

初秋。李痒搭村里的便船到陈墩镇上借高考复习资料。李痒是苏城插队青年，到银泾村插队，已十年了。

村里的船，靠在镇北塘湾里。湾里停着几条卖小猪的船，买小猪的船围着。小猪被抓时的尖叫，此起彼伏。

李痒取了资料在岸边等。

一位卖小猪的老伯，准备摇船离开时问李痒，有只落脚猪，半送半卖，要不？

李痒用眼扫了一下老伯的船舱，见舱里缩着一只小猪，奇丑无比，瘦骨嶙峋。李痒知道，落脚猪就是入不了养猪人挑剔的法眼而被挑剩的猪。老伯似乎偏要把那小猪给李痒，说，两块钱，等于送你。说着抓住小猪的后腿，硬塞在李痒怀里。李痒从没想过养猪，支吾着。那小猪，很奇怪，在李痒怀里，乖得像猫似的，李痒心存怜悯，掏了两块钱，抱着小猪上了自己的船。同船的村民，一个个以挑剔的眼光反复翻看李痒的落脚猪，最终谁也没看出有啥毛病，都说，才两块钱，养着玩吧。大家都清楚，这猪，倒贴猪食的货。

其实，李痒来银泾村这么多年，自己养活自己也够呛。李痒刚来时，人瘦小，田里的活，没一样对付得了。村里没法，让他在工场上，做些翻晒的轻活。工分，自然是队里最低的。李痒带那猪回村后，不知咋弄。有热心人用旧毛竹和柴草，帮他搭了个小猪窝，吩咐他一日三顿得喂饱。李痒自己一日三顿也是有一顿没一顿的，哪顾得上小猪的一日三顿。开初几天，小猪叫唤了，他弄些吃的给它。过了一段时间，他早把那小猪给忘了。小猪饿得没法就蹿出猪窝，满村乱窜，狗食猫食自留地里的

蔬菜，见啥啃啥。那猪小，村里人不大留意。时间长了，村里人见了就撵它，撵不了逮住了，用草绳拴了，丢进李痒的猪窝。过了十天半月，李痒听见小猪乱叫了，这才想起该喂猪了，才喂一下。没多时，那小猪又饿得乱窜。见李痒的猪，全村人都要笑，尖嘴猴腮不算，浑身的毛乱七八糟，那肚子更是肋骨毕现。

自从李痒养了猪，银泾村就多了一句俏皮话，那就是李痒养猪，养得像猴。

入了深秋，李痒更顾不上那小猪了，高音喇叭里说的全国公开高校招生考试迫在眉睫。李痒请了假，不分白天黑夜在小屋里看书做功课。有时，小猪突然乱叫了，他干脆解了草绳把那小猪赶走。

入冬，李痒参加了初考。成绩出来，挺不错的。他毕竟是66届高中毕业生，他父亲又是大学里的教授，比别人基础好。

过了一段时间，李痒参加了复试。成绩出来，考了全县第三名。

又过了一段时间，李痒参加体检。情况不妙，说是脾脏检查有点肿大。县招生办公室通知他一周后复检。李痒请教了一些有经验的人，人家让他泡糖水喝。李痒没钱买糖，只象征性地喝了一点糖水。

一周后，李痒惴惴不安地走进县人民医院指定的体检室。大家私下里已在传说，内科复检的是县里最有名的然为人呆板的景副院长。景福院长的体检很仔细，体检完毕，李痒并不知道自己最终的结果，回村埋头睡了几天几夜。

李痒报考的中医大学。他第一批就拿到了入学通知书。他这才知道，景副院长给他做的复检是合格的。

离开银泾村时，李痒想去谢谢景副院长，但李痒没有一样可以谢人的东西，这让李痒挺纠结。

不知啥时，李痒的那只落脚猪，又被人送回来了。多时不见，小猪大了一些，只还是瘦得像猴。李痒想尽量喂胖小猪，每顿喂得饱饱的，还给它洗澡梳理皮毛。那小猪，似乎不再那么丑了。

李痒牵着猪，找到景副院长。李痒才说了一半，景副院长恼了，说，你瞎胡闹！李痒没法，牵着小猪，蹲守在景副院长下班回家的路上，尾随着到了医院职工宿舍大院。半夜里，李痒抱着喂饱的小猪潜入大院，把那猪拴在景副院长家的门上。

又过几天，李痒要回苏城了。临走，他又去了一次医院。蹲守了好久，竟然在医院食堂后院里发现了那小猪。景副院长坐在石级上，专注地用手里的食物喂着那小猪，一边喂还一边不时地捋着小猪后背的杂毛。那小猪乖得像一只猫，似乎有点胖了。

受辱的母亲

突然一天，李嫂村前村后逢人就说，我看见儿子了，在电视里。

李嫂是个水灵灵的女人。她挽着发髻的头发常常乌黑发亮。李嫂家院子的篱笆是高大的槿树丛。深绿色的槿树叶子是李嫂一年四季用来护理乌发的好宝贝。李嫂的肤色很白。她从来不下田，她忙碌的身影只是在自己家的场前院后、灶前灶后。

李嫂是秦冬梅的娘。同学们都知道，李嫂跟秦老墙生秦冬梅之前，已在邻村跟其他男人生过一个儿子。在乡下小孩天真的思维空间里，一个跟两个男人生过孩子的女人，名声自然不好。

李嫂自己说，生女儿秦冬梅时生坏了腰，所以从来不下水田。按理说，不下水田的女人是银泾村最有福气的女人。然李嫂却是村里人所鄙视的女人。谁都说，李嫂装样、贪吃、懒惰，她成了全村人茶前饭后的谈资。

其实，改嫁是李嫂一辈子的耻辱。听老人说，李嫂原先的男人家穷得实在揭不开锅了，李嫂就拿着结婚证书逃了出来。有人说媒，让李嫂跟了秦老墙。秦老墙种田有能耐，家里有一点存粮，搅着杂物吃，一年下来，不但养活了李嫂，还生了个女儿。

在乡校，孩子们常常去惹秦冬梅，说她娘的坏话，说她还有一个野哥哥。秦冬梅在乡校里受了委屈，就憋气不来上学，她爹知道后，就来学校为她出气。秦老墙很蛮，而孩子们都装傻说没说。大人也不能平白无故地欺负小人。就这样，欺负秦冬梅的事往往不了了之。孩子们稍略收敛一段时间后，又开始肆无忌惮。

秦冬梅受不了乡校里的气，五年级那年就再也不来上课了。

那时的村子，很少娱乐的事，大人没事在一起就传说李嫂原先男人家的事。说是那男人生病死了，李嫂的儿子没有去处。李嫂想把他的儿子接过来，但是秦老墙不允。秦老墙跟李嫂结婚前，已有两个儿子，前头的女人生病去了，李嫂成了他们的晚娘。两个儿子都不肯开口叫娘，一家人似两家。秦老墙是个有主见的人，自然不允李嫂把自己的儿子接过来。就这样李嫂的儿子成了孤儿，被民政养着。

李嫂有时去原先的村子看看儿子，回来后人前人后说说儿子的好事。政府养着，吃穿不愁，读书又好，非常争气。村里人听了，说娘活得好好的，儿子成了孤儿，还到处宣扬，真是臭不要脸。

到了一九九二年冬季，银泾村突然来了个穿新军装的小青年。村里一下子轰动了，河的两岸都站满人瞧热闹。说那就是李嫂那边的儿子，高中毕业了被部队召去当文化兵。李嫂的儿子匆匆来又匆匆去，只吃了一顿饭揣着几枚鸡蛋走了。

参军的儿子来过以后，村里人似乎对李嫂的态度有些改变。有人说他儿子像李嫂，人长得标致，可惜摊上李嫂这样的女人。

参军的儿子常常写信过来。李嫂不识字，秦冬梅小学没毕业，认字不全，只能大体读懂一些。儿子在部队挺出息，新兵训练时就受了表扬，后来分到野战部队，当了班长，立了三等功，被推荐上了军校。

秦冬梅后来出嫁了，李嫂儿子的信没人读了。李嫂为了请人读信，常常赶到乡校，等老师下课了，给她读。有人私底下说，其实，秦老墙的两个儿子也识字，但他们就是不给她读，他俩压根儿不把她当一家人。

又过了几年，李嫂儿子的信突然断了。李嫂天天在院角上等邮递员经过，但邮递员一直让李嫂很失望。李嫂问邮递员，我儿子的信会不会丢了？邮递员说，不大可能。李嫂又问，会不会我儿子出了啥事？邮递员说，我们只管送信，部队上的事我们不知道。邮递员让李嫂去镇上人武部问问。李嫂去了，镇人武部干事也同样回复他。

儿子断了信，村上人发觉李嫂一下子苍老了许多。李嫂每日坐在院角等信，人呆呆的，满头的花发变得蓬松而凌乱。终于有一天，李嫂坐不住了，又去镇人武部问人家，是不是我儿子出事了，没了？人武部干事挺小心地说，不会的，万一这样，人家部队会送证书过来的。

回家后，李嫂病了，一病病了好久。女儿秦冬梅断断续续回家看看。平常时，李嫂支撑着自己弄点吃的，维持着一天天漫长的日子。

其实，秦老墙也老了，随着大儿子过日子。秦冬梅几次都要把李嫂接过去，李嫂不愿，说她走后儿子的信就接不到了。说也奇怪，病了好久，也没吃啥药，李嫂的身子竟自己康复了，虽说人很瘦弱，但还能场前院后忙乎种些蔬菜，自己烧些吃的，一天天这样慢慢地度过。

突然一天，李嫂村前村后逢人就说，我看见儿子了，在电视里。有人看电视重播，看见电视里有一个军人在诉说自己的人生经历，那军人几十年隐姓埋名从事军工研究，为部队研究现代化装备，填补了世界空白。只是他说忠孝不能两全，愧对自己的老母亲，三十年没有写过一封信。母亲从小是个童养媳，常被人瞧不起，她说，人穷，不能没有志气。母亲的教育，让他发愤励志。

李嫂说，那是他儿子。九十多岁的李嫂，眼睛不花、耳朵不聋、脑子不糊涂，不像在说胡话。

不久，李嫂的儿子真的来了。市人武部的干部陪着。李嫂的儿子跪在娘面前，哭得泪人似的。

李嫂没哭，说，儿子，我有脚有手的，活得好好的，没事。